獻給

雅

CONTENTS

前言

我以發現手稿般的心情，從她手上拿到小拇指指甲片大小的儲存裝置。在今天這時代，任何實體，即便如此細薄的晶片，難免仍有若干過時感。我的困惑尚未成形，她便示意要走，把一切的權利交給了我。放在掌心幾乎沒有重量、彷彿薄冰隨時會化掉鑽進手心裡的感知，讓我感覺自己是背叛者。像是背著妻子擁有情人，也同時像是辜負了情人一生一回的全部情意。

關於他們的事，我多少知道一些。他們願意留下的，即便殘缺的，關於他們的故事與關於他們寫的故事，完整地留給了我。我讀著這些文字，覺得他們四個人是虛構的，比他們寫的故事來得更多。

這作品我無權修改。

他們以抹消自己名字方式成為作者，我則佯裝為作者呈現了這作品。

朱嘉漢

PART 1

贈禮：四人的故事

一・四人的故事

1.

然而她還是非常美，即便她自己毫無所覺。

她靠著長椅背，微微揚首，拉平了脖子的細紋。帽簷遮住了視野的上半部，也虛掩了她的額與眉眼間，彷彿她真正的好是藏在更深之處。鳥羽振落了葉，旋轉落在她面前，但這無從占據她心思。眼前的美不行，整個巴黎的美也不行。一切都進不了她裡面，包括她自己。她仍然沒有意識到這件事：以一個虛構的視角來看，最好由遠而近（你可以任意挑選視角：垂直地由頭頂上緩緩下降，或是從背後悄悄靠近，也可以正面地像靠近戀人般的步行速度看著她臉部的特寫占據的畫面越來越大），會發現，無論多麼順暢或懷著如何的渴望，「可以靠近」這件事會被證明為不可能，像是宇宙間失去動力的太空船，或像是永遠追不上烏龜的阿奇里斯，最後在趨近一事上徹底失敗。於是嚮往美麗，成為一種折磨，被那趨近於靜止的完美畫面囚禁了。那像是逼迫我們以非比尋常的時間去等待，彷彿告訴我們：最後要填補的，並非咫尺間的距離，而是時間。將影像從時間的流逝抽離開來，再將大量的時間傾倒在這趨近靜止的畫面裡。

時間成為她的囚徒。無人見證，無人記錄。亦無人在此。

直到畫面再也容不下時間的大量灌注，夢醒。意識回歸。

問題：一瞬，她意識到什麼？或，她的意識是什麼？

每一次從這樣的恍惚中脫離，她都覺得自己瞬間老了。關於時間是怎樣被偷走的，她一點頭緒也沒有。記得他說過，這是天分。然而說這句話的他，始終無法真正的陪伴著。自己面對自己的想法，是多可怕的事。她感覺自己終將被吞噬（被自己？），一如他所引述的，所謂末日，並不是時間的終結，而是進入終結的時間。等待。她記得初來法國，那段最為苦澀卻在回憶中特別鮮美的時期，曾跟著語言學校的老師與同學們去蒙馬特劇場看貝克特的《美好時日（*Oh les beaux jours*）》，她整個人陷在老舊劇場裡的紅色絨布座椅裡，吸著霉味與煙味（多少年前埋在布料裡的？），膝蓋頂著前座（那些高個的同學們在如此窄仄的空間裡簡直坐立難安），聽著鈴響，燈暗，簾幕拉起。光是冷的，情境是熱的，一個半身陷在沙丘的女人，上身直挺著，吞噬她的沙丘像是她的蓬起的裙襬。躲在沙丘後面能夠活動卻失語的男人，與一個慢慢被吞噬的女人就這樣在舞台正中央，自顧自地喋喋不休講話。講話，那個「我」在講話。被鬧鐘驚醒，玩著陽傘，擺弄化妝盒，她敘說自己的所有行動，描述天氣，巨大的虛無卻沒有辦法說。她在舞台中央的女子被沙丘吞噬到只剩頸部以上前離開劇場，她猜想自己完全明白接下來會發生什麼事，待在那裡便成為難以忍耐的事了。那天的天空像是透明般，如今天一樣。

像是微微發燒，眼神熱切地望向四周環繞的石碑。她想像著自己彷彿正在寫作的樣子，伴隨著體溫的升高，身體不自主的晃動。關於「邀請」，如今回想，記憶中留存的，像是快感強烈的性愛過後的癢搔著背脊。她寧願用「誘惑」來指稱，不過，是誰被誘惑，誰是誘惑者呢？

「必須得確認」，她朝著沒有接話者的心內大喊。

可能稍微弄明白了。她沒能抵擋住的，是對孤獨的逃避，繞了一圈，勾勒出了輪廓，孤獨有了身體。一個「我」誕生了，此後她得用這個「我」來說話，以寫作之名。

安娜，在雕像的圍繞下於墓園裡嘆息。

2.

被等待的人在地鐵的甬道裡，在酸臭的屎尿汗混雜的空氣中低頭走。粘膩的地面有食物的殘跡，便溺與菸蒂、使用過的票券、吐沫與痰，以及大量的無以名之的，總稱為垃圾的物品集合。除了低頭徐步像是拖著，他也頻頻回頭，惶然眼神藏在鏡片的反光下。

「你為何始終是被動的？」

那是她的問句，他不曾找到好的方法，或好的時間回答她。

此刻他暫時性的答案，在忘情目睹地鐵的流浪漢專注挖著垃圾桶，挑揀出吃不完的薯條盒、未填寫的有數獨版頁的報紙、菸屁股的行動間，閃現：

「因為我始終讓自己輕易地被誘惑。」

像擁有許多身體，像擁有許多眼睛，走在巴黎的街道上，看著各種不幸之人，拾荒者、吉普賽少女賊、醉漢、乞丐、妓女，他難以抵禦。步行間，他被打開，意識成了廣泛的接收器。因此被推著向前走，以懸絲木偶的姿態，笨拙地移動身體，彷彿還不習慣自己。親近的朋友認為他是很好的觀察者，但那是難以解釋的情況：他不是觀看，是躲在身體更深處裡看。真正的自我像是躲在身體裡被動地觀看著，他觀看的是自己的大腦，像是選擇有限的電視頻道。他操作這個以他為名的身體機器，偶爾失靈，偶爾靈光閃現。他不喜歡被注視，不喜歡交際，絕不表達自己。笨拙的他擅長於一種遊戲，一二三木頭人，在視線之外快速移動，一處到一處，在目光與注意力的縫隙間躲藏。這不代表他總是成功的，毋寧說他經常失敗，使得意圖翻轉，成為引人注目的中心：一個不合時宜之人，不知如何歸類與看待之人。

被等待，意味著走進某人的景觀裡，被聚焦。他拙於面對，遲疑回應，不是太早就是太晚。在社會中作為一個人，不免尷尬，即便在私密的場合，與親近的人。

迷路成了最好的藉口，經過空間的迂迴摺疊後，無論怎樣的時間，活著這件事變得稍稍可以忍受。巴黎的地鐵、ＲＥＲ、輕軌與公車，在他腦中一再放射出的星圖，可以隨時藏匿與出走，走在邊界間。在這城市習得迷路，他起初這麼想，又覺得不對勁。毋寧說是被喚起的本能。第一次落足法國國土，一下戴高樂機場，攤開綠色護照，在海關的眼神中強作鎮定（那是無可避免的、被國家邊境身分的檢視），從建築的中柱搭手扶梯吐出來，被輸送進這個豐饒國土上的，面目模糊的亞洲人。

或許他是最自在的，即便那麼遲鈍與可笑。作為無名大眾，他感到無比安心，惶惶之感敏銳的神經。他成為可以隨時寫作之人，語言凝練如詩，在每個腳步間落下。然而他卻宿命地不斷讓作品在手中迷路如捧不住的流水，在拿起筆時潰不成文，甚至潰不成句，行走的人沒有雙手。幾年下來他沒寫出什麼，最後被捕捉了，像是波特萊爾的詩中，落入水手群中，在甲板上笨拙走路的海鳥。

最大的遺憾可能在於，他真的遺忘，遺忘自己是個被等待之人。

在安娜嘆息時，亞銘已註定的遲到。

3.

安娜喜歡有雕像的地方。她在索邦大學學法文時，同學們習慣上完萬神殿旁校區的文法課後，走下一段緩緩的坡道，接著穿越盧森堡花園直到Port-Royale，在那排隊吃完學生餐廳後，才慢慢走向Raspail大道上，有個羅丹所雕的巴爾札克像的校址。

那是這所古老大學的語言課程特別在乎的語音學。他們會有許多的時間，要拿著老師發下的句子，一人坐在一張桌前，帶著耳機，聽著老師念，同時覆頌在眼前的麥克風裡。她原本覺得，這如同任何語言學習的過程裡，學堂內學生搖頭晃腦鸚鵡學舌般的練習。不料做完一遍練習，老師要大家安靜聽耳機，耳機裡發出的，不是老師的「標準法語」，而是如此陌生的、自己用充滿腔調的發音。想要擺脫的事物因遠赴他鄉，看似能夠甩脫了，混在各種外國同學與法國交際圈裡，沒想到更深處的舌頭背叛了她。她才驚覺，法文裡的舌頭與語言都是langue這個字。

她猜想自己應該是帶著一點怨毒的眼神看著老師了。老師對著這眼神，回應的話說：「仔細聽著，比起跟著我說話，自己的聲音有時是更好的老師。」她窺看鄰座的同學們，有人笑了，她便也跟著笑了，沒有勉強。她體認到，這自我認識的錯誤，代價多麼巨大啊。以為如此模仿，至少穿上一定的保護色的，跟著說話，就不會被辨認出來。透過上個世紀的過時的錄音機器，如此簡單的機制，她了解到異鄉人存在的本質：真正的差異不會以可見的形式指認出來，而被指認出的差異者永遠不會察覺。異鄉人小心翼翼地偽裝、試圖融入、變換身分，學習他們的習慣，學習他們的優雅與粗野，為了不要被辨認，然後排除。此刻清楚，辨認其實不需要，最表層即是最內裡的，沒有排除的問題。我們異鄉人，是裡頭的外頭。所謂的機制，不是通過一個個的關卡而成為「同」，一直一直是在差異化，一切的團結，都是分崩離析前的暫時景象了。她於是放棄了尋找中心這件事，只是她也無法堅決的邁出步伐迷路，譬如莒哈絲《副領事》裡的瘋女，有些尷尬

之後認識了社會學的理論，在朋友的解釋下，她漸漸也學會那些專業術語與表述。她把那些彷彿刻意為難人的學術語言當作一種治療，成為擁有外國性的主體是如此甘願踏入陷阱（甚至是渴望），必須用更加外國語般的語言才能解除。她比其他人更早明白，認識的目的不在於回歸到最初的狀態，而是理解座標。

可是即使這樣，她依然覺得無處可去。

那次之後，她在路途間避開了同學，選擇在路邊買兩個可頌，在課堂中間坐在盧森堡花園的水池邊的椅子。最早以為是Le Nôtre式花園的幾何理性令她安心，或是早上十點尚無觀光客的清幽、若干法國人在椅上悠遊看書的氣氛的緣故。直到有一天的天特別藍，抬起頭，在梧桐葉的樹影下，年久而處處斑黑或破損的雕像，卻令人感覺潔白完美。她頓時感動，直到脖子酸痛。在雕像下她覺得可以安全沉默。她流連於盧森堡與杜樂麗花園，或逛羅浮宮與羅丹博物館，最後她停頓最久的是墓園，與遺跡或廢墟。是的她漸漸地進一步發現迷戀的也未必是雕像的形式本身，她本身也被石塊吸引著。墓園的墓碑與雕像，無論是新或舊，都是

無可挽回的過去的。無限延長的終結後時間。喜歡墓園的另一個原因則是，待久了總會發現，人們為死者安排的國度，最終都會成為迷宮。

與亞銘相約在這再恰當不過，他不過問為什麼她不確切地說在拉榭思墓園裡的何處，這是這段關係當中可貴之處。她的迷宮只為他敞開，她是女人米諾陶。

在預感等待即將終結時，她想起的人，在等待的地平線上，反倒是博爾，那個她拚命想辯駁，最後卻被他深深影響的人。以社會學這種僵硬的知識誘惑她的人。

4.

還不是時候，時候還沒到，亞銘有時也會突然醒覺，在巨大的巴黎市裡迷蹤，像是隨時可以是任何人，像是自己可以消失，然而時間往往還是抓住了他。進入了時差之境（啊年輕時多迷戀「你那邊幾點？」的問句，那不就是巴黎嗎？），夏日與冬日的不同日照時間，分明的季節，時間，對踏上這土地的亞洲人來說是極大的誘惑。

腦袋裡有兩個時間。初來乍到之時，亞銘受仲介欺騙，差點露宿街頭。他始終遲鈍於人的善意或惡意，到了國外更加失能。有一整個月，他接受仲介的安排，入住仲介另一個房客的倉庫間。房客是一對年輕的越南夫妻，來這裡投靠久居的長輩求生活。倉庫清出的東西堆放在門口，他睡在充滿長年濕氣的沉軟床墊上，躺在上頭感到刺鼻與微微頭暈，他想像自己是幾世紀前坐在窄仄船艙內抱著有去無回打算的旅行者。走廊另一端是他聽不懂的話語，爭吵或歡笑，還有半夜悶著聲的做愛呻吟聲。他感覺自己像胎盤未穩的嬰兒，隨時會落下，掉在不知何處的所在。他羞於面對寂寞，很長一段時間，他早早出門。因為只是借住的緣故，無法申請網路與電話，與世界聯絡的方式只剩一張儲值十歐的手機易付卡、連接彼時法國尚未興盛的公共Wifi。再來，就是在一些十三區的亞洲雜貨店，找那些操著不知哪個地方口音的中國店員詢問「國際電話卡」。那張卡約二十歐左右，要在路邊的插卡式電話亭使用，插卡後要輸入卡上的一連串數字，按下國際碼00886，最後就可以撥號給台灣的市話，大約可以通話二十分鐘。為了聯繫不會使用電腦的母親，他一早七點出門，沿路尋找公共電話。即使當時，電話亭也是淘汰邊緣的設置了，那是街友的棲息處，有屎尿與精液味作伴。他記得跟母親報告拿到獎學金時，她慌張不解的表情。「那是多遠？」「要讀幾年？」他猜想母親也想問，不過僅僅問起他的出國時間、平均溫度、日光節約時間這些瑣碎資訊。她算起了匯率，還有時差。每次接起電話，母親會自動說：「現在是冬天，你那邊晚七小時。」她若無其事般算起這裡跟那裡的時間。他想像她擔憂，如果沒有掌握著時間，在如此遙遠的陌生之境，會弄丟這個兒子。也許是冬季的日出特別晚，七點出門，呼著寒氣尋找電話亭，茫茫黑夜中漫遊。他想像嘉義透正中午，母親剛下工回家守在電話旁的模樣。

時差之於他有如聯繫的作用。北上求學之後，他與母親的聯繫就淡了。所以他曾以為放得下，將父親老家的地賣掉後，除去一些準備出國的費用，留下的錢給母親與未嫁的妹妹共同生活，不必憂心。他一直以為，無後顧之憂，帶著疏離感離開，可以更自在地於異鄉生活。他其實沒有錯，只是錯估了巴黎。沒有疆界，仍會掉出邊界之外。在他剛來的艱苦期，差點以為自己是被淘汰者時，透過電話亭聽到母親的報時，頓時覺得那就是他的底限了。公共電話亭如此古典的街景，在最初的一段時光給了他依偎，甘心被時光俘虜。即便後來找到房子、有了網路，與所有的法國留學生一樣可以與台灣市話免費通話，或是再過幾年智慧型手機的興起，他仍帶著電話卡，在越來越多失能的小型廢墟般的電話亭街景中，撥打電話給母親。

有了這些零星的對話，他便也免去了思鄉的灼燒。他是朋友當中唯一沒有大同電鍋的，對於維力炸醬麵、旺旺仙貝、大溪豆乾毫無興趣，沒有家鄉寄來的補給品，關於台灣來的事物，他一無所需。

只是，當他讀到「Aujourd'hui maman est morte, ou peut-être hier, je ne sais pas.（今天媽媽死了，或許是昨天，我不知道）」這個句子，不論別人如何解釋這句話的疏離感，他仍止不住地一直哭泣。沒人知道除了親情外，還有時間的緣故。

5.

他清楚。出場的時間分毫不差，意識太多令身體像自動的，走上舞台，精確的情緒與聲調表情講完台詞，退場。人格，拉丁文persona，起源於面具一詞。初學高夫曼《日常生活的自我表演》，他止不住興奮去「套用」，即使大學時知道一個理論時，同時學到這理論的批判總是尷尬。那也許才是起點，沿著興趣探索，後來轉向皮耶·布赫迪厄（Pierre Bourdieu）。彷彿找到更有威力的武器，一條路上沒有太多阻礙，博士論文完成口試，延了一年簽證，路，感覺自己走不下去。

他還是習慣每天喝完一杯咖啡後出門前往密特朗圖書館，木階走上後，沿著無階的履帶手扶梯下降。多虧了文學，他學會了同時以全景式的角度觀看自己與解剖內在，但堅硬的牆也難免裂縫。他佯裝不知道複雜的理論論戰，在手扶梯緩坡下降時描述。

密特朗國家圖書館的主體是四棟L型的高聳建築，說是象徵著打開的書冊，貼滿了玻璃帷幕的外牆只是單純反射鏡像，在它們的腳底下，一方面被拒絕著，另一方面被包圍著。無法進入。建築包圍的不僅是空地，而是陷落下去，徹底陷落的中心空地，種滿高大的植物。為了求知，必須陷落，當作如此，心裡也仍然陰暗了起來。久了會習慣這般的穴居，如果夏日在那待上一整天，閉館後離開走上西蒙波娃橋，會因塞納河水面的反光刺眼而恍惚；到了凹陷下的第一層，所謂的「上層花園（Haut-de-Jardin）」，入口警衛會檢查背包，並通過金屬感應門。建築體本身是「回」字狀的，往內壁看，是密閉的落地玻璃圍起的中央花園，讓人想起侏羅紀公園的造景。沿著鋪紅毯的廊道行走，會無止盡的在四邊打轉。外壁按字母排列著閱覽室，沿著外牆散出去。然而對於求道者來說，尚不足以駐足。喜歡在那工作的研究者，會一眼晃過收費處、上層花園閱覽室、館內書店、沿牆擺著的舒服躺椅與排隊人潮，直向閘門，掏出紅色的閱覽證感應通過，推開沉重的雙道鐵門，裡面是金屬打造的鐵皮空間，再搭一次長長的電扶梯向下，才到了「底層花園」。找到自己預約的位置，到櫃台取走預約的書。甘心成為囚徒，像中世紀的僧侶。

此刻的他往離開圖書館的方向走。過去一天工作完成彷彿運動結束後放鬆疲憊感，現在猶如逆行，焦慮的興奮是背叛感，事實上他在論文的後期，漸漸感到窒礙難行。他在研究日誌上寫下無關緊要的事，不過幾個月，累積起的東西長成別的形狀。他需要的強度不在這。於是研究之外，他去游泳、學拳擊，最後重量訓練。學習讓自己持續的不適應。他在心裡給自己一到兩年的時間，甚至三到四年。以此時光，紀念將來：回國，意味著不知何時終止的流浪生活。決定了之後，卡關許久的研究，頓時通解了。

只有少數的人知道他發生什麼事。有時他會稍微解釋，關於學術這條路，前程的規劃對於他的世代是一下崩解的。原以為將會遞補上去的體制的位置快速流失，連流動的、卑微的、朝不保夕的位置都成了必須去乞求的。他猜想，大部分的人以為他做好覺悟，準備要擠進這扇窄門了。在體制性的排除浪中泅泳，在學院的邊緣裡耗上學者最珍貴的一段時光。被戲稱為「海龜（海歸，海外歸國學人）」的他們，命運更像在龍宮裡渡過快樂時光的浦島太郎，回到岸上時，只能被迫成為一個不合時宜的、瞬間蒼老的無用之人。

他只是簡單的，找到一個適合迎接眼前命運的姿態。流浪是好技能，可惜還沒學會，但是至少，至少馴化多年的身體變野性了，同時連思考也變得野蠻。

他，博爾，明確的對著不明確的一切對象說：我拒絕。

6.

她午後兩點起床。拉開窗簾。陽光，與昨天夜裡下過雨的記憶。

桌上有前夜寫稿時的紅酒杯，殘酒是血的顏色。她正在流血，不會痛苦，只是有些粘膩。

沒有聲音。沒有人。沒有故事。她的房子空蕩蕩的，彷彿為了等待人來，還有人走後的空無與凌亂，還有悲傷。

她感覺到，過了一夜，自己更為蒼老了。菸盒在床頭，劃開火柴，點起菸，甩熄火柴棒，深深吸了一口煙，稍微活過來了一點。

在下一次陷入之前，必須要吃點東西。時間還足夠。廚房是唯一她塞滿東西的場所。

長桌與四張椅子。她煎了蛋，烤了兩片吐司，切了comté乳酪，微波火腿，放了生菜當三明治。一壺濾壓咖啡。一顆放在蛋架上的白煮蛋。

打開電腦，螢幕上，前夜的檔案。厭倦。她的寫作似乎完結了。許久以前就結束了。不能重新開始。僅能重複或是毀滅。已經毀滅了。只有毀滅。他們誤解了。這不是風格，是終歸沉默前的呼喊。你聽到時已經太遲，一如卡繆沉痛的《墮落》。她不向任何人求救。甚至，不感到痛了。只需要痛苦的回憶本身，甚至回憶也不要了。

已讀不回的訊息累積著，人們以為她終止了寫作。在某些人眼裡，讀者或寫作者，或是更小的圈子內，偶爾還會提起她，好奇她的消息，她的寫作，發表。但是這些日後也將無關緊要。也許會揣想她是怎麼壞掉的。

寫作的開始就是開始了。寫作的開始就是結束了。同樣意思。

寫作還在，在她的生命裡蔓延。

並且意外的，勾結上其他人的思想、意志、情感與慾望。色情的。她甘願被當作誘惑者，女巫，妖孽。獻祭自己，私密的寫作的空間任由踐踏。

她的意志在想像中存在，長大，集體造夢出的。一個陌生的慾望取代了她原來無可名之的慾望，她長年對抗的、纏綿的、搏鬥的、妥協的慾望，在他人那裡供奉起。她覺得可笑。除此之外，熄不了也燃不起的憤怒困惑著她。最不能忍受的，是個徹頭徹尾的妓女被當作貞女，是天生的瘋女被視為聖女。

如果我，菊兒說，如果我失去了走向極端的力量。我會拖著我們一起掉下去，歡迎來到我的聖殿，我不是我們圍繞的中心，我是我們的他者。

只是，在我們的故事完成之後，該何去何從？

7.

「我很抱歉。以及，加油，祝好運。」

「謝謝，我會繼續。」博爾說，彼此對言語的意思掌握絲毫不差。即使延簽的一年，他已經打算視為長假，在流浪於體制的漫長日子到來前（流浪正是證明體制的運作本身，體制的失靈也是體制繼續維持的意志），願意自由一點流浪，他仍是延續著在圖書館研究、參加研討會的生活。其中總不免經常遇上師友，對他們投來的同情眼光感到抱歉。

眼前的法籍中生代學者可以是任何人，而他，是亞洲小島來的新科研究生也可以是任何人。在這場景中任何的見證者，都可以輕易辨認他們，隨時找到話語加入或離去。認識即歸類，涂爾幹的社會學走到底的風景，包括個體，個體的每個思想、情緒、習慣與反應，都是層層分殊當中暫時的棲所。法國學者詢問近況、目前進行的研究、最近熱門的理論與學者、圈子內的關係確認（是否認識誰，下次要引介的客套話），當然還有最終迂迴的探問，博爾畢業後的出路。他不難猜到立場背後的心思，在博爾輕接話頭間接表示有回台求職的可能性（其實意思就是決定了）後，對方語氣的緊張頓時消解，情感略為溢出。安慰與鼓勵的話語變得有些表裡不一，隨即調整，回到正常的言不由衷的狀態。即使，無論如何他們都可以忍受你，只要你願意以任何代價留下來。最好還是拿了學位之後回去母國。不是厭惡、不是否定，亦非排除，然而你還是繼續待著的話，存在有點尷尬。

「或是，回去當個法語教師。」博爾在道別前補上一句。

「當然，太好了，你講了一口完美的法語。」

這是整段對話裡，最為誠心的肯定了。太好的、完美的、完全正確的、沒有口音的法語。他記得曾經有一次在研討會上，有人質問講台上的華裔女漢學家一個老調常談的身分問題：「妳是因為母語是中文才能在這邊講話。」她的回答卻也出乎他的意料了。她說：「我在法國出生長大。中國離我很遠。對我而言甚至是痛苦的。我只能回答你：我只有外貌是亞洲人，心靈是法國人。」他知道，一路在法國接受教育的學者，法國高等師範哲學系畢業的菁英（他想起一連串的名字：涂爾幹、伯格森、沙特、梅洛龐蒂、傅柯、布赫迪厄，這些被稱為「normalien（高師人）」的文化優勢），很難會給出這麼容易被批判的論述。面對破綻百出的姿態，他一反常態，不在腦裡或當面回擊譏諷，讓情境衝擊的力道鎖在內心裡下沉，揉合在異鄉生活累積的羞辱、憤怒、不安、憂鬱，一瞬間的靈光，他瞥見一個模糊的可能性。也許不是可能性，而是誘惑，他抵抗不了的：他意圖實驗並觀察，在這幾年間，把法語講得比法國人更法國，文法與發音徹底根除外國性，會看見怎樣的光景。

原來他設想，去除了口音，在思想上偽裝成另一種「偽外國人」，抄寫女漢學家的表述與認知，如同對於該角色原型的「諧擬模仿（pastiche）」。身世的差異，使得亞洲面孔與流利法語的事實歧義出去，他是外國人而非亞裔的個體，他的語言不是本地標準法語而是去外國腔的法語。他猜想，使用了這層想像後，透過他人對待自己的方式，他將便利於觀察「外國性」的建構。幾年下來，他貪婪地觀看，有時鬆懈，經常警覺。緩慢累積的論文一下子變得精采。只是，在清楚擁有異鄉人的陌生感的意識底下生活，久了，有另外一個意識生長起來。虛構的我生成，如無所不在的不可見的鬼魂，如現代小說裡的全知視角。他耽溺於此。直到很久以後，其實已經是博士階段了後期，才恍然驚覺，一直以來真正的自我醒覺並沒有跟上，如深陷於夢裡專注地觀看著卻不曾意識到這是夢。於是他寫出受到指導教授與口試委員讚賞不已的論文，他答辯時的心不在焉甚少人注意到。在答辯席，師友們關注下，他心想的是另一件事：這個實驗，本質上最終該質問的，是「我自身」。「我」是我最好的（雖然也是最遠的且最後的）社會觀察研究對象。諷刺在於，這是唯有在結束之後才能理解的事。

很快的，他在他們的友誼當中找到出路，因為他們一直在身邊。他們經常辯論與互不服氣的（譬如安娜每每給他辯倒卻無法甘心、或是亞銘精煉的問句能讓他警覺卻一直以嚴密的推論去阻擋），卻始終拉著他。

他重新讀起自己的研究筆記。多年來鍛鍊的語言與句法，原具有虛構的強密度。寫作早已前行，必須用野獸般的靈敏與耐心，還有力量去追捕，重新掌握它。他在寫作之中發現自己滿溢出的外國腔調。與「我們」一起，博爾開始重新學習說話。

8.

現在我在說話。只有我能說。也許你正在笑我，也許你皺著眉頭，如果你自言自語，可能會以比平常高亢的聲音說：「她在做什麼？」。她，女性第三人稱。這個她不是我。「她」無法代替我說話，你們他者沒有資格用「她」來代替我說話。

我喋喋不休。整個屋子裡鴉雀無聲。我無聲說話。以我之名，我，無名姓者。只是一個說話的我，沒有聲音的說話的我。

今天早上我照鏡子。晨光穿過落地窗灑在腳邊，我在全身鏡前，看著十五度仰角鏡面反射的身體。我輕撫雙肩，讓肩膀的帶子一路滑到腳踝，退下的連身睡衣像是剝下的皮。我赤裸著，散髮著。我，三十二歲，皮膚光滑但略顯蒼白，過去纖瘦身體現在稍微有些豐腴。我眼球圓而凸，刻痕般的雙眼皮，黑眼珠占了很大的部分，眼窩卻是比一般人凹下去的；我的鼻樑挺起，鼻頭鷹鈎，上嘴唇薄而下唇有肉，不擦口紅時缺乏血色；我的脖子長而白，鎖骨明顯，胸部不大，水滴狀的，到現在尚沒有下垂的跡象，乳暈的大小剛好，乳頭翹起，只是顏色也暗沉了；因為還未真正的胖起，腹部還是平整，上腹保留些微的中線，肚臍以下漸漸堆積起肥肉，腰也慢慢消失了。但大體上，穿上衣服時，仍然給予纖瘦的印象；歲月藏在底下，除了臉孔，從眼角開始。我的臉已經是成熟女人的臉，身體卻還像女孩般未發育。我在崩壞。

我每天早晨會這樣檢視，偶爾撫摸自己，讓自己舒服，開心。我很早就擺脫了快感有關的羞恥感覺，我喜歡一切淫穢的事物，我的身體是我的老師。我在自己的身體，認識最光明與最黑暗的事物，有時，是同時認識。

不，並沒有那麼天真，我曾經誤解過，持續觀看身體，意味著自戀或自信。我以為了解了或認識了我的身體。事實上，身體比我所想的、所料的、所信的，都還要難以掌握。慢慢我注意到我的深沉焦慮，身體隨時在意識中逃逸。對峙下，我身如水，我意如石，與別人不同，終究，我的意識會被身體鑿穿。頭痛的時候，我感覺得到腦裡神經拉扯；肚子痛的時候，我知道胃還是腸的哪邊發炎；背痛的時候，我清楚哪條暗藏的筋肉緊繃著；我全身病灶，甚至感覺到病變的細胞吞噬著我，衰老的細胞癟扁塌下，我不求醫亦不求神問卜，任由腐爛，細胞再生的速度追不上毀壞的速度。博爾說，我的想像力是過度了，他天真覺得這是我寫作的動力。他不懂，但是誤打誤撞猜對了。我沒有義務解釋；亞銘注意到我的身體度量衡，我用我的心跳計時，我用我的皮膚感知溫度與天氣，我用我的睡眠探知日出日落，我用我的步伐紀錄距離。他說我逃離了現代生活掐住人的集體規制，逃離了柔順的身體之上的規訓與懲戒。事實上我只是身體的俘虜，我的思想被身體馴化；安娜，這可愛的女孩，一心想仿效我，書寫我，捕捉我。可是我只是的缺席，我只是我的缺席，沒有任何意義。

我還在寫，從我二十歲以來出道，二十三歲出了第一本書。一年一年的累積，與我的名聲一樣，令我感到噁心。在別人眼裡，作家的我的形象取代了著作，在我這裡，我的人生拆解，混著我不知道的東西，變成了一個個著作。等待作品（oeuvre）。不可能到來。

不論如何，我書寫的是別人的身體，我的身體等待他人來寫，在我的身體上紋寫，我正在死去。

這是我最後一次以我說話。

接下來要說的就是我們的故事了。

我們無權述說的故事。

二・寫作的準備

1.

他們固定在菊兒家聚會。從一年前開始固定下來。其中安娜的心情相對矛盾與遲疑，雖在形式上延續一段時日，實質上每一回的聚會因為太多意外、損毀（尤其情感上）與變化（他們並非一直彼此友愛著），使得她感覺裡面，累積起來的，是一次一次特殊的聚會，而不願用「一直以來的聚會」去想。這種困擾，甚至讓她覺得他們只是「四個人」，而不是「我們」，只是她不敢講。她甚至想背叛，為了維持友誼的純粹。

不連續，la discontinuité。她喜歡亞銘舉的例子：普魯斯特厭惡寫日記，因其本質是不連續。沒有《追憶似水年華》虛構出的那個「我」，小說書寫無法成立，不會開始；菊兒則說，因此才要固定聚會，連續是虛構的產物，好比她發表過許多的長篇小說，然而她的寫作卻是大量的斷裂。「破碎的我、複數的我，還是一個『我』，除非我不寫作」，菊兒說；博爾則不置可否，只說安娜的認知模式反映某種他沒有思考過的現實。現實，她因這乏味無比的詞感到訝異，不明白為什麼他時常使用「le fait（事實）」、「la réalité（真實）」、「la vérité（真理）」這些字，博爾只是淡淡說，社會科學家都是這樣的。

她從習慣的日記書寫，到有意識地要求自己持續書寫。寫起「有意識的日記」後，也成為「供人閱讀的日記」了，那個人是博爾。她最想給的理想讀者是菊兒，即便她訴說對象是亞銘。

「語言是皮膚，我用我的語言，與他人皮膚相抵磨蹭著。」這句話是亞銘引述的。安娜總是想起，不無痛苦地沉溺在與博爾的肌膚磨蹭的快感裡。

四人的聚會成形後，新的寫作生命開啟，她與博爾私下見面便頻繁了起來。一開始在咖啡廳，後來在他家，頻率增加，她留了一支牙刷在他那。她沒有失落。就像抽出了自己，在很遠處觀看事情的發生。發生在自己身上。自己的汗水、叫聲與顫抖時咬上對方肩膀的猙獰表情。

做愛的時候，她不僅一次想像眼前的對象是亞銘。她甚至有不應該出現的念頭：「最後，讓博爾得逞了。」（況且博爾完全沒有任何一點「到手了」或懊悔的情感。）她亦想：這原本是她跟亞銘該發生的事。認識了四五年，亞銘與她處在「那個點」，像是搭雲霄飛車緩緩爬上，準備一次兌現重力下墜。下墜沒有目的地，只有一切甩開的動力。他們小心照料溢出的感情，相互濕潤心內的乾枯土地而不氾濫，留著一寸底線，理清各自情感關係裡複雜的那一面，兩人之間心焦的情感猶疑暫時擱置。像是漫長的清創過程，得忍住傷口被挖開的痛，癒合中的刺，與真正難熬的，是結痂後等待痂自然落下的時候。若是以往，她會捱不過誘惑，一次一次地摳掉瘡疤，露出新長起的、未被皮膚覆蓋的粉紅色微微泛血的肉。遇見亞銘，他的壓抑感染了她，她分不清楚是甜蜜的約定還是怨毒的賭氣（兩個詞都如此輕率），總之兩個堅守，甚至連眼淚也未在對方面前掉過。在雙方已經準備好迎接彼此，以一種走過風雨的相互諒解情感時，亞銘退縮了。或許退縮的是自己，安娜想，他們確實找不到接下來相處的方式。那晚，在亞銘住處，他們試探，兩人僵硬的撫摸，乾澀的吻。沒有情感，安娜一瞬間突然恐懼，會不會一直以來是一廂情願？更為沮喪的是，她想手拉著手走一起邁身體的煉獄，亞銘卻放棄了。他說：「我不想要有強暴妳的感覺。」他離開，留下她滿滿的羞辱感。

她並不恨，面對亞銘似乎可以無比包容。相對來說，博爾一句無心的話，或不經心的表情都會惹怒她。她想拯救亞銘。在她的認知裡，四個人的聚會，是她默默推動的，她要藉由一種兩人以外又非公眾的私密關係修補這「關係的可能」。某個程度上，她留住他了。可是在四人的時光裡，儘管無比快樂，她終於又能享受起亞銘整個人散發的才華，同時了解到他內心裡難以掌握的部分。她最初痛苦地爾後冷眼地看著亞銘滔滔不絕地說話（他真的沒發現自己說太多了），他不停喝著紅酒，臉脹成紅紫色。灌入的酒精彷彿不會離開，直到第四次還第五次的那個夜晚，終於亞銘垮了。那晚她把亞銘留下，與博爾一起離開。安娜與博爾因為錯過了末班地鐵，博爾陪著安娜一路從La motte-piquée一路走回安娜Alésia的住處。她其實也醉了，沒比亞銘好多少，兩個人隔著另外兩個人拚酒，最後她贏了。她知道自己在亞銘面前永遠會是贏家了，這是他們為什麼一直無法在一起的原因。博爾問起安娜寫作的細節，直接了當，她把這當作挑釁。於是回應，在進家門前把日記本掏出來給博爾，說：「給你，如果你願意的話。」兩人的私約就此開啟。

她交出她的日記，像是交出自己的身體。她不願意那麼感覺。至少不是在博爾面前感覺到。她感到羞恥。性的幻想在那樣的氛圍裡總是準確地到來。博爾專注注視著，起初會為這種沉默尷尬窒息，其後，是狂騷。在她的日記書寫成了無法自拔的毒癮之後。她知道怎樣挑逗自己，得到快感。她找到了新的話語，她以為只在菊兒身上才有，自己學不來的風格。過去她也不會這樣去想像自己：因為博爾巧妙壓抑同時洩漏出的慾望目光，她產生了新的身體。新的身體從背脊開始，兩片肩胛骨夾著的斜方肌，在慾望升起時慢慢蠕動，帶動著前胸的起伏。以一般人的眼光來看，安娜身上象徵沒自信的駝背現象改善了。被喚起的感官同時折磨，她彷彿聞得到博爾擦的愛馬仕男性香水下，混合本身體味產生的越來越野的氣味。她面紅耳赤看著博爾閱讀日記，看著他像個蠢蛋似長期以科學精神在健身房鍛鍊出的肉體，與不相稱的清秀面孔。她恨死這個裝模作樣的人。

第三次博爾閱讀完她的日記，交還給安娜後，兩個人在博爾的住處做愛。在往後的私會裡，兩個人有時做愛，有時沒有。每一次安娜都得到新的高潮。不同的姿勢、強度、長度，不同的部位升起的，高潮。她在其他人身上沒體驗過。這性關係沒改變他們之間的什麼，兩個人都沒有興致去談論、定義這件事。像好朋友一起去吃飯，而不是炮友的關係（安娜在台灣的時候，也曾與分手的男友保持過半年左右的炮友關係）。他們的性非常乾淨，比起一夜情更為了當，不起漣漪。因此在私下的會面與公開的聚會，這件事都不像被守護的祕密，對他們而言，乏善可陳。

對安娜來說，難以忍受的是自己為了日記交流之事感到羞恥與興奮。她是最不相信靈肉分離之人。熬過了一段極想背離的時光，安娜在這群體中待下來，已經不再是為了亞銘或菊兒了。她轉為認真的思考創作這件事。毋寧說認真的創作，因為她在自己的書寫中發現了虛構。

2.

亞銘身上有個小小的筆記本，任何樣式都行，在漫長的冬日裡，放得進大衣口袋就好。他真的不喜歡說話，但不討厭話多的人。他有個迷信，話說得太多的時候，就無法寫作。生活在台灣時，最大的困擾是，不管是對等的沉默與單方面的不語，最終都會累積成猜忌、怨恨的樣子。他因此熱愛學習外國語的過程，可以保持無知與陌生，他想，等到老了以後，回憶起在巴黎的日子，最懷念的一定是初抵時的語言聾啞狀態。沒有想到的是，在研究生涯徹底受挫幾成廢人之後，原來彼此不甚密切的他們四人，凹陷起一個隔絕的空間，經驗乾淨地累積。一大段日子以來，平白在口袋裡磨蹭髒舊的筆記本，開始留下痕跡。

四個人的聚會裡，他不一定是話最少的，有幾次，他甚至是話最多的一個。他在那裡實驗過個人消失於背景的魔術，毫無意外，只在那個場合，他沒有喪失存在感，也沒有被人注視的焦慮。像是特別分配過的，四個人的位置、話語分量與權利、還有後來演變出的寫作模式，皆給他「恰如其分」的感覺。讓他待下來的原因，很大一部分是他對於毀滅的預期。這樣的自制與平衡關係，墜毀的景象會很驚人吧。甚至他想待到最後。「最後的之後」，他在大家討論到這問題時（在草創之初他們已經預期自身的消亡，一如初生之人構想著遺書），默默地想著，他願意成為倖存者，把這裡曾經出現過的文明，抓起一把隻字片語般的訊息，不經意地藏在世界的角落裡。僅僅是這個幻想，把他留了下來。

一開始除了安娜，在這個群體中他沒有特別喜歡誰。況且他始終沒有找到與安娜自在相處的方式，想搬到其他城市，或是離開法國了。第一次聚會的時候，他誤以為這是一個模仿上個世紀的頹廢性社群。暗自覺得，本來就有神祕主義傾向的安娜除外，這幾年在留學生圈子多少有過接觸的菊兒與博爾，不是親眼所見，還真難想像他們有這種惡趣味。不久以後，他第一次察覺到自己錯估了人，而且是這群體的所有人。包括他以為熟悉理解的安娜，都隨著時間產生令他驚奇的形象變化。起初他猜測這圈子接納，是因為他身上的頹廢氣息。在逐漸熟悉女主人菊兒後，他發現到，整個群體當中的頹廢氛圍是她的氣息。原來混在空間中的、包纏著每個人皮膚上的頹廢味道，漸漸可以區分開來。他區辨出每個人特有的氣味。

「接下來不管幾年，我們每次見面時，都毫無隱瞞地暢談所有的事吧。最重要的是……固守自己的方法，所以不可以互相幫忙。因為即便是些微的幫忙，都是對每個人宿命的侮辱。我們來締結一個同盟，無論陷入什麼困境都不可以互相幫忙的同盟。這大概是史上未曾有過的同盟，也是史上唯一恆久不變的同盟吧。」他在菊兒的書架上隨意瀏覽，發現這個句子被畫線了。是不是菊兒也把自己當作三島由紀夫筆下的鏡子？他曾設想，空蕩的菊兒之家瀰漫的頹廢氣息背後藏有祕密。然而許久，他都沒有發現更多了，直到他們一起寫下許多了東西以後，他仍感覺繞著空虛打轉。他反而更確信了核心的祕密存在了，於是也不自覺地被菊兒吸引了。

他亦聞到菊兒的寂寞所構成的味道。啊寂寞，過去他不會用這奢侈的詞。寂寞意味著共同體的存在，他不相信共同體，也不相信孤獨。孤獨只是情感，不是真實的狀態。如果真的有孤獨存在，他一定會好好待在裡面，不會一直逃。在菊兒那裡，他不僅聞到他人的寂寞，身體也感受到了。雖然關於共同體，他還需要一點時間去思考。他反覆聽著羅蘭巴特在法蘭西學院演講的《如何共同生活？（*Comment vivre ensemble?*）》的錄音，卻沒有路徑去想更多。這與他的性格牴觸。博爾時常當面批判（他必須使用這個字，critiquer）他過於深入思考會犧牲了體系，亦忘卻了行動。思考的行進，在體系的相對穩定與行動的相對流動之外（他不覺得是「之間」）。在四人的聚會中的不深思（並非無法深思），他想像結構與行動同時的可能。在四人的聚會的形成當中，他看到不可見的共同體的可能存在（而不是確實存在），也在此，真正的行動了。行動是肉體的，每一次的聚會，思想都會更有力量在體內撞擊。

研讀了十幾年的哲學，被譏笑腦袋壞了的沉思者、失敗者。他總是容易招人憎恨，以致於躲著躲著，鑽進了自己不大願意與人共享的思想世界裡。先在社運的論述中被排擠，最後終於連學術界的領域、他最終的安身立命之所，都被排出了。

亞銘陷入精神危機，生命被刨出一大片空，那些原來安穩的、固定的如石頭般堅信的觀念，變成隨時會墜下的落石，把他的生命撞得坑坑疤疤的。安娜不理解他怎麼這樣放棄希望，一心殉死般的放棄多年的努力，也不接受其他的路（安娜問：「就算畢業了，回到台灣還是可能被體制地拒絕在外，到時候你又要如何呢？你只能在學術圈裡嗎？」）。毀滅前夕，只差一刻，他被安娜拖著上岸，拉進了四人的聚會，儘管內心差不多是徹底崩解了。他說著牽強的理由遲到，也刻意冷落對他伸出援手的安娜，忘形地議論或沉默。他以成為不速之客被轟出去的打算，進入了菊兒之家。

他忘了一開始的情形。總之那段時期，在聚會時，他話變很多，配著酒喝，往往喝得過醉，被博爾攙扶回家，睡得不省人事，與宿醉。他以為自己差不多到此為止了，沒有感覺自己得救。醉到無話可說時他就隨手拿起菊兒的書，三島由紀夫、莒哈絲、邱妙津、紀德、巴塔耶、亨利米勒、喬哀思、卡夫卡。即便他全部都讀過，在菊兒的書架上仍然像陌生的，彷彿他從來沒閱讀過。菊兒的書架每次擺的書、擺設的方式都不一樣，旋轉般的書架。瀏覽著，直到讀到《中國北方來的情人》，原來只讀過《情人》的他，看見一個女人在世界當中靜靜發瘋。女人的臉是菊兒的臉。他酒量不差，那晚卻怎樣也擋不了醉意了。他完完全全癱在沙發上，連身體強健的博爾都搬動不了。

「他的身體簡直比石頭重。」博爾說。

亞銘隱約聽見博爾與安娜離去的聲音。深夜兩點半，他留在女子孤獨的家。臉頰裡飽脹著酒與血，鼻腔與口腔吐過的酸臭，終於被完全擊倒了。「我很開心有人能嘲笑我的悲傷：只有受過無法痊癒之傷者，能夠理解我。」他在倒下前，最後讀到的，是這個句子。這句話一次一次在心裡撞擊，刨刮到骨的痛讓他無比快樂。他以為就這樣被世人放棄了也好，博爾無法承擔他，安娜終於也鄙夷他了（「我並不想被拯救。」），才突然在安靜如低聲啜泣般的房間裡，理解自己其實是在被接納而不是被放棄的狀態。他與菊兒並不熟稔，幾近陌生，但彼此在這空間裡，他讀著她的藏書像是窺探祕密，她的品味、她的憂傷、她的溫度、她的尖與她的柔，他甚至在恍惚中覺得自己碰觸了她的核。他在沙發上被菊兒翻了身，以相互擁抱的姿勢。她在他頭後放枕，腹部以下蓋毛毯。留下一盞燈。菊兒輕巧地整理桌面、收拾垃圾、清洗碗盤，扒下塑膠手套反拉出來，她的汗液在手套翻轉出來的內側上閃著異樣的光。她打開浴室的燈走進。暗黃的燈拉出菊兒的身影。還有聲音。耳環卸下放在洗手檯上方玻璃架子的碰撞聲、卸妝盥洗時的弱小水聲。她脫下衣服丟進洗衣籃的聲音像嘆息，淋浴時開到最大的水流聲像是哭泣。他默默哭了一陣，很小聲很小聲地，把不小心流洩出的聲音與淚水吞下去，像學生時代偷偷在課堂上吃起便當那種羞恥的甜蜜。

菊兒走出浴室，裸身，在鏡子前打量自己。穿過了亞銘所在的沙發，進了她始終上鎖的臥房。關臥房前菊兒說了聲「Bonne nuit」（晚安）。

他被打暈般地睡著，直到陽光打紅了他的眼瞼，抬起無力的手擋著光，睜開眼睛。例外地沒有宿醉。他跟菊兒借了浴室，痛快地沖了澡，感覺還有情緒在，但已經不礙事了。

他們一起吃了早餐，他幫忙洗碗。菊兒穿得居家，精神稍微回復之後，些許地感到迫窘。他們必然彼此知曉，此刻再前進一步，會非常幸福。但是寧願不要。臨走前，因為這個默契，兩個人微笑。他想起來，菊兒是不微笑的。只有大笑，與一張悲愴的臉。他迷戀上了，於是關上門，輕快地走下來。

「哲學既不冥想，又不反思，且不溝通」，經過了一夜，亞銘發現自己的腦袋清明，甚至是乾淨了。多年的污穢被翻出來清洗後，回首過去，許多事確實是自擾了。

再次聚會的時候，氣味變化，他們的氣息本身產生了友誼，化解了他與安娜之間情感的尷尬，也軟化了他跟博爾思考的差異。在持續到他們各自回台，他是在其中感到最陶醉的一員。

留宿隔天回家他發現丟失了筆記本。路上再買了一本全新的。作為起始，此後的筆記書寫，全是有關他們的事。他不留下書寫日期，紙頁與筆記堆疊，是在往後的日子，送給他們自身的禮物。

3.

博爾還是習慣每天早上去十三區的國圖，在地下二樓研究室X領取他的位置。他喜歡那裡的檔案，還有一疊疊小小的書卡上面手寫的書籍資訊。檔案與挖掘檔案、整理與分析檔案，他的大腦被分門別類的格劃，他習慣這樣處事。身體也變得精準，在控制好的飲食與肌肉鍛鍊後，多年以來，把自己鍛鍊得強大。

他非常喜歡自己的改變。除了上圖書館的習慣，幾乎一切都不一樣了。他把祕密當作糧食，餵養著另一個獸。早上他過磅秤，幾個月來已經少了兩公斤，他覺得肌肉掉了一些，但無所謂，他將運動從重訓改為慢跑，第一天就跑超過十公里，接著穩定一天十二公里跑，差不多將塞納河中心的河段跑過一輪。過去他讓身體像鋼鐵一般，現在則是發著高燒般的，非得要二十分鐘以上的有氧。

生活變得有意思。這麼多年來，他很少逛進舊書攤。進入新的生活之後，每天傍晚的慢跑，抵達巴黎中心，逐漸放慢腳步，在藝術橋與西特島沿河兩岸的書報攤間流連。感官的覺醒令他新奇，他嗅得出哪個攤位會有書，手指一一滑過書背會直覺地挑起令他感興趣的書。他從此熱愛舊書，經過許多人的手，暗黃再生紙頁邊緣三分之一處手指捏過的翻書痕跡、膠裝書被攤開過後留在書背的麻狀摺痕（印刷的色彩在摺痕上受擠壓碎成粉狀沾上手指）、飲料污漬、顯眼或隱匿的讀者註記、上緣折起記號的「狗耳朵」、還有經歷時間釀出的味道。舊書的每一本他都記得在哪一攤買的，老闆的樣貌、神色，與當天的情景印象，譬如塞納河的水色與當時陽光的角度與色溫。對於偶然性，他還需要再想想。或是索性不想了。

儘管與安娜的關係維持在微妙的平衡感，與菊兒之間有道透明的防火牆擋著他灼燒的慾望，倒是在觀念上面，他與亞銘互相靠近了。他對亞銘的批評、告誡，現在全部都回到自己身上。作為一個失能者，博爾並不比亞銘好到哪裡去。他幾乎擁有亞銘全部缺乏的東西：家世與經濟條件（父母親皆是留美的大學教授）、外貌與健康、談吐、流利法語（法語程度並不差的亞銘，說起話來還是結巴與外國腔調）、學歷與經歷（尤其亞銘放棄學位之後），以及某種程度上來說，博爾占有了安娜。

在剛認識時，亞銘與博爾兩人身上都有攻讀人文社科的研究生的光環，幾年過後差距顯得越拉越大，他戴上「勝利組」的花冠，亞銘則有「失敗組」的烙印。客觀來說，他們之間的差異，光連陌生人都聞得出來。博爾卻在此找到他們之間的「連帶」（Solidarité），他身邊再也找不到比他更親切的人了。並非諷刺，他想模仿亞銘的失敗，簡直散發著光彩。

買了幾本書後，有時他就坐在新橋或是藝術橋，或是走道奧賽前的河堤，面對著塞納河畔的波光讀書。讀剛拿到的舊書像是抽獎或賭博，汗滴著讓河風吹乾。翻起書頁像輕刮起彩券，必須當下如此肅穆對待，才算真正想用此快感。對於菊兒還有安娜的情感變化，他很快理解是因亞銘牽著的。他跟亞銘借了一整套大江健三郎的中譯本看。這是博爾所留下的線索，給亞銘以及其他人，甚至自己本身。他對於「共同生活」燃起熱情，大江的與子共生，或是晚年在森林神話系統追尋，還有共同生活所延伸出來的「新生」（Vita Nova）。

博爾很早以前就注意到，亞銘時常拿出筆記本，寫下筆記，或是唸出上頭寫下的想法或規劃。在所有的習慣當中，他最不能捨棄的是對書單的迷戀，偏偏亞銘在筆記上最常留下的，是大量的書單條列。亞銘筆記本上的字跡總是潦草、像是逃亡中的書寫與暗號，迷惑博爾。他喜歡偷窺般地，在亞銘於忘我狀態在眾人面前寫起時看，更喜歡猜想亞銘刻意隱晦地透露給他，對他來說，是真正曖昧的情感。像是太晚才察覺到的珍寶，他過往研究中缺乏的突破點，學術語言中遮蔽他見到的，所謂模擬兩可（ambigu）。

他也許是唯一的見證者了，博爾想。那晚，酒一杯一杯的喝，漸漸亞銘鎖在自己與筆記本的世界中，漸漸博爾也無法自拔。他同時感受許多事，譬如後知後覺才明白的安娜對亞銘的情，或是菊兒看待一切如此朝毀滅發展的冷。亞銘慢慢化成一顆石頭，這次他終於抬不動他了。後來的發展，所有的人心理有數，然而有件事只有他自己知道：那天，他偷走了亞銘身上那本筆記。

他隨身帶著他人的筆記本。物擁有物主身上的質素。博爾毋寧將之視為「禮物」。帶著他人的筆記本，內心快速滋長起異質性。像是心靈的阻力訓練，藉由反覆的破壞與修復來改造「心靈的身體」。他對這毒素上癮。在他的版本裡，他們「四人的故事」由此真正開始。

他以破譯的態度，讓筆記本蒙上了厚厚的時光感。每個訊息，像是遙遠寄來的暗號（而且可能是未來），包含了遺憾（在同時代的無比孤獨）與期待（在將來在某人手中被完整接收），猶如捏著一顆跳動的心在手上。他確信看準了，於是抓住「共同生活」這關鍵詞，在亞銘正在成形的觀念中捕捉到生成動向。他續起筆記本上的書單，以自己的方式研究，並想像，亞銘將會有另一本筆記本，同時接起這個主體。如此一來，他們「同時」了。

他從羅蘭巴特開始，尋找「共同生活」。從二人組開始，譬如大江「奇妙的二人組」三部曲與其後延伸的作品、狄德羅《宿命論者雅客與他的主人》、《唐吉軻德》、Céline《茫茫黑夜中漫遊（*Voyage au bout de la nuit*）》。他嗜讀福婁拜的《*Bouvard et Pécuchet*》，兩個執狂又天真的抄寫員的共同生活，這個無聊的故事，與無盡重複延長的書單、費盡小說家最後時光的作品，像是掐住心臟某條動脈，令他激動不已。兩個分不開的人、在文本當中充斥的雙人對話、冒險當中未知的行動因果（經常是災難）、性格上導致的宿命反覆、遇到的各式人們（多半象徵某些類型）。小說當中最終的徒勞——最後重操舊業，兩人回到桌子面前，做起抄寫員的行列。

堅持在每一次在二手書攤偶然間撿回的書，逐漸累積起來，包括他的讀書筆記。將來勢必以另一種方式回返，贈還給亞銘。在此之前，長期的「回禮」不知何時到來的日子尚未來臨，他與安娜之間緊密地交流了，如同那晚他讓出慾望的菊兒收容起亞銘。他是牟斯（Mauss）的《禮物（*Essai sur le don*）》的研究者，且不可告人地，走向巴塔耶的情色主義與跨界。拿到學位後的巨大憂鬱，終於在此解脫。包括嫉妒與自卑的痛苦都像解藥，轉化成燃燒前進的動力。

於是，前景展開了。大江晚期的三部曲，古義人的探險裡，「回到家鄉」成為最遙遠的艱苦行程。他體悟他們終聚在一起的真正原因，四人各自以八到十年的時間在法國，如今都在倒數了。現在故鄉成為最遙遠之處，而歸零成為唯一的任務。必須重整，斷裂回身，伸手拾起風化廢墟的過去碎片，並無可避免的背向地被捲入未來。

他讀亞銘摘錄的大江句子，如同自己所寫：

> 如果要重生，必定是為了給過往人生的虛妄、遲誤、死滅的部分賦予意義，直到整體「過去」完成某種歷史性的回歸，進入現代裡來。

「我感受著。我感受著。」博爾無意義的說著。

每當在橋上休息翻書，身體逐漸冷卻之際，頭腦繼續燒著。因為一場奇蹟曾經在他們四人間發生：如巴特與福婁拜描述的，在醃漬狀態的亞銘，在那一夜之後徹底翻轉，卻同時讓人感覺到一場毀滅已經在他心中形成。

Vita Nova，新生，啊，多麼美的詞。《神曲》中走在「人生的中途」的但丁、在母親死亡後垮去又奮起寫出《明室》與開課《小說的準備》的巴特，這些轉折給了他不合時宜的悲劇性想像。博爾，太過於意識到亞銘與菊兒，以為掌控了安娜，忽略掉正是她埋了情感在心裡，若非如此，博爾不會真正陷入在四人的關係裡，許久之後都沒發現。

4.

我的心彷彿一座巨大的墳場。

是別人的句子，菊兒自己知道。她仍然固執的抄寫，即使不閱讀的時候，寫出來的句子，也罕見自己的痕跡，頂多像是書頁上留下的皺褶，被指認出時僅感尷尬。因為這條件，她提供出空間，子宮般孕起文學團體，她好奇的是，自己是否也在其中呢？又，如何可能是孕育者又是胎兒呢？過往她相信是可能的，即，文學，或廣義的創作而言，是自己把自己重新生出來的過程。現在她連創作能殺死自己都不相信。

這太奇怪了。不論遲鈍且疏離如此的亞銘，或是自訂鐵律又庸人自擾的博爾，都在她這裡，開展荒蕪貧脊地長出珍奇而脆弱的花朵般的情感性。一向天然直感的安娜又以欲熄火花最後依然奮力的美麗姿態綻放情感。菊兒，曾經將寫作當作情緒渲染的紙，被視作有獨特風格且令人迷戀的作家（四人當中唯有她先前以作家的姿態被社會歸類），在情感的漩渦裡，全然召喚不起一絲的波動。於是無法出手，紙頁成為一片荒漠，無盡重複抄寫，作為徒勞抵禦的手段。後來連夢也不作，睡眠的時間沙漏般減滅。

她的心靈與她已達成熟飽滿之態的肉體相反，太早夭折了，沒有歷程。曾經有評論家指出她作品過於乾淨、蒼白無經驗。對此，她很遺憾。從那之後，她就不讓作品給任何人評論，直到他們聚在這。可惜的是，她也彷彿再也寫不出東西了。不得不轉過頭來，看著他們寫出，由她的眼光來評斷。她享有全知的眼光，至少，那是能在往後的安靜覆滅來臨時，還能夠多得倖存一瞬回眸記下的眼光。她想說，她會記得，可惜的是，她比他們都堅硬。所以註定成為廢墟，倒塌的紀念碑，破碎模糊的文本。

他們放心地讓一切在她那裡發生，甚至安娜，在承受如此多的傷害之後（儘管她開始擁有了力量），仍感謝菊兒允諾這樣的空間，才能產生故事。

她也是所有故事的「無地點」：沒有事情在她那發生，沒有事情發生在她身上。

亞銘說：「妳是我們的零度。」

他們都想擁抱她，一如她亦想擁抱他們。她接受任何的好意與關心，好比她絲毫不吝於給予的。譬如性。她像有宗教救贖意味的妓女，在她那裡，什麼都發生過，也彷彿一切都沒發生。第一次與亞銘做愛時，她期待過，也專注地享受著。只是事過境遷就恰好在結束之時，比交易的感覺還淡。與博爾也是，甚至與安娜也是。與強度無關，與情感無關，也與慾望無關。她推測出根本的原因，而期望（這是她在這四人的故事裡，唯一擁有的期望）能夠不言而喻。她，存在的形式就是時間的形式，而且是世上最庸俗的時間形式。看似最不受拘束的她，牢牢卡在這裡，看著他們在自己這裡，暫時地擁有特殊的時光。

她且期待，在徹底交出去，逝去之後，他們（包括她自己）能一起找回「時間」。再度尋找回來的同樣的即使平凡無痕的時間，才是時間最特別的形式。

於是她開出的書單，明示地拉出普魯斯特，即便她或許是最不擅長述說回憶的寫作者。菊兒教導了安娜與其他人寫小說，自己卻開始寫日記。她沒辦法寫關於自己的日記，還沒找到虛構小說（她的定義是：直到虛構了小說本身的體裁、文學與語言的小說。她後來的閱讀也只讀這些）之外的方式書寫，但是學習起亞銘，與模仿亞銘的博爾，寫起讀書日記。更確切來說，是《普魯斯特日記》。他們約定過，關於寫作，可以選擇是否要坦白，甚至謊言。那是她第一個謊言，但也未必是。她寫不出日記。可是在四人的寫作成形後，她寫了。嚴格來說那不是日記。她規定，每天使用同一個筆記本與同一支鋼筆，在同一張書桌（如同卡夫卡），書寫關於普魯斯特的一點點事情，以及自己生活即刻捕捉到的斷片。她知道普魯斯特是不寫日記的，她向亞銘透露過，而亞銘將之視作圭臬，並影響了安娜。所以逆轉出了她與安娜的書寫本質，重要的是，她們便可以安於拙劣模仿，盡情在自己思考與感知模式之外的書寫當中失敗。盡情失敗。唯獨這件事她不講，在四個人的寫作偶爾超乎預期地發出光芒或撞破牆，看到某些奇異的光彩時，她仍苦修似地排除各種誘惑，一面讀著普魯斯特的小說、書信、筆記，或是關於他的研究書評、創作與回憶錄，一面漫無目的寫著。鋪散的是散漫的文字，無法整理凝聚的潦草。潦草，她甚至偷偷跑去她過往鄙視不已的國圖，調閱普魯斯特手稿的幻燈片，去猜想那份書寫，究竟與時間有什麼關係。這彌補了她的焦慮，在安娜覺醒之後面對她無法真正理解的書寫，總算自己也踏出一步，即使那還是在抄寫的心理狀態中。

在一片合聲當中，她選擇沉默；在色彩的繽紛中，她選擇成為畫布。她不無感激看著他們對她的尊重與成全。所有人都可以在她那裡拿走任何東西。重要的是不准歸還。甚至她希望她那裡是一定要帶走某些東西的地方。輕易被借取，有意的求取也好，無意的挪用也罷，在她那裡，彷彿一無所有卻能一再地提領出某些東西，無盡借取卻從來不曾減少任何事物的空間。她想，雖然寫不出來，但這就是文學了。至少，在數年的文字失語，接雜稿維生後，能如此短暫地再度擁有文學人生，是她想像不到的。像個文學本身的存在，菊兒之家像個圖書館。更幸福的是，她不但沒有耗損，甚至也在此提領了。

於是她也參與寫了，寫作的最後，她當起了守護者。他們獨自的、共寫的、互寫的小說，最後交由她把關。曾經他們討論過以菊兒的名義，留待將來發表。即使沒有等到那一天，菊兒還是會拒絕的。因為她深刻體會，那段時光在她那裡發生的，借閱的同時，他們也將自己的那份遺留下了。

包括她自己：她在這裡得到了，也留下了。

即便是最後一個被留下來的人，至少她擁有權力去說，在失去述說的權利之時，她會想說什麼。

三・禮物的起源

一・

關於「禮物」的緣起，成員裡的人沒有給過說法。這個群體沒有開始的宣言，也沒有結束的交代，因為沒有必要：他們沒有興趣去接觸其他人，沒有人有興趣去與他人談論，這個共識與共通性，使他們的存在與活動成為祕密。或許可以再說一次，儘管沒有太大意義：起初是為了拯救某個人而聚合，才發現那裡的每個人都需要拯救。彼此需要的程度與迫切難以比較，但他們都不想得救，於是藉由寫作，以相信毀滅的姿態樂觀書寫。

因為沒有溝通的必要，或者是說，因為他們需要的溝通已經自給自足並成一個循環的體系。「禮物」作為他們取代「我們四人」掛上的名字，便不覺得奇怪，畢竟沒有任何場合會需要去表示「我們是『禮物』」這樣的認同。也可以說是他們不需要認同，對彼此之間亦是。他們各自會在不同的場合見面、出席，竟然沒有一次是在外頭（菊兒之家的二十五平方米空間）同時現身，這是他們最自然的關係呈現。我們甚至要有所疑慮，他們是否願意以「禮物」代替他們自身。這名字（是啊，名字），源自於一個檔案夾，檔名就叫「禮物」。所以我們或許該說，他們以「禮物」命名的，是他們的寫作，留下來的作品。資料夾就存放在菊兒的隨身碟裡，只有一個檔案夾，裡頭只有PDF檔，全是文字。

可以推測：

1. 這是他們一年多的時間所留下的資料。由間接得到的應屬可信的自述說道：這是在他們四個人各自的留法生活最後一年間，形式上固定每週的聚會討論之中，創作出來的「作品」。無從得知創作的過程（是像工作坊般同時集體創作、各自寫後統整起來討論、分組創作、由少數人寫但集體修改），也不知道這帶給他們怎樣的樂趣。不論如何，即使最後以這種形式呈現給世人，也難以去追究這是否符合他們的意志了。至少，他們還保持著一定的友誼，如果這個詞不顯得矯情的話。

2. 這些檔案無法得知有否備份，但卻是以一種「遺稿」的姿態交給外人。在本書的〈序言〉裡已有如實交代「得到手稿」的過程。「手稿」一語並非誤用，除了有幾篇小說是手稿的掃描檔外，是他們看待這些「稿件」的態度。我們「應該當作」儲存這些資料的隨身碟是唯一的一份，即使他們各自擁有不論是部分或整體，甚至比這份資料還要多的檔案，這裡面已經是他們唯一願意交付出來的。可以想像某些作家們的「意志」，是將唯一手稿留待人「全權處理」，在對方的一念之間，成為他的信徒、傳教者，或是背叛者、埋葬者。弔詭的是，作家們交付的，並不是完全信賴基礎下給出的。這個行為是賭徒，唯一要確信的是當中的風險。在他們的討論中有武斷地提出：「有多少的著作在受託者中被拯救（譬如卡夫卡的作品），就有多少的偉大作品在被委託人手中損毀。」當然，除了這些心態外，作為「遺稿」，最重要的條件，是他們將作品託付給後，便不再以作者的方式生活了。這些作品連紀念的價值都沒有。是為創作主體上的自殺，可惜的是，這樣的作者觀，便也是他們專注在某些創作論的問題上的代價，同時也是限制了。

3. 沒有任何一篇有留下「作者」簽名。像是刻意製造出集體創作的樣貌，但實質上，更像無名創作。甚至在比較特別的篇章如〈阿奴斯・索雷爾〉，發揮的是「剪貼、翻譯」的才能，並似乎非常入魔地「不自己創作」。他們也曾討論過抄襲的必要，為了《禮物》的完成，寧願原封不動挪用作品，也不願意留下自己寫作的痕跡（且最後，將整本書交給別人「挪用」了）；有一些作品像出自同一人之筆（例如〈誘惑者〉、〈小羅蘭〉兩篇），然而風格這類的話題，似乎從他們留下來的一些討論片段與筆記裡，看得出他們帶有幼稚的偏見。對風格的爭論像是上個世紀甚至更久之前的。不過至少我們可以警惕，既然一個作者可以操作許多風格，風格的同異能否讓我們判斷作品的經手人？於是徒勞的，呈現作者的種種面向，最終只是重新確認，這些作品無法與他們的作者相互解釋。這裡關於作者的故事，僅僅是《禮物》一書誕生的條件之一。

4. 的確，這一切，包括此刻被迫出的言說，是以一本書的方式在構想，但同時給人強迫終止的感覺，無法忽視。合理推斷《禮物》是這本書最初或最後的書名。構想源自於馬塞爾・牟斯於一九二五年。在他奔走數年，重新凝聚他的舅舅涂爾幹致力創建的《社會學年鑑（*l'Année Sociologique*）》，在一次大戰的巨大損失後（尤其創辦人本身與團體內的許多精英一樣殞落），於該年集其餘力「復刊」。這個期刊集結了當時各個領域（經濟、歷史、語言學、人類學、哲學、法學）的菁英學者，一同以「社會事實（les faits sociaux）」為框架思考，集體努力建制一門學科。因為他們存在並一再生產，所以「社會學」如實體般存在。作為繼承者的牟斯，首要任務自然是重新奠基期刊作為平台。《禮物》便是「復刊號」的作品。卻也意外的，作為延續的「禮物論」，當中提出的「整體社會事實（les faits sociaux totaux）」，為原本的「涂爾幹社會學」開創一條新的路。這個溯源，可以確信是由博爾所提出，因為他的論文便是由牟斯的友人、涂爾幹的學生，漢學家葛蘭言（Marcel Granet）研究，側寫起整個學派的變化歷程，與之後對社會學的影響。儘管他似乎在四人當中不是最主要的文字出產者，但在小說的內外，亦即四人創作的方式與小說的形式上，給了理論與實踐的基礎。遺憾的是，我們似乎已經難以建立「交換的過程」了，儘管「我們的小說透過禮物交換的形式成為可能，並將我們過於具體的痕跡抹去，讓我們可以安然與我們的言說共處」是他們筆記當中最像是「宣言」的話語，仍然難以去重建之中的動態過程。遺憾在於，作品似乎永遠會是靜態的。留下的，只是模型，理想中才存在的樣貌。「禮物」在最初的理論應該是重視形式與規則的，呈現出這些作品，卻僅僅像是陳列出「內容」。然而，一本書就是一本書，如此夠想起的，作為「一本書」的整體，或許就是他們真正的「禮物」。

5. 意志使然，這些作品形式上，是對於他們自身創作痕跡的否定。於是，呈現起這些作品，只能如實呈現。並因為這些作品，使得一切關於四人的討論、描寫與猜想，變得荒謬無比。書寫他們四人如同自我矛盾與破壞。壞的是，只呈現四人的故事而不呈現作品，或呈現四人作品而不交代四人的故事，都不可能。所以創作者本身，與其所創作出來的，是不斷的爭鬥。想必他們對於權力是敏感的，自疑的。他們創作，這本身就有政治性，無需今日以「書本」形式呈現。在世界上任何的角落裡，都是政治實踐。至於他們為什麼熱衷於書寫這些角色，與小說的思考，不是輕易能回答的事。很遺憾的，如上所述，無法不讓關於四人的故事與他們所寫的故事並陳，以幾乎同樣的篇幅。並讓此刻正在書寫的我感到自己的語言如此多餘。我能預見讀者們抬頭捕捉到我的眼神。你們沒有落入陷阱，因為我自願在陷阱裡了。寫下這句對我而言甚至是羞恥的事。可是我得繼續說關於「禮物」的起源的故事，面對著已經完成的彷彿我是作者的這些故事，我堅稱這四位創作者的存在，說著他們的故事，維持隨時會垮掉的平衡。那個最後導致失衡的，是我的不得不說話，竟無從抵銷。

最初的交換，是那一晚過後，在博爾與安娜之間被權力刺激起的慾望關係，以及菊兒接納任亞銘依偎的溫柔時光，兩方各自維持一陣子的交換。他們有趣的地方在於並不排斥祕密，正因為如此，嫉妒與罪惡感的揉和，在寫作當中產生的末日感不停發酵。在他們引入如圭臬的牟斯《禮物》當中，關於推動禮物交換此一「整體社會事實（Les faits sociaux totaux）」、與禮物交換的三大義務（即「送禮的義務」、「收禮的義務」與「回禮的義務」）的動力，在牟斯多年執著的研究民族誌後，在該論文當中提出：所送之禮當中，帶有贈送者身上本身的能量。牟斯在此指出部落社會當中「hau」[1]的概念。類似於較有名的「mana」，屬於每個人身上獨有的、像是具有人格的抽象能量。這種能量會超過人的身體限制，散發出來，例如影響身邊之人。這種力量也會跟著某些物品，像是轉喻般的功效，因其接觸而能有該人身上一部分。提倡者博爾（是否是傳教者甚至殉教者的決心？）在與其他三人解釋《禮物》時，將注意力放在古典式的解釋。即便《禮物》在日後在李維史陀的引介下，進入了論戰，在牟斯那裡的「hau」的精神能量信仰解釋成為失誤，禮物交換所做的，就是交換本身。博爾則取消論戰，回到最初的「原點」，儘管過度強調「hau」的面向並失焦於此，令人起疑，但成功引起其他三人的注意。

不可諱言，他們聚會有神祕宗教的成分，只是缺乏穩定的信仰。如果博爾提出了「禮物交換系統」作為他們運作的模型，也不難猜想他想要推動與主導整個走向。安娜的日記清楚表達了這件事，也對長期間「交換」的直接讀者質問。

「沒有任何一刻我比過往清楚，我的私密書寫必然會展露，正在成長的書寫如剛發育的少女身體，羞恥地任人觀看撫弄，卻是我確保自己的真正私密之處的意識成形之時。我能夠抵抗這個眼神與占有的慾望。即便我是被占有了，被舔舐每個部位了，我被享用了。但我還是能抗拒，我，可以在書寫當中不用「你」。只有在書寫時，在我所有的一切都被奪走之時，即便我無法擁有文字的完全私密，像個政治犯被檢查著每個字句痕跡，我仍然可以再面對任何讀者，包括占有我這張書寫紙頁之人、包括位於我側盯著我書寫之人、包括占著情人位置要我吐露話語之人、以權勢壓迫使我自白之人、或是無比令我思念想要訴說之人，我皆可以斷然阻擋『對你說話』的慾望。『交換』是無用的，我被迫捲入這遊戲，被迫地無法自拔。博爾給了最大的幻覺，想藉由推動『禮物』，最終換取到他害怕擁有的。我指的正是菊兒。他想要的不是菊兒的肉體或精神，甚至也不是她的才華與想法。但博爾確實想要菊兒，我是暫時性的（這是他自認能夠盡情占有我的原因）。博爾對菊兒的全部，我們如何猜想的全部，都斷然捨棄。唯獨如此，才能得到他所求的。博爾為此禁絕自己，同時將私慾化成寫作的慾望，儘管他是最無法寫作之人。可惜的是，在我看來，『禮物』的義務，真正的謎不在回禮，而是在贈禮。如果如牟斯所說，贈禮包含著建立關係、確認關係、鬥爭，然而為什麼我們要這麼做？重點是，對於想給出全部的人，還有任何其他能加諸的意義嗎？可惜的是，我們三人都是全力付出之人，博爾非但建立不起理想的關係，反倒孤立了自己。『禮物』，也就不為了他存在了。我只把我全部的時間給予寫作，再把寫作給『你』。這個『你』，並非任何閱讀這話語之人。」

這段文字，已經不是單純的日記。安娜寫日記的習慣，在進入了四個人的聚會後，已經在本質上被改變。這不僅僅是我們所知的，揉合在她與博爾固定的性關係裡，閱讀與被閱讀如同愛撫與性器的接合、體液的混揉。也不僅僅是安娜的文字變成毒素一般，出乎博爾意料地被反撲（也可能是早有準備而引誘安娜出手）：博爾意志驅使這份交換，密切而直接的。只是時間延遲後，他的思想漸漸被安娜的文字影響，產生了書寫的慾望，作為四人當中最不願意出手寫作之人，博爾被撩撥，無可救藥地嘗受著書寫慾望的折磨，延燒到肉體。這時他在驚恐中享有著另一種愉悅，因為他的肉體，反過來被安娜馴服了，他必須壓抑著想被奴役的肉體。精神上他想持續宰制，肉體上幾乎完全被奴役了。這段日記，以及接下來會穿插的片段，在閱讀時得要有的心理準備，是這些不僅是在四人關係影響或與博爾的私密關係中的產物，既然在名為「禮物」的檔案資料夾，這些就是禮物本身，飽含著個體毒素（以安娜對hau的理解，她更願意如此命名）的「物」。也是由於是「物」，成為了作品的日記，便不再屬於她個人，安娜的名字只是附加在此物上的。若太專注於窺探，不論是安娜的內心，或安娜陳述的「事實」，都會讓我們迷失。儘管《禮物》是小說創作，而且是意旨在一個長篇結構的作品，徒剩斷片由我們拾取的〈安娜日記〉（可以對比署名菊兒的〈普魯斯特日記〉），也仍該視作整體文字作品的一部分。

撇開李維史陀引起的未來數十年的爭戰不談，包括日後的社會學、人類學大師，譬如戈德里耶（M. Godelier）與布赫迪厄都深入探問，無論是怎樣的詮釋，都會注意到，禮物的全面贈與（prestations totales），除了友好的，也有競爭式的（type agonistique）。意思是，衝突的發生，除了可能出現在拒絕收禮的情況下（拒絕履行收禮的義務，亦即拒絕友善，如同宣戰），也在贈禮與回禮之間比拚產生的傾軋上。熟悉《禮物》論文或人類學史的人應該知道，牟斯分析這種競爭型態的「交換」引用的是美國人類學家之父鮑亞士（F. Boas）著名的北美印第安族Kwakitul的誇富宴（Potlatch）。在誇富宴中，酋長對於賓客極其誇張展示財富與大方，以傾倒之姿贈與禮物，彰示自己對此不屑一顧，甚至當眾毀去物品，表示其富足已毫不將眼前事物看在眼內。牟斯洞見裡，將其視作一種戰爭形式，儘管在他眼中仍有些原始。博爾與亞銘從初次見面，以包裹在友善外衣裡的審慎交流可以當作一次次小型的交手，拳擊手試探的拳路與腳步。他們的互相攻擊不可避免，勢必會走向近身肉搏，像愛人纏綿般的滾地扭打。要說是「禮物」的密切聚會讓他們劍拔弩張並不確切，如果沒有這般「機制」，他們之間必然有遺憾。可能是自死方休的爭鬥直到徹底折損對方意志，或是缺乏機會認真交手而錯過了在思想與意志的高峰階段撞擊的火花。兩個女人比他們清楚，在他們還深怕破壞了和平導致計畫失敗時，安娜與菊兒不停地煽動，其臉紅殷切的模樣（多像是她們性高潮時的可愛神情），讓亞銘與博爾一度以為她們因為背德的想像與嫉妒，才如此興奮。譬如看到男子為了自己而決鬥的女人，著急卻興奮流下的淚水。此時她們已經早先一步懂得玩禮物的遊戲，她們在嬉笑的面孔下，肅穆地將兩位男子獻祭。因此，兩位女子原先的不相熟、猜忌與妒忌，卻在陽剛爭鬥的可笑模樣展演背後，成了共謀。她們私下用社群軟體交換訊息，傳遞想像，填補她們成長過程當中匱乏的閨蜜感。博爾與亞銘的話語爭奪成了表演，在競技場上拚死搏鬥只為了換取台上兩位賓客的笑。她們交換眼神，時而私語，這令兩位男子更加被魅惑，也開始有了原始的自我想像：作為戰士獲勝的一方，將可以享有戰利品，即台上因爭鬥而激起性慾顯得風情萬種的女人。在越鬥越烈的口舌與筆戰，滔滔不絕的論述裡，他們的男性魅力被製造出來，放在櫥窗裡或投射到銀幕般亮眼。然而也是虛幻的。博爾與亞銘在激撞間醒悟，菊兒與安娜都是整個肉體與靈魂都渴求不已的，他們未曾真正擁有。哪怕只想多嘗用她們更深處一點的東西，都值得兩個男人用命去相搏。菊兒與安娜在被追逐間轉變到有利的位置，取消她們原先有的雅俗的界線，安娜慢慢大膽地與菊兒介紹起腐女的世界，而菊兒依此開出一連串的文學書單去滋養安娜（譬如莫泊桑、《在黑夜中漫遊》、《情感教育》、《夏日之戀》、《等待果陀》、《禁色》），在這意義上，兩個人交換了。她們甚至想像兩個男人如《星際大戰》的武士，拿起陽具像光劍般比拚，迸出火花。至於各自私下的情愛（初期限制在博爾與安娜間、菊兒與亞銘間）在想像的遊戲間，漸漸褪去了色彩。哪裡有死亡的幻影，她們就往哪去。他們若拚搏至死，她們就願意追隨。

「只可惜這永遠是假象。我們不會真的死亡。」安娜說著且哭了，並不矯情。

「至少我們可以寫下自己的遺書。用我們之所以為我們的全部時間寫。」菊兒說。

二・

博爾與亞銘因嫉妒燃燒，多年來的孤寂也終於得到出口。兩人掌握相同的原則：擠迫內臟與腦汁般地給予，再給予。不足時便用力掏出掘出，辛苦地虛構出來。博爾在過程中坦承自己的無力，終究還是得把自己折彎一些，明白只要在這裡，他並沒有全面的優勢，包括領導這件事。一旦意志上面退卻了，就如雪崩般裂解。有天，他鋼鐵般堅硬又十足彈性的肌肉、動輒一兩小時的性愛抽插的陰莖（他深信那一天，當他把安娜交還給真正可欲的亞銘、當他占取真正折磨他性慾的菊兒時，她們必然會在記憶中比較，並臣服於他肉體能給予的歡愉），在她與安娜的「前戲」——安娜交叉著大腿、啜著Mariage Frères的「帝王婚禮」茶，貪婪看著博爾閱讀她日記的專注模樣。她後來也放開了，不論愛或其他價值，可以浸在享用的情懷中，把可以觸摸到的極限愉悅推到更遠——，看著日記裡的恍若無知裝作他這直接窺探者不存在的徹底告白。不僅關於她的私密，還有菊兒對她透露的與亞銘的關係模式、以及她們如何狂歡式看待博爾與亞銘一次次的決鬥，一次次展現超過他能想像與享有的快感，經過轉述，侵入並破壞他的內裡，終於，即使安娜如何哄慰，用手摸撫用口舌舔舐，博爾的陰莖仍是如褪下的蛇皮，癱在那裡。才在這裡，渾身鋼鐵般肌肉的身體上，雙腿之間癱軟痿靡的的樣態中得到快慰。彷彿驚見陌生人遭受巨大的不性或羞辱引起惻隱之心，安娜看到博爾垂掛痿小的陰莖，如看到暴雨中被打下巢窩的雛鳥，激發起了母性。她難以想像過往博爾掏出來的勃起陽具，挺撐起來微微朝天、發著光的器官，與眼前這個皺掉的不成形體的贅物，是同一個東西。她從來沒見過如此可憐的樣貌，尤其對比在博爾依然健美的身體，那象徵他全部的脆弱。對安娜而言，一直以來以征服者、戰鬥者之姿（特別對於亞銘羞辱式的挑釁）現身的男人，陽具像是武器去征服許多女性直到內裡（想像他讓許多女性臣服的樣子令她興奮），那理應是他身上最堅硬的部分，現在則像無法遮掩的致命弱點。她摻雜的厭惡與同情，百般刺激不起，難以接受這是過往讓她無法深陷於歡愉的器官，博爾天生的強力性器是連射精後都能維持一陣硬挺，甚至再度插入，再度射精的。她幾乎認為，這是垂死的樣貌。

「對不起。」安娜說。

「是我抱歉，今天怎樣都不行了。」

「我是不是在哪邊，或是在什麼時候傷害過你？」

不是傷害。博爾明表地說，充滿溫柔的，彷彿回過頭來修補安娜。他不禁感謝起安娜。也感謝亞銘與菊兒，原來自從一開始他就沒有領導，而是被呵護著、以不傷自尊的方式被集體善誘著。這是他得到的第一份禮物，而他自認為還沒真正給予過。他想著兩件事情。一是既然是禮物系統，第一份禮就不會是唯一一份禮，總會循環下去的；二是收禮後，上面帶著的「hau」，總是要歸還的。可能要到了這個時候，他才清楚摸出來他們四個開始與繼續存在的意義，將來留下與不留下的意義。

三・

作為意識當中競爭的對手，亞銘卻在初始之際得到了救贖。如之前所講，他的投入，確確實實包含在博爾一次一次的挑起激辯當中。他可以在這形式本身中得到滿足。博爾每一次尖銳的逼問與長結構的論述，每一次對他話語的壓制使得他短路當機、沉默退縮又再度被挑起來回話，都讓他一次一次累積起充足的話語能量，補充他匱乏無比的經驗。他不免驚喜：原來經驗匱乏之人，竟可靠彼此補足。他庸人自擾許久，默默承擔攻訐與壓力，這當中甚至覺得滿足。他打算真正弄明白這件事。為了能繼續走下去，也為了進行這迷人運動，他確定自己要站在對立邊。不是對抗博爾，而是要讓博爾推行而行進的方向（這原本就未必如博爾所意）產生偏航。

「將他人的努力比作意欲啟航的船隻，在這航行中，船被北極磁場脫離航向。去發現那個北極。對於他人來說的那種偏離，對於我還說卻是確定我航程的資料，我把我的思考建立在時間差異上（而對於他人來說卻是打亂了探索的主線）。」

亞銘抄得了這句話，當作箴言保護。這是他難得的祕密了。

他原來的體重微胖，墮落的期間，偶爾會暴食偶爾暴瘦，成了文弱樣，身上還出現了酸腐的氣味。所有的人都有意識到，在他剛被拉進菊兒之家的那陣子，成日醉酒，氣息猶如巴黎地鐵的流浪漢。博爾把他扛回家的那幾回，在地鐵12號線的Pigalle，對隨行的安娜開玩笑說：「把亞銘丟在地鐵月台的塑膠椅上，沒有人會懷疑的。他的氣味就是流浪漢的氣味啊。」安娜竟也苦笑了。他們沒想過每回喝醉酒痛苦皺眉，想吐又吐不出來的亞銘，意識已經消失大半，視線花茫，聽力卻是像錄音機一樣清楚，在深夜的巴黎街頭與地鐵間，記下了博爾與安娜的對話。對於亞銘的擔憂、心痛，卻又多少失望、鄙夷他的自我放棄。也是早早地，在那個時候就嗅出安娜與博爾之間，因為他的軟弱，而突然拉近的距離。甚至有點預言性的，在他們還未有進一步關係時，就已經為此心碎，並反過來在聚會時冷淡對待安娜，加速把安娜推往博爾那邊，徹底地孤身站在他們對立面。他的體型仍是變瘦了，眼神也從渙散中被悲劇性格（所有的悲劇者都要有自我選擇接受主動被命運擊垮的意志）而變得銳利。因為自由了，也有點慌，同時興奮著，他的飄遊式的散步，也轉化成了積極的城市探勘。從小腿肌到股四頭肌，肌肉量漸漸成長出來，他像是從博爾那邊取得了野獸性，對零食甜食與啤酒不再渴望（只在聚會時喝紅酒，而且越來越節制），對肉卻無比渴望。他的體態明顯改變，自己卻是最後知後覺的一位。

亞銘覺得非常舒服。包括身體上的，下流文化語境中的。日後他與博爾雄性的權力爭奪演練（他如此定義）裡，能夠抵禦住思想與論述皆鍛鍊無比強大的博爾，甚至伺機反擊，偶爾取得上風。在環繞著「禮物」的談論間，他揣摩在書裡習得「職業密謀者」一詞，把自己想作那個樣子。他不擅長主動採取攻擊，不喜歡在人面前表演，除非有必要。他喜歡職業密謀者的暗自煽動的形上學，願全部人與他作對（結果卻是所有人都喜歡他，即使這與擁抱無涉。），他將自己過往累積的一切併入了這個形象裡：「他們或多或少處在一種反抗社會的低賤地位，或多或少過著一種朝不保夕的生活。」似乎給自己的挫敗與被學院逐出找到了藉口，實際上卻未必如此。實際上可能的解釋是，他開始欣賞起自己所在的位置，用在這位置上才有的眼睛去看。他找到了身體。是的，原因僅那麼單純猥瑣：他的肉體被菊兒吞納後，在被包覆著撫弄的時而溫柔時而粗野的技巧下，以最大的淫穢詞語與姿態傾倒他，亦引導，馴化他又折磨他。

他們四個人在一起的另一個共通處在於，對於情感與關係不存在真正的禁忌。亞銘自承，也許他原本就是想像力與觀念上最淫穢色情之人。他專心在聚會中，雙眼發紅與博爾激辯時，不時瞥見安娜入戲與菊兒的抽離，都令他相當興奮。他預想過四個人雜交的樣子，看起色情片時帶入想像，陰莖漲大到痛，詩意也飽滿了。他在菊兒的書房也翻閱過令他困惑的三島由紀夫的雜文作品《不道德戀愛講座》，其中說道「沒有比處男更加色情的了」令他臉紅。的確，他從青春期開始不知如何面對情慾，對情慾的形狀不了解又遭其纏繞窒息欲死。他因為性格內向與自卑，在同學們私下交換色情光碟與瀏覽色情網站的時代，他只能在小書局的廉價雜誌的封面女郎或是小本黃色書刊上取得慰藉，但是圖像的色情全然無法滿足，女性的身體在他心中形而上化，他像是苦行的遁世修道士，既崇拜又想玷污女性的各種身體。少年時代甚至沒有人教導他手淫的技巧，只能在家人不在之時，裸著身硬著屌在冰冷的磁磚上滾磨緩解痛楚。他不曾夢遺，直到十六歲時才第一次射精在手掌上，只因為偶然聽到妹妹的與同學的電話私語猜測（所以妹妹的性知識早熟許多？）。他第一次擁有了祕密的快樂，自此十多年的時間，每天每天，沾黏自己的手，一次一次用肥皂搓洗掉指縫間精液的臭味。說來不可思議，亞銘的青春苦惱在指縫間流過了，整個大學時代、軍旅與漫長的研究生涯，他一直是處男。感情總在要接觸到肉體時乾癟，只在缺乏任何愛的對象時，他的陰莖才會聽話。他每日固定抓片，按編號搜集，從早期的川島和津實、小澤圓，兩千年前後的愛田由、蒼井空、高樹瑪麗亞，直到今天的波多野結衣、旬果或三上悠亞，他每晚怒射在這些肉體的表演中，打好光設好景的色情，安排好的劇情與流程裡。安娜的暗示，溫柔的應允，或是兩人最密集也最密切的互動，在對方家裡逗留甚至留宿時，真正壓垮亞銘的是過多停留在私我保護著的淫穢。理由非常「處男」：他不想把自己如色情，以慾望的形式發洩在安娜身上。他太沉浸自己的色情，不知道安娜身上的淫蕩同樣強烈。但就像博爾要以強勢的方式將安娜藏起來的力量引出來，彷彿平行線的另一端，是菊兒滿不在乎地把亞銘可笑的慾望形式摧毀。性愛間他感受起眼前女子與他性經驗的巨大差距。恐怕不是做愛次數、時數或對象多寡，而在於探索過的強度差異。粉碎的不是他的肉身，而是對自己的妄想。他在她身上看到無限，還有無盡的空虛。petitie mort，法文的高潮，直譯「小死」。菊兒拼湊出的「大死」在亞銘看來，是在非常遙遠處的星辰圖景，又是嗆進鼻腔的海水。他有過不知所措當作被施捨、被救贖的羞慚，幾次幸福欲死經驗過後，他欲伸手去抓，才動了念頭，就被逮住了。他並不被允諾在她身上尋求更多的快感，界線之外的。他深深記得，陰莖仍然深深的被她陰道包覆，可是那一瞬間，原本吸納在菊兒的內裡，裡之裡感，碰觸到了界線，性器的皮膚如何摩擦接觸都碰不到絲毫的核，在亞銘面前完全炸開。他在裡面卻被排除在外，原一心只願墮落在與菊兒的性愛不讓人知（即使其他人能感受並嫉妒），在那之後取回了自己慾望的孤獨。他樂於掌握菊兒對他的定義：工具。他願意將自己當作工具，在菊兒的身上扮演某種功能，僅此也好。但同時他知道的祕密，自知已經比博爾更多。他知道菊兒的性意識的真正無盡探源，是在真正內在經驗裡。那就是他碰不到的。日後也許博爾終究會占有菊兒，或是早就或正在品嘗，可是都不會像他走過的路徑，受挫的身體最後取得獨屬自己的那份真理：這是自己以特殊的主體經驗創造出來的。

身體的變化裡，亞銘建立起自己的唯物觀。同時，他將自己與博爾的立場想像做意識形態的鬥爭。至少，要是辯證的。他在頻率緩慢的性愛關係當中，取得了再度被放逐的思想。某天他覺悟了，主動把菊兒拉到穿衣鏡前，他在菊兒身後貼著，以雙手撫摸她全身。從頭頂順摸到耳際畫上一圈一圈，再探上臉頰，雙手捧著，十指游移，接著將左手食指按住菊兒口脣壓抑了她的呻吟。菊兒不自主吸著他的食指。亞銘再以右手拉下，一下進攻菊兒的小腹，將她的腹部與雙乳微微使勁撫弄如擁抱，直到摸上鎖骨與輕掐細頸。左手掌還貼著她下巴與臉頰，任她將手指在她口腔間抽插。亞銘的右手再度下滑，直到穿過下腹的陰毛，挑動陰蒂，然後被大陰脣外的液體濕潤。他抽開了雙手，右手扶著菊兒的腰間，輕推前傾，另一手抓著自己的陰莖，硬挺進去她的陰道。極度雄性的性主導與菊兒放肆地高潮尖叫與搖擺，不完全因為他的強度，或關於任何關係的宰制。僅僅是菊兒承認了他，關於他們之間可以任何時間喊停，而靜止在即將暴衝的點（或任何速度中隨時急煞的點）中，產生新的思維。這場性愛象徵菊兒欲表述的理想模式（即使表面上是他主導），亞銘讀懂且共謀了。也是那個時間點，亞銘知道自己擁有與博爾相同的力量。

他們可以「共同生活」了。

在作品裡面。

四・

她早就開始寫了。這不像真話。她始終表現出頹散之貌，如果真要換個角度說，整個一年多的聚會、討論與寫作工坊（說穿了不過是這個詞），莫不是她打發時間的活動。

她不知道自己在寫。寫不寫並不重要。有沒有意識自己在寫並不重要。寫作本身並不重要。不不沒有的，她並沒有鼓吹任何事。實際上。每回的聚會在晚上，安娜會細心帶上幾道家常菜，博爾準備起司與火腿，亞銘準備酒水。菊兒則睡過中午，宿醉未清的狀態下，早中餐的可頌吃下，配上一大壺咖啡。然後陷在自己的書桌裡，數十年一日地，喝著威士忌，酩酊搖晃著。她會在下午醉倒一次。因為電鈴而起，夢遊間開了門，然後將房間交給客人。誰第一個到，誰做主人招待。她會游移回自己的房間，上鎖。在晚間八點，以完美的妝容與黑色或藍色洋裝，沙龍女主人的姿態出席。

她看得比任何人都清楚，不然如何扮演這種角色？在洪水沖散之前，她勢必守護著殘缺。但在此之前的之前，她得記錄下來。真正的紀錄者，是在事件發生之前便能記下，受詛咒的預言者；也要在一切櫻散後讓話語持續，無人知曉的說故事者。然而在那些當下時刻，她真的不知道該扮演什麼。

禮物，她不敢說。對她來說是多美的詞，美到她覺得是在自己的世界反面了。她之所以寫到現在，不過是因為寫作什麼也不保證，包括一點點的自我滿足與療癒，也無關意義與無意義。寫作對她來說，是「就這樣」的事。隨時可以停止與毀去，是以能不戒掉文學。也因為如此，當博爾與亞銘在辯證時的姿態，能為一個不存在的事物而爭得面紅耳赤。即使她知曉背後的嫉妒，與他們之間競爭的相惜。禮物不會真的在的。沒有誰給誰，沒有循環。物一直在流動，沒有屬於過誰。

她忘了告訴他們，這些可愛的人們，寫作這條路不會有夥伴的。如果可以樂觀一點，她會說：「即使禮物存在，禮物，也是送不出去的。收禮者也是永遠收不到的。」至少至少，不要寄望在寫作上。

她不懂的是，為什麼一切在她這裡發生，像是遙遠的一場災難如史詩般壯闊，樂園的建造是為了毀滅。應該要再更遠的，應該可以不必實際發生的，然而就在眼前，給予她不奢望的幸福。她已經看見了即將到來的寂寞。她真心喜歡這些人，包括初期接納起渾身酒氣爛肉般的亞銘。她想說，既然巴黎都拯救不了的自己，可以找到階梯，繼續往地獄深處走去。以肉身去渡另一個肉身，這種微小的滿足未必不可。

「個人具有各種私心，卻普遍缺乏對其明天所抱的嫉妒心理。」她也是亞銘筆記的翻閱者之一，她不知道這句話哪來的，卻非常感動於其中的絕望感。是，她感到的是絕望，越是真誠的絕望越能打動她。她幾乎只對絕望有感了。這也是她喜歡他們的真正理由，至少他們如此專注，可以忘情在今日中。

她學到太多事情，奇蹟似地。

他們來，他們離去。拉長時間來看，他們出現，他們徹底離去，各自回台之後，再也不可能如此聚在一起。一開始是回憶畫面的重播。切分起，像拿餐刀鋸切牛排，看著醬汁從煎到微焦飄香的表面順流而下，潤過新切下露出玫瑰紅滲血的肉質紋路。又彷彿整個世界縮成眼前的地球儀，用指尖撥轉，撫著順著山脈高原縱谷所做的高低形成的凹凸表面，恣意轉動停留，用手指旅行。他們成為她的祕密，成為她無法告訴他們的祕密。「四人」一開始是在她腦中留下話語與畫面，還有她不以為意的思想的流動與情感的伏流。是這樣的。她往往覺得不真實，也許是酒精的作用，她對一整天的印象皆是模糊的。很自然。那些不像真實的夜晚，在更晚，眾人散去後，轉場到她閉上眼後的世界裡。當然，這其中包括她自己。簡單點說，如果她願意開口，能取得的詞彙是「夢境」：她夢到他們，在這房間繼續聚會，再度散會，直到她在夢裡推開房門走進，方才夢醒。而她固執覺得，這不是夢，也不是幻想。對她而言，這就是小說。

不是懷疑或假設，在她以實證的精神質問自己（從博爾那邊學來的），這「夢境—小說」也許不比四人的聚會晚。這是確信。「夢境—小說」也不具預兆性質，且絕非回憶的重播與修改。是持續，是再發生，不是重複。沒有地點，沒有時間，在因為匱失任何脈絡的菊兒腦中發生。

等同沒有發生，不是嗎？然而她不敢這麼說。她沒跟任何人說抱歉，每天起床，花了大半的時間醒酒，然後繼續一杯一杯填滿她的醉。她只記得一個一個字就這樣寫下來了，解了她長期文字枯竭的魔咒。無憂無喜，就算是快樂的吧，可以平靜地讓身體在電腦前，雙眼看著文字一一填滿白色的空白檔案，字數統計穩定地增加著。沒有日期的檔案裡，〈四個人的故事〉寫出，刪除了幾次，終究留下了若干片段。

（「然而她還是非常美」，這句話作為開頭，是無論如何也更改不了的。只不過，這究竟是什麼時態呢？）

由於小說家的訓練與信念，菊兒沒有困惱於哪個聚會才是真實發生的，哪個才是虛構想像的，只要書寫，就同時是真實發生與虛構想像，也是兩者的空缺。收攏統一在她的書寫裡，互鏡。

當第一次，安娜的名字被她的文字叫喚出來，她一陣感動，禁不住想找個人好好擁抱。那天，亞銘像個哭泣的孩子睡癱在沙發上。她將他留下，以收養的心情，叫出他的名字。

終於。開始。

安娜成了安娜。

亞銘成了亞銘。

博爾成了博爾。

菊兒，也成了菊兒。

他們有了名字。他們亦接受她的命名，一如自己意志的選擇，彼此叫喚。

在很久以後，繞了一大圈的博爾，坦然面對菊兒，並滿滿地將她擁抱在懷裡的時候，對著她說：「如果妳願意相信，禮物會回到最初的贈禮者身上的話，所有的禮物，都是送給將來的自己的。」

菊兒：

「我很早就知道了。」

安娜來自於Anais NIN[2]。

亞銘來自於Walter BENJAMIN[3]。

博爾來自於Pierre BOURDIEU[4]。
菊兒來自於Marguerite DURAS[5]。

---

1 hau：源自毛利人的概念。此處僅引用牟斯於《禮物》裡的解釋。牟斯觀察到，「禮物交換」這種涉及廣大的族群與文化，同時也涉及多重層面（宗教、道德、法律、經濟等等）的「整體社會事實」的機制，背後有三個原則，或說義務：送禮的義務，收禮的義務，以及回禮的義務。在整篇研究中，關於前兩者的解釋沒有引起太多的問題，必須送禮象徵著關係的建立，以及自身的權力（或財力），被贈者必須收下，否則拒絕建立關係，視同宣戰。然而回禮的義務，甚至回禮必須比當初的贈禮更多的現象，牟斯在此以毛利人的「hau」來解釋。

「hau」與人類學裡經常使用的「mana」有點接近，屬於一種精神能量。物即使被轉移了，卻仍會保有原物主的精神力及來自它所屬之地的力量。換句話說，在禮物當中，贈出的禮物不只是「物」，還帶有它來源的能量。意思是，原初的贈有者，依造禮物的定義，贈與出去應該不再屬於他。可是他的精神能量是跟著禮物一起到收禮者那兒的。「hau」終究有回去自己本源之處，所以收禮者若一直不回禮，這精神能量會有害。所以收禮者會回禮，回到牟斯提出深刻的觀察所產生的問題：「為什麼最初的贈禮者成為最後的收禮者？」」。

總之，禮物的物，不是「惰性的物」。意即，在牟斯的分析中，除了個人的實踐外，物質其實也有推動的力量。

往後這是這具有啟發性的研究最多爭議的點，即使大部分都不否認這三個義務構成了禮物交換，也解釋了人類學當中「誇富宴」與「庫拉（Kula）」兩個知名民族誌例子。一九五〇年，李維・史陀在牟斯過世後整理的論文集《社會學與人類學》的序當中，對此作出知名的回覆。李維・史陀認為這般的解釋太過於神祕，以至於阻擋了它能發展出一個在人類社會文化中更普遍的系統結構的潛力，因為這「hau」會使得這「交換（送禮／回禮）」變成次等的現象，因為真正在運作的是這精神力而不是交換；否則我們就得說這hau就是交換本身，但如此一來hau便顯得多餘。李維・史陀欲追求的是一個更純粹的溝通及交換的系統，因此認為hau只是土著主觀上對這交換系統給予的解釋，畢竟這交換是人類社會在無意識中完成了，而土著們使用著hau一類的概念去理解，但這只是表象，hau只是一種「飄浮的指符」，以讓人們的主觀能夠與他們碰觸不到的無意識的意義系統運作間產生和諧，消彌裂縫。意思是，hau或是mana，都像是一個代數般的象徵，幫助我們在觀念與實踐上的落差能夠圓滑。

---

2 Anais NIN（1903-1977）：阿娜伊斯・寧，出生於法國巴黎近郊。父母皆為古巴裔。父母離異後，母親帶兩個兒子與一個女兒（就是阿娜伊斯）到紐約生活。十四歲時離開學校，短暫當模特兒渡日。她依靠自學獲得文學養分，也極早開始寫私密日記。一九二三年與銀行家雨果・居禮耶結婚，一九二四年隨著他到巴黎生活。一九三一年，她遇見了亨利・米勒。從日後的日記（尤其集結成《亨利與珍》）看得出，她與丈夫生活的不滿，她一方面受亨利的才氣吸引，也被亨利當時的妻子珍所魅惑。

她的作品因為書寫許多女性情欲，其中自由、亂倫等主題而不受出版社青睞，有些作品是自行排版印刷。日記則因為會傷害到當事人，亦難以出版，直到晚年才經本人刪改發行，因此享有聲名。其情色書寫作品最知名的是一九七七年集結的《愛神的三角洲》（*Delta of Venus*），更重要的是她晚年出版的七卷《日記》（第七卷過世後由他人編輯）

3 Walter BENJAMIN（1892-1940）：班雅明，出生於德國柏林。最早的作品是關於歌德的研究。一九二三年於法蘭克福大學結識了阿多諾與霍克海默，參與了法蘭克福學派的誕生。班雅明的書寫與其觀點，事實上並不容易在當時被理解。他的一生大多以雜稿維生。「在經過了很長時間，直到有個工作、有個固定收入的希望總是落空。」這句話算是他對自己所寫的最好評語。費盡全力書寫甚至修改的《發達資本主義時代的抒情詩人波特萊爾》一書也無法讓他順利謀得教職。

班雅明在一九三三年，因猶太身分受威脅而流亡法國。在巴黎是他另一個思想成熟期。在二戰爆發後，他再度面臨逃亡的命運，在將手稿交給當時在國家圖書館工作的友人巴塔耶後，他逃向西班牙。在絕望中，服用過量嗎啡自殺。他的名聲於身後建立，尤其摯友漢娜鄂蘭的整理與闡述。他的作品瑣碎片段，卻是最適合他的文體。較為後人所知的除了上頭說到的之外，還有《機械複製時代的藝術作品》、《歷史哲學論綱》、遺作筆記《拱廊街計畫》等。附帶一提，他也是普魯斯特《追憶似水年華》德語版的譯者之一。

4 Pierre BOURDIEU（1930-2002）：布赫迪厄，出生於法國靠近西班牙的貝亞恩省（Béarn）的當甘（Denguin）小城。父親出生農家，原是郵差，後來成為郵局局長。自小成績優異，大學進入法國菁英搖籃高等師範學院。在巴黎時遇見同儕所帶有的教養與使用的語言，使他印象深刻，促成往後研究階級間品味區隔的動機。哲學研究出身的他，一九五八年至六〇年年選擇逃避兵役而至阿爾及利亞教書。這段期間的經歷，使得他轉向民族學與社會學，一九六一年出版《阿爾及利亞的社會學》（*Sociologie de l'Algérie*）。一九六〇年返法後先當雷蒙・阿宏（Raymond Aron）的助理，一九六四年進入高等實踐學院（EPHE），該校的社會科學部門於一九七五年獨立為高等社會科學院（EHESS）。他一直於該校任職、成立研究中心、創辦期刊。也於一九八一年當選法蘭西學院社會學教授。他是二十世紀後半最重要的社會學家之一，也在法國扮演公眾知識份子的角色。他發展的概念如「慣習」、「場域」、「文化資本」、「象徵性暴力」至今仍是社會科學相當重要的工具。

5 Marguerite DURAS（1914-1996）：莒哈絲，出生於西貢（今胡志明市）近郊小村，真正的姓氏為Donnadieu。五歲時父親死於法國，母親則於一九二三年帶著三個孩子遷至湄公河三角洲的永隆市。她的母親為了生計受法國殖民政府所騙，購買鹽分過種無法耕種的荒地，從此家境陷入貧窮，母親的精神狀態也差，這成為她早期小說《面對大西洋的防波提》的主題。她十五歲時與中國富商相戀，在雙方家長反對下，母親以封口費交易。這使得她家的經濟問題解脫，她也就此決定前往法國（從未到過的故國）讀書。這創傷是她一輩子的主題，但直到晚年才以《情人》、《中國北方來的情人》做最完美的書寫。她一輩子書寫甚多，也累積不少讀者。一九五八年與雷奈合作撰寫電影《廣島之戀》腳本。一九八四年以《情人》獲得龔固爾獎。她的書寫多與愛情中的沉默與瘋狂有關，重要作品除了以上提到的之外，還包括《如歌的中板》、《勞兒之劫》、《副領事》、《印度之歌》等，為法國二十世紀最重要的女作家。

四・辭格

0.

四個人的名字首度在菊兒寫下的〈四人的故事〉中出現。分別在四個場景。安娜在墓園。亞銘在地鐵。博爾在圖書館。菊兒在家中。

名的由來：

安娜來自於Anais NIN。

亞銘來自於Walter BENJAMIN。

博爾來自於Pierre BOURDIEU。

菊兒來自於Marguerite DURAS

這是每個人的星座，每個人的守護神。

1. 安娜

安娜自小寫作，圖畫日記、學校週記、同學間的交換日記等等。在國文教育的分類，譬如論說文、抒情文、記敘文，或是詩、散文、小說等等，她不曾感到興趣。在她拿起筆的時候，只在乎一件事：這是自己的書寫，或不是。

她一直小心翼翼保護好自己的書寫。到高中的時候她考上不錯的女校，自然地，被某種氣質吸引（日後她才從博爾身上學到「文化資本」這個詞），在九〇年代的末期成了文青。應該是標準的吧，她沒特別注意過。年輕時往往見到書就讀，讀到喜歡便讀，不喜歡時就扔在一旁。那個年代即使有電腦，網路也還是撥接的時代，光撥號上線就得花上時間，以時計費，訊號不穩，開個網頁得花上好一段時間，除了電視外，就是閱讀。放學晚餐後，一家四口擠在小小客廳，爸爸媽媽準時打開八點檔，瓊瑤系列、金庸武俠、包青天、京城四少、楚留香，小兩歲的弟弟跟爸媽挨擠在褐色假皮細紋龜裂吸納著每人體臭的舊沙發上，盯著螢幕嗑瓜子吃魷魚絲。只有她坐在稍遠的餐桌上，迅速地寫完作業，靜啞地翻起書報。爸爸是工程師，媽媽是小學老師，一家四口，我的家庭真可愛，從國小作文開始，每當寫到我的父親、我的母親、家人遊記，總是能輕易召喚，可以保護起「我」。「我」因此在這外衣下，不必被老師與同學特別關注，家人沒有特別操心。似乎是一樣的場景，耳朵裡聽著電視的聲音，沒放在心上仍是留下來，沒有太多勉強地跟上同儕的話題，至少哼哼主題曲，唱唱萬芳、林憶蓮、葉倩文的歌。直到高中有一天，她試寫了小說，疑惑著自己選擇的視角、處理人的情緒，避不了偏移，最終無法言語。這篇試寫，被敏銳同學的直指太安全了。她才恍然大悟，那就是家庭場景中，十多年的時光裡，隔個幾公尺距離低著頭閱讀或寫東西時，不專注聽到的家人話語的背景音，與視線邊緣甚至邊緣之外的家庭剪影。這是她被給定的視角，於是失去了寫小說的信心。意識到偏斜讓她難以忍受這個家，跟母親要了補習費，高中輔導課結束後便理所當然不回家，她也有合理地在外遊蕩的機會。只要保持著成績，門禁前回來，不多的自由仍可以呼吸。

開始去南陽街補習的三年時光。穿梭在一個個化名的補教名師間。假裝晚下課假裝晚吃飯，吃便利商店省下飯錢，在偷來的半小時間逛逛已逐漸沒落的重慶南路書店，每週悄悄買下一本書。一人沿街逛起書店，穿著制服與斜背包，視野一下炸開。有時遇過同學也同道逛了，不過本質上非常自由。在書架中迴旋身體墊高蹲低，抽書疊書翻書闔書，都是極度自由的。即便一週五天要穿著制服，從早到晚不是在學校教室就是在補習班教室，頂上日光燈管永遠把色澤吃掉，只要踏進書店，跟紙頁一起呼吸，便是漫長的青春歲月（對她而言如此漫長枯槁的重複日子）當中，得以喘息的美好時光。思緒便自我成長，像垂在樹枝上豐腴飽滿的果實，輕輕一掐便爆出甜汁，一如她快速成熟的肉體，白色制服襯衫裡提醒著飽漲的性。

然而她完全忽略了，浪費了這具美好的軀體。她並非缺乏情慾，只是被遮蔽了。她天生就缺乏想像他人的視角，作為另外的主體去觀看自己。她的確對自己感興趣，特別感興趣。她逐漸習慣無論在哪都能找個角落坐下，攤開筆記本書寫，不寫別的，僅僅是即刻的鮮明記憶與感受。也是這個習慣，一開始她與亞銘是在巴黎蒙帕納斯附近的咖啡館邂逅的。書寫的時光彷彿暗褐色的，或是一層淡藍的濾鏡，書寫自己像是抄讀書本。反之亦然，讀起喜歡的句子能夠輕易投射，寫下來彷彿是自己的句子。她不知道怎樣跟人分享，久而久之，就成為祕密的形狀。

壞也壞在，像第一次踏上陌生大陸，一整片未曾見過的動植物與地景在眼前展開的旅人，祕境永遠是短暫的，破壞者始終是發現者。她以為孤獨這件事理所當然，可以當作家人安然讓她在客廳角落，在人眼前進行的祕密活動最為亢奮，為了擁有這私密而感到重量。同齡朋友在與家人成日吵架、冷戰，哭鬧著說家人的不關心與不了解時，安娜十分怡然自得，家人的佯裝幸福與對她的不多過問與關懷，是她成長過程感受起自己力量的條件。她內在綻開一朵冷豔之花，漸漸與眾不同，即便她自認努力配合這個世界，只是無論如何都區別開了。她的友善造就距離，身邊的朋友自然圍繞著她，成為沒有勢力的小圈子，安撫著許多被欺凌的朋友。與她的力量、慾望同時成長，內心的洞也隨之擴大。安娜天生倔強，反應出來的是高傲的成形。冷靜、距離、禮貌、高傲，安娜人緣不差，卻始終沒有交心，還是經常看到她一個人。寂寞也成形，散發著氣味，吸引相同的人。在流連於書店、學校小閱覽室、校園角落的祕境裡，怯生生的靈魂們相遇了。過了許多年後，她回想這些已經不再有交集的人們，關於這些人的面孔與人生，徒剩模糊的、印在老舊的相紙上，泛黃褪色暈成一片的印象。只是分不清誰介紹給誰、推薦給誰，但是影響她好長一段時期的書單、影單，在那時期形成了。她讀三島、讀太宰、讀井上靖、讀歌德、讀卡繆、讀聶魯達、讀石黑一雄、讀邱妙津、讀朱天心、讀夏宇、讀卡爾維諾、讀亨利・米勒、讀紀德、讀杜斯妥也夫斯基、讀米蘭・昆德拉，某方面來說展開了視野，在隱隱彼此辨認得出的鬆散圈子裡，她擴充了「基本書目」，也試圖用「她們」的詞彙去分辨文學與非文學、虛構與非虛構、好文學與壞文學。她不免還是進入某種分類，被分類，不知不覺貼上標籤。轉入一個以為特異的領域，遇見某些棲身於此的同樣獨特的靈魂，卻在轉瞬間的清明中，明白這種小圈圈的相互取暖也是種庸俗。到了這種時候，說自己是文青或說自己不是文青，各種惡搞與各種區別甚至告別的姿態，譬如她堅持不讀村上春樹，或是不在流行時讀《傷心咖啡店之歌》。這些都為時已晚，除非反身再退出這裡。

好也好在，他們（一直延續到大學讀文院裡相同氣息、且文化資本更高的同儕）之間的繫絆，說穿了也無所羈，無可留戀，安娜悄悄告別也無人過問。在她刻意掉隊之後，在升上大三之後，再次跟父母要了補習費，又遁進補習班。不用等到博爾的外部分析，她也察覺了自己身上逃逸的路線，會在某刻像被五指山壓住的孫悟空，疏遠開的距離，在外面世界遊蕩、獨立，成長起的，最終還是複製出來的面孔。她也曾想當過作家，也得過兩三次散文組的學生文學獎，交往過一兩位模仿波西米亞人或長髮大鬍子時期約翰藍儂風格的男友，可是終究在她在猶豫這筆補習費用是該報名補研究所還是高普考時，瞬間覺得心酸。這種心酸比起中午想吃個便當身上卻剩不到六十塊的心酸好不了多少。只是拖延或加速就死的差異。安然自得偶爾空虛惶然，一經社會力量的壓力，壓擠成進退不得的尷尬位置。尷尬是最難的折磨，是對於自己存在的否定。不該存在卻抹去不了存在感。即使失戀、被短暫霸凌或背叛，那些折磨中她都可以忍受，唯獨就那個點上頭，她覺得自己無法呼吸，簡直處在眾人前崩潰的臨界點。她兩度，一次在研究所，另一次在高普考的補習班櫃檯逃跑。然後更糟的絕境來臨：她無法書寫，日記連流水帳都生產不出。

後來連學校也很少去，儘管她發現弄清楚了規則，大學是個很難真的淘汰人的地方。跟她那代經歷過的教改未必有關，她只是隱隱覺得，缺乏淘汰機制，譬如廣設大學與幾乎有考就上的大學錄取率，利用共筆或同學代為點名、利用分組報告偷懶、靠求情與補考重修，最後拿到的沒有太大價值的一張紙，並不是因為她從青少年時期被社會媒體貼上的「草莓族」有任何因果，她在校園裡，坐在台下看著講台上一張張疲憊面孔，傳遞著味同嚼蠟的知識，她猜想得出，這一切無關於世代。她感覺得到人的脆弱，以班級為例，重點不在於在下一代（即安娜的世代）身上看不到希望，而是看不到自己的希望，互相看不到。她不是唯一這麼想的人，只是她沒變憤青或是酸民（在日後的網路共和國裡），相反的她覺得那樣也挺好的，在末世的氛圍下，如同過幾年後拉斯・馮・提爾的《驚悚末日》（*Mélancolie*）的末日依靠，看著毀滅的無限美麗。她可以墮落（譬如？她貧乏的想像，最差不過是妓女），但就寧願不要繼續長成那樣的大人。大多數的大人。

跟父母要來的補習費一直帶著，下課後依舊坐公車到台北車站。重溫不到高中時的自由，大三眼看要大四了。在台灣的大學裡，意味著兩件事：一是被稱作「老人」，二是在校園裡存在感薄落。即便是當時，她也難以下嚥，以最無自信的眼光端看，還在二十歲左右的年紀，皮膚仍皙白亮潔，眼白沒有一絲混濁，雙唇仍有肉且豔紅，眼角微微勾起，烏髮茂密，怎樣看都是最美麗的年紀。奇怪的是她否認不了疲老的心，看著大一新生誇張的肢體動作、不理解的言語與情緒、每一陣莫名所以的大笑都像嘲諷。她也曾經這樣，到頭來，不得不憤青般地想：以為可以嘲諷任何事物，到頭來是被世界嘲諷。她走在街上，漸漸覺得自己不像學生了，或許可以再考個研究所，研個三、四年甚至更久的學生身分，但那樣有意義嗎？她明顯感到自己與補習街的年輕學生們不同了。原來年輕與否不是身體的事，也可能沒那麼關乎心靈，僅僅是位置。必然地被社會歸類了，僅此而已，由此決定了身心靈的狀態。她被逐出，眼前有個位置，直接占上去，或是稍微延遲（譬如延畢與考研究所）的差別而已。

在路上行走越來越慌亂，帶著一大筆錢在懷裡，竟感覺自己像個進行過援交的女孩。與她搭話的人越來越雜，漸漸也習以為常，讀文學的日子似乎消散，日記本現在是占著空間的累贅。那一兩年的時間，她處在像是熬夜過久額頭出油、注意力渙散但情緒特別亢奮的狀態，她隨時可以肉體墮落，或者是相反，拚了命往上爬。直到，某天她整理自己的房間，看見拷貝燒錄畫質極差、上頭用簽字筆草草寫下的「碧海藍天」四個字。她無意識地放進光碟機，確認內容或是看有無損毀，卻著迷的看完，終於好好哭了一頓。像把自己浸在溫柔的海水裡，這輩子真正一個人好好的哭。只是因為這小小的理由——因為一切的大理由、大理智都說服不了她——當天就跑去隱身在許昌街破舊大樓的法語補習班報名。

有個外國語支撐，文學的胃口彷彿無事一般歸來。過一陣子，她才知道那不是同一回事。在她開始讀起法文書之後，好像重新開始認識自己的疏離感。大約學到第三個月，她開始用法文寫作，放著一本厚厚的字典。很快地買下 Le petit Robert 法法字典，只因著迷每一個查詢，都會引起她更多的好奇去追尋每個解釋裡面看不懂的字，一下子就能跑到很遠很遠的地方。日記本漸漸又能往前翻了，即使伴隨一本厚字典，與困乏的詞彙、錯誤的文法。寫作的意識也仍舊建立起來了：寫作真正的愉快，是在心裡面產生外國語，翻譯自己更晦澀難懂的心意。越是困難越值得。

法文日記的習慣沒有一直維持，而是偶爾夾雜法語的單字、句子與摘要，只是異鄉性就一直駐足在她的日記，甚至日記以外的文字裡了。

2. 亞銘

亞銘不是壞孩子。在某些老師眼中，他甚至是乖孩子，只是有些麻煩。他從小在小鎮的臨近的公立學校。他不是那種一般體制可以應付的類型。他極度安靜，卻是配合、認分，可是從他的眼神中，可以感覺一種真正的不妥協精神。他經常被派去角落的位置，畢竟缺乏任何可以懲罰的事蹟，挖苦或羞辱的言語也完全起不了宰制的作用。成長過程中只有一個老師辨識出他。老師探出他靈魂中的與眾不同處：他的憂鬱天性。用老師自己本身的那份彼此相認。他們彼此的互動不算多。僅僅在家庭聯絡簿中對話起來，一日一句的交換。老師認真用紅筆細細寫下亞銘對世間的疑問：「為什麼我會沒來由想哭泣？」「為什麼我沒有朋友？」「死是不好的嗎？」「什麼是善？」「什麼是愛？」老師的回答沒有一次是真的回答，僅僅認真去思考。他當然不會記得那位年輕的、大城市來的實習老師說過什麼。也不知道為什麼這位老師想說什麼。然而那好像觸動了某個開關，讓他在作業簿裡，學著老師的方式，來對自己回答。老師的閃現與迅速缺席，亞銘很快就知道他要扮演自己的老師。

成長過程當中，不僅僅是缺乏父愛（實際上是高中時父親才過世，只是身影淡薄），亦無師長。他帶著整天哭著流鼻涕的妹妹，看著她流露各種表情與情緒，只是困惑。他只能歉疚地看著，因為沒有真正見過父親扮演過他的角色，一句安撫的話也不會說，也不知道什麼是「榜樣」。他對情緒很陌生，毋寧說對情緒的表露很陌生，他有一份說不清、表達不出的情緒梗在喉嚨與胸腔之間，有時一梗便是大半夜，直到清晨才緩緩睡去。以至於從很小的時候就有黑眼圈，總是一副無精打采的樣子。許多人嘗試要把他拉出來，帶他參加球隊，帶他去溪邊烤肉，邀他到家裡吃飯。他很少拒絕，也總是扮演好他的角色：不會給任何人添亂的好人。彬彬有禮，應對進退得宜，加上他不甚好，卻容易理解的身世，是個非常適合施予憐憫的對象。這令他有點困擾。

他困擾的事還有很多，例如性慾。性慾的存在讓他感覺像是殘缺。如蟻齧咬，如羽騷弄，如火炙燒，如鎚撞擊。他羞恥歉疚，在一天脫下內褲看見自己的陰毛之時，陰莖不自主勃起時。由於沒有人教導的緣故，他誤以為精神才是高尚的。他以絕對的意志去壓抑公開場合的性，他不跟男同學講黃色笑話，不去偷看女孩子的內衣肩帶痕跡、腋下的嫩肉與細毛、裙下的大腿，羞澀到僵硬，把他推向更孤獨的地方。他決定到大城市讀男校住宿，幸運地找到同樣安靜的室友。這給他造成無法彌補的缺憾。他的色情想像無邊無際，一不小心，造成愛的失能，在很久以後才開始學習。

相對而言，他自由很多。沒有零用錢，住宿節省，大學後申請清寒獎學金與半工半讀。

孤獨吃掉他大半的心思，於是花上大半的努力對抗，與孤獨共處，因此貧窮不足為苦。他嗜讀書，高中開始讀尼采、卡繆、齊克果，囫圇吞棗之際，並沒有想與人交流或引人注目的意思。他完全想不起怎麼開始的。書怎麼來，在哪裡讀，由於太過專注於自己世界，試著回想起時，參照不了時空的線索。一直以來，他深深感覺到同樣的心情。閱讀這些書的時候，在圖書館被翻爛的白底的志文書庫，讀著蒙田、沙特、佛洛伊德、叔本華、佛洛姆的時候，泛黃的書頁與小字密麻的印刷中，他不經意讀起與被吸引的背後的理由無比單純：一種困惑溫柔的包圍著他，並在他心中製造出另一個話語來，與他對話。他也讀文學，但對於故事，情節、場景，甚至人物都不容易真正打動他。畢竟他面對著角色，仍然在心裡保持個距離而疏遠。

他默默的把一些文學視作「自己人」：杜斯妥也夫斯基、卡夫卡、卡繆、大江健三郎等等。除此之外，他對文學缺乏渴求。思想的慾望讓他保持嚮往（他所以為的）上層前進，即使他對其他的東西，不管是身分地位甚至金錢都沒有太多渴望。腦袋裡逐漸成為一個宇宙，心與身（想像地）區分開來，專注在內心，苦惱與灰暗的思想相對他眼中的世俗世界都是美妙的。高中讀男校的文組班，大學第一年考上南部的國立大學哲學系。那時他心中有個領悟：往後的人生似乎什麼也困擾不了他了。只要自己一直在思考上樂此不疲地折磨自己，自己為難自己，與最困難的言語搏鬥。「可以暫時忘記」這件事對他而言極端重要，他自溺於思想，孤獨這件事，也就默默轉化為他的優勢，他的小小幸福了。藉由思想，他認識了一些人，即便大部分的同學、同年齡者，完全引起不了他任何興趣。他跟著朋友學著抽菸、喝酒，雖然他天性的不愛熱鬧限制了他，偶爾溫暖靠近對他而言竟也療癒了不少。這也許就是為何他日後陶醉於四人的聚會的緣故。

在諸多方面，他屬於笨拙之人，他沒察覺到這其實對他有利，僅僅作為不參與社交的藉口。他善待自己的記憶，就算成長過程當中，不但不多采多姿，甚至乏善可陳。由於態度，與可以在每件事情上停頓思考，孤僻如此，仍是日後四人共同創作中最為有「經驗」之人。多年之後他讀了安娜推薦的赫拉巴爾（過去他不會主動翻看這類作品），找到《過於喧囂的孤獨》裡的漢嘉，頭一回有個人物感到相像。是的，他就是個在垃圾堆裡尋找寶物，將一切被文明碾碎之物分門別類之人。如同我們看到的，日後在巴黎亞銘身上有個筆記本的習慣，從很早開始養成。在大學裡，他一部分的光彩開始閃耀。博爾說，憑藉著一種質地特殊的性格與天分，靠著努力與偶然抓到的機會，他比坐擁資源的同儕還要快速地累積起文化資本（這導致他最終的不幸）。他勤做筆記，漸漸地越寫越詳盡。除了不同的課、不同層次的問題，進入他的筆記系統後一一區分。他真正的天才在於整理這些資訊，而且保持著訊息本身的活力——在他人眼裡，他的筆記非常凌亂。換句話說，任何事給他組織，往往變成鬆散的卻暗自有作用的組織，他深諳亂中有序的樂趣，不只是天分，而是特意而為。他也有整理乾淨、條理分明的筆記，例如行事曆，需要應付考試或庶務之事、在系辦打工時處理的各種雜物。變強大的註記術讓他取得一種安心感：日後，不管如何低賤折磨，在這世上，不論如何還是擁有低限度苟活的謀生能力了，可以勉強支撐自己活在私密宇宙中。變強大，包括筆記文書整理能力與思考能力，還有因為熱愛思考不自覺鍛鍊起的語言能力（在某些場合中，他甚至變得能言善道起來），將他驅向另一邊：他需要在更刻意製造的沉默中潛行，然後要寫下更私密的筆記以維持自己一路走來拯救過自己的熱情。那就是他懷側中的筆記本由來，不讓人懂，卻令人無比好奇的文字剪輯、靈光速寫，他以書寫相互形塑，筆記本，最終如同他的思想形式。毋寧說他像自己筆記本般那樣思考。

有好幾年的時間，像是暫時的平衡。他感覺掙脫了貧困。父親家族的田產糾紛最後告一段落，即使稱不上大快人心，至少，家鄉的祖產田地歸還了一大部分。母親知道亞銘的心意，便也輕鬆賣掉，得到不錯的價錢，得以翻修舊家。母親安然退休，且讓留在身邊的亞銘妹妹解除壓力。總之，亞銘在心靈思想脫貧之後，家庭的經濟亦卸下重擔。他變「有產」了。他細細咀嚼馬克思、葛蘭西、阿圖塞、阿多諾等人的話語，或是日後在博爾解釋中更加清晰的布赫迪厄。當時他囫圇吞棗地啃食理論，一直堅硬保護的內心的殼有些裂縫。他隱隱了解到一直以來貧窮之於他是一種驕傲，促使他變得堅硬冷漠，有個高傲的菁英模樣令自己滿足。然而如今因為繼承，成為小有資產者的放心與未來的保證感，讓他一下撞上了長久沒有真心面對過的渴望。

筆記本令人尷尬，在長久習慣下，他只能順從自己被筆記本引導。寫筆記的他像是進入另一種召喚狀態，一種譫妄、痙攣、眩暈，他是後來四人當中最熟悉這一套的人，也是他能與菊兒持續交流的原因。他的慾望、他的嫉妒、他的微小羞恥的渴望暗暗地，像被丟進熱茶水的乾燥小花，妖嬈地綻放了。他藏起來的那邊如此陰濕，猶如露出來的龜頭，過去青春期在犯罪邊緣的性渴望，在身體四處點火。他經常無來由的勃起。他應屆考上北部一流大學的哲學研究所，是優秀的、但個性是可以容忍的標準怪學長（每個地方多少有一兩位的怪才），鮮少人知道他致力於書本與書寫，是為了壓抑不住的性，陰暗無比的性。

他租了公館附近的小套房，在離開台灣前的四年一直住在那。妹妹曾經來探視過幾次，帶著令他不舒服的關心。那關心像是對於一個潛在的、木訥的罪犯（像那些隨機殺人魔？），被社會丟棄的邊緣人，或是失能的獨居老人。他對此深感抱歉，因為在最初的被冒犯感湧起之後，退潮間發現這些渺小的擔憂是正常人的標記。他將房間弄得像辦公室一樣，用最明亮的燈，半透明的收納盒，以及相對他花錢習慣稍微奢侈的無印良品風格佈置。他學會用小資產階級（他對這詞彙玩味再三）的方式讓自己隱身在都市裡，直到多年後在巴黎，他以同樣風格複製的獨居女傭房裡被安娜徹底看穿他的寂寞。純粹的性的寂寞。

許多人，包括安娜、博爾都在他身上聞到濃濃的處男氣息。菊兒知道他並不是。以做愛的人數來說，亞銘不少於博爾。亞銘的偽裝太過僵硬，所以交往過的女孩皆是同一類型，從第一次到往後的許多次，都是同一種模式。他無法愛上她們，如同他以為自己渴望在學術裡能滿足對知識的渴求。嚴格說來，他是正常無虞地度過研究所的階段，優秀的標籤順利地烙在身上了。靠著形式的修正與正在崩壞的高等教育中的甜美假象，他帶著雖然不能讓他人欣羨但勉強還能自我安慰的碩士學位出了社會。在小出版社工作了半年，因為近視過深服了替代役。役畢之後，被自我內心純粹的、似乎永遠不能滿足的性折磨出病。漸漸地，思考也無法撫慰了。

他從來沒想過要出國，而是想逃離家鄉，台北還不夠遠。美國，日本，感覺太近了。他渴望更陌生的國度，又能夠滿足智力需求。他碩士研究薩德，成功吸引口委的目光，他們沒想到如此木訥規矩的人可以如此深入此題目。表面順著師長們的意，他為自己的未來吹了一個巨大的泡泡，為了研究而在碩士時期學了四年的法文，已經足夠撐起留學的夢。只是他真正想做的事是放逐自己，是逃離一切，是墮落，是什麼事都不做。

當他懷裡揣著小筆記本到巴黎後，他成為世界上最快樂的人。他又擁抱起貧窮，在一個彷彿永遠都會陌生的情境裡。作為異鄉人的苦他甘之如飴。更快樂的是，他盡情地閱讀，在異鄉的語境間，找到了essai的文類。他重新認識自己的性質（並非性格）。他的思想能力再一度綻放，並且順利將他私下斷片寫作的習慣，以essai[註]形式引渡到研究裡，得到某些教授的讚賞。即使他最終是在體制當中被篩選下來了，其實說不定僅僅是運氣差了一點或命中注定。

巴黎以更巨大的慾望橫流，他的個體被吞噬，將他重塑為完整的一個人。

在遇上菊兒之前，他靠著自己跌跌撞撞、不甚自信地孤獨冒險，提早體驗了並非書寫任何事物而是單純的「寫作」本身。

3. 博爾

安娜或亞銘不是第一個不信任博爾的人，也不是最後一個不自主被他吸引的人。他就是他自己最大的敵人，也同時是自己最大的迷戀者。

他是獨子，fils unique。單一的，似乎總會有點奇怪。他最奇怪之處是太過正常。連勉強、假裝、戴上面具的感覺都沒有。怎麼說呢，像是總有一類人，他並非幸運到成寵兒，不過走到哪裡，都有鋪好的路、恰到好處的機會跟著。這種特質讓他輕易地被劃分到勝利者的群體。

他缺乏很多東西。日後他將在菊兒面前告白：太多的詞彙對他而言是陌生的，例如挫折（只有微小的、短暫的，並非長久巨大的）、成就感（那些完成過的喜悅不足以滿足與振奮）、自信（確切來說他沒有辦法感受有自信與沒自信的狀態）、羞辱，以至於尊嚴。

當時，菊兒笑著看他，讓沉默再多一些。博爾在她身上，一次找到全部。她非常清楚，從書架那拿了兩本厚厚的書給他，穆其爾的《沒有個性的人》。「他死於中風。在運動之後。」博爾知道菊兒在暗示他。並且知道菊兒的話帶有誘惑，種種升起的慾望令他羞恥，羞恥又產生快感。只有與安娜的原以為短暫卻一直持續的奇特性愛關係中稍緩。他又因此產生了占有慾，甚至嫉妒。很奇怪的嫉妒未來。他對於對角線上，正受菊兒憐憫撫慰的亞銘只有輕微的苦澀（且清楚是因為菊兒的態度），卻無比瘋狂地，像是被背叛的丈夫瘋狂嫉妒著將來安娜應該（在他想像中）會投入懷抱的那個亞銘。每次做愛，精準讓安娜從靈魂裡顫抖般求饒的高潮，猶如報復於未來的背叛。難過的是他對未來可能擁抱的菊兒一點想像都沒有。這也就是很久以後，他知道這一切指向的空缺，是他缺乏真正的幸福，因為他無從想像。

博爾是最有資格說，是在四人的聚會開始後才學習寫作的人。寫作，他寧願這麼說而不是說寫小說。他有不錯的資質，尤其語言能力。以老師而言，這樣的學生腦袋中彷彿具備好語言結構。老師將語言有關的事物給他，他就會完整的拿去，放在自己的腦袋裡，將詞彙一一分門別類，然後取出，以正確的方式擺在眼前。語言像是積木一樣，學習過程當中缺乏了煩惱，包括玩樂，對他來講，一切可以用語言理解，便是最好玩的事。沒有特別複雜難懂的事，對他的理解來說，一切只有漸漸弄懂。這份違和感要在很久很久以後才能解答，因為在他大部分的人生當中，他的理解總是比身邊的人多一點，包括看穿別人對他的理解。對於情境的解讀能力隨著他語言學習的天分展現，加上他缺乏心機，總是能將自己放在恰當的位置。

他是寵兒，從未真的陷溺或失足過的寵兒。

他缺乏寫作的動機。在他生長的環境中，很幸運的甚少遇見黑洞，以及被黑洞纏身的人。以至於在日後真正深入文學並以身犯禁之後，他終於第一次擁有匱乏感。有些東西，不僅是想不想擁有（基於一種選擇與無可選擇）、能不能擁有（因其條件與籌碼），它們存在於一切的否定，在語言的終結處。那比所有外語都還要困難，藏在所有能讀到的語言之外。沒有匱乏過語言，沒有品嘗過失語無言外更加乾渴苦澀的口，因而沒有必要開創自己的語言。

博爾寫。只要需要的時候。就像說話。他學習寫東西與學語言一樣快，不只是論述、描述，其實包括抒情，還有說故事，一切都沒有真的為難過他。他是作文高手，因此進入大學與研究所後，他的文字精準，在論文的寫作上更為發揮，這點所有人都不意外。或是曾經參加的校內徵文比賽，都沒有失手過地拿下首獎。

菊兒說，以博爾的資質，只要看了幾屆得獎者的作品，與人談論與試投幾次，橫掃幾座台灣的文學獎首獎並不意外。這樣的說法，使得博爾十分厭棄自我。博爾對自我的感受從來不曾這麼清楚過，因而厭棄。在初期的談論，博爾暴君式地展開雄辯、組織計畫、將文字定位與構想，但是一旦積久而發的寫作慾望誕生，他發現自己一無可寫。甚至連語言的剝奪，在聚會後，寫不出東西的時刻越來越多，漸漸地，連在聚會中的話也少了。到後來竟然連安娜都擔憂起他來。

他終於擁有了巨大的苦惱。像是終於找到身體的靈魂般感到慰藉。身為人，作為個體的存在會有的惶恐與虛無他亦擁有。他的天賦與幸運，一路伴隨，在每一次每一次的阻礙與挑戰，都恰恰好地給予他機會，尋找解決的辦法並克服。平穩是他的力量，因為除了語言與思考能力外，他擁有極好的自我控制與戒律。恰到好處地鍛鍊自己，因而得到更多的意志力。所謂的成長小說或在他成長年代的養成遊戲（他畢竟是連遊戲都玩得很好的人），譬如RPG類型的遊戲，主人翁從等級一，以最基本的設備，解決著相應的任務，然後成長並逐漸獲得力量、解決隨著等級提升。有挑戰、有挫折、有成長，然後，有成就感與好玩。這樣的博爾，像搭在一輛穩定前行的列車上，或是看著一部不好不壞的冒險電影。最大的問題不在於有沒有用、有沒有意義，他曾經對於生命質疑，轉向讀哲學與社會科學。這些知識曾經瓦解過他一些天真，拉出一個距離，並給予他工具去解析自己，無情地。卻仍然擺脫不了一種可怕的感覺，那就是，即便最虛無主義的作品之假設與叩問，所處理的人生有意義或無意義、意志與表象、真實與幻覺、權力的無所不在與主體解構到最深，皆無法真的碰到他從小包圍在自己裝備著語言面對著世界種種的幸運所帶給他的不適：他感到無聊。即使有地獄，即使人生比地獄還地獄，無聊這件事還是在他心中繼續散發著腐臭味。

他深深記得口試答辯完，拿到一致認同最好的評價時的空虛。他很早就預見這一天了。他接受恭喜與祝賀時的僵苦笑，後來怎樣都洗不掉。這憂鬱連憂鬱的亞銘都沒有真正掌握：這打擊不是突如其來的，博爾甚早察覺且預見發展，每一次試圖想要理解，就會養成一種他其實不那麼願意擁有的熟練。所以他一度想跟他們闡述這份空虛之時，他直覺的收手，必須換一個語言去處理。不僅是陌生的語言，是要個會破壞自身的語言。這不是光他破壞語法就能達到的事。他可以破壞比任何人都徹底，模仿出比任何人都瘋狂的語言。但那不是他追求的。語言要能夠破壞自身，要能夠把說話者吞噬，一開口，聲帶便斷裂、齒肉皆爛血直至乾癟、齒牙則崩解粉碎、唇嘴潰爛。有些稍微敏感之人可以察覺到他的異樣，他僅能維持著自信（他仍毫不缺乏信心，這在他身上一點也不矛盾）的回答這些人：「我並不擔心這種狀態，我早已知道可以如何解決。」

博爾把路封死，決心不解決。所有的解決之道都是有效的，也正是這有效性造成這無止境的，跟著每個步伐誘發的空虛。他決心失效，積極的失能。他習慣地精算墮落。以他理論來說，如果想要讓自己進入酩酊狀態，他會慎選酒精，濃度，以多久一杯多少量多快速度達到怎樣的醉。他再清楚不過這個惡習，並因此感到痛苦，且疲憊。最無用的有用之事，一切他無所謂信任與否但無人教導而奉行的生存之道，造就了他的巨大乏味。如果相遇間聽過的話語，對他最大的批評便是無趣或高傲，他沒有否認過。一轉眼，他已經築起高橋。如果還有任何一個人曾經加入他們或旁觀之，一下便能辨別，這是一群長期以來的孤獨者們的聚會。無論多麼孤獨，包括像是可以對一切犯禁拒絕的菊兒，都還是能些許的、在一群相似的靈魂間的聚會中感受到一點點的溫暖。只有博爾例外。

他受到的折磨如此多。說的話也如此多，花的心思也是。安娜在與博爾一次一次的做愛間，在肉體的深處裡，真正擁抱了他，雖然是以被博爾的性徹底征服的姿態裡，肉體底處濕潤柔軟的不自主地震，漸漸讓他軟化了腦袋裡某處堅硬的殼。他被冠上所有的高傲或冷漠（即便他認為那是一種誤解），像是在某個溫柔的高手掌心裡，若無其事地卸甲了。

所有人都可以見證博爾的翻轉。原來不管閱讀什麼、談論什麼，都用令人窒息的話語拆解，在他於四人的聚會開始，一次一次地增強力度（隨著在另外一種主體狀態裡改變的亞銘的刺激下），幾乎成為暴君與即將被逐出或推翻的君主姿態，一夕間轉變成最為柔軟之人。他面對起文學的沉默善待，感動了安娜與亞銘，也讓長久以來彷彿處於沙漠中的菊兒，感受到瞬間的幸福。

安娜認為博爾的寫作，從此乍現出封藏許久的詩意，其他三人則不同意。博爾沒有改變自己的審美標準，厭惡語言的華美。但是語言的自身轉變無可否認。這在他「對手」亞銘眼中最為明顯：博爾背叛了自己常相伴隨的語言文字，然後意識到在更早之前，他就已經被語言文字所背叛、欺騙且毫無所覺。如果他總是像成長小說般的模式，讓時間的推進而讓經驗轉換為成熟與知，他在四人聚會轉了一圈，是奇蹟般的反學習（返學習）。這意味著他不再被經驗主義綁住了。語言亦自身上鬆綁了，隨之而來是意志的鬆懈、意識的逃離瓦散，他強記下來的一切知識，總算讓他真心地去說：我似乎沒有真的認識任何的記憶。他嚴肅地，在菊兒與亞銘的導引下，默默讀起普魯斯特，讀進他的語言，為其所懾。在他的驚歎裡，找到普魯斯特處理庸常，在心跳與心跳間無法斷定的間歇時間裡，語言的最寂靜之處，將一切的表達可能，藏在早已死亡的是物裡。

於是他又習得一樣技藝。

好比，他奮力向前頭擲出的，現在以更強的力道回擊。那力量大到拗折了他的腦袋直至斷裂。他新奇地慢慢感受。最明白的事情原來一直沒有搞懂。長期以來他活在語言裡，用語言去斷定與推測、用語言去溝通與隔絕、去攻擊防禦。他對語言信任有之，不信任有之；自信有之，無自信有之；有時多語至雄辯，有時寡言至暗啞；有時過於堅硬，有時過於軟弱。與身邊之人所想不同，他對於語言的無意義、無效用、無邏輯、無法溝通，所有負面的一切所知甚詳，且親自操演過。但是未曾與語言相互陌生過，亦即，有那一瞬間，他彷彿第一次知道語言的存在。而且，並非真的知道，而是彷彿知道。

他承認面對著文學，並非既存的但包含著既有的文學，以及未來朝此刻紛紛張開的文學的可能性，每每強烈地向他的眼睛訴說、溫柔或暴力地撫弄著著他的思想，告訴他，就連一點點的趨近也未必可行。文學成了他真正此生唯二深刻的謎，另一個是菊兒，兩者將無限靠近。

他因而擁有的真正的崇敬，唯獨他不知道。

他與菊兒最終擁有至高的幸福，在無可測量的深度裡。

他貫徹寫作，並勇於放棄。全盤放棄。他卻把文學擁抱得最深，如同擁抱戀人，毫不畏懼。

4. 菊兒

當看著他們一一離去。我的房子更加空曠了。原本，我不應該待這麼久，只是他們逗留，助長了我的沙漠。因為我是唯一一個可以用「我」來說話的人，最終被留下。

後來，你們即將看到的一篇篇的小說，都是我們的後來。亦即，進入小說之後，關於我們的故事，也將沒頭沒尾地結束了。我不符規定，頑強地以「我」說話，到底，還是一種修辭。Je est un autre，我是他者。或是《追憶似水年華》，是一個以「我（Je）」在說話的角色。「我」並沒有在整個《禮物》或是四人的聚會的書寫活動之外。甚至，「我」，至少我的話語，完全是這產物。我只有在這裡存在，不管你們猜想的菊兒是誰，即使你們不認為我是菊兒，你們懷疑菊兒。但既然你們選擇閱讀，我便可以傾迫你，如同挑逗。

不相信也罷。我們之間，每個人都是在某些時刻、某些領域的絕對暴君，而且我們彼此之間可以疊合（想像同一塊國土、同一時間有兩個以上絕對君主的王朝，他們各自的力量都是「絕對」），並不失去對抗性。你可以把我們的詞語當作交媾，這不是隱喻，這便是交媾本身。如果你在閱讀這本書的時候，還記得我的聲音，你將不會意外我的引用。也不會意外，若是繼續讀下去，讀起「我們」創作的小說，或是在此我們佯裝是作者卻甚少直接談論創作過程而呈現出的作品，當中有許多沒有明確指出的「引用」。甚至整篇小說所有句子全是引用。在此，我僅僅想引述此句：「兩句話緊緊地擠在一起，彷彿兩個鮮活的身體，卻徊在模糊的邊界。」但願我們曾經如此，曾有片刻如此，便不枉費我們在一起如此致力的徒然想像。

看出來了嗎？剛剛我說的。在一本書的向度內，這些像是熱身以進入故事的敘事，我們四個人的事，是在這些小說殘片出土之後才重構的。你可以想像一個考古學現場。在遺址之上，我們一層層地挖掘，小心翼翼拾起殘片，分析，然後去揣想埋藏在這裡如今曝現出來的遺物，究竟在怎樣的脈絡下生成，飽含著多少故事。然而我必須提醒，這些故事都是後來完成的，而且並不是製作者所說的話（以考古為喻）。這些小說，以四人為名又抹去各自名字的小說，誕生了這些話語，派生了我們的獨語。

「同樣的話語又回到自身，然而卻不是完全的相同，他意識到這一點；在話語回到自身的過程中出現了差異，若他能體會到，就會領悟不少，也許是時間的差異；也許是同樣的話語被抹去了一些，但因此在特定的含義上更加豐富，就像回答的內容總是比問題少一些。」

所以回來了，話語。以我們自己投入的幻想，是禮物。回答的內容比問題少一些。以此比喻，小說是問題，我們現在的話語才是答案，儘管在一本書的架構裡被逆轉過來。我們甚至可能不是答案，幸好問題依舊是問題。

那麼我們在這裡，或是我一次兩次，破格地以「我」言說。話語的存在究竟為了什麼？為什麼，在作品出來之後，即使是斷簡殘篇，我們依然用破碎的話語，重構起事後建構的關於作品的這些作者們的故事（雖然也不像故事）？又為什麼，我們將日常的、生活之名，以作者將死的姿態投入進去，爾後抽離，留下意味不明的作品集（如果稱得上的話），既知死，何又生呢？我們的眷戀是什麼？如果可以，我想擔起全部，例如，這一切僅僅是我的執念，在眾人留下的空屋裡，繼續說，直到嚥下最後一口氣。對我而言，不論你們如何看待這個言說的我，所有的書寫皆奠基在毀滅、徹底毀滅、席捲一切直至碎片的毀滅之後，才如廢墟般存在。所有寫下的語言都像偶然發現的羊皮紙上反覆塗抹後留下的痕跡，所有說出的話語都像磨損的音軌，所有所見之物都像是直視太陽或核爆中心後燒毀的視網膜上刺痛的畫面。

我，既然可笑地卑微地在四人的星圖中被標記為莒哈絲，實則詛咒。她說。只要她說，便可以一再毀滅世界。而我連文字都會背棄我。到後來我的閱讀，在多次的交手詰問之後，即便博學的亞銘與博爾，也訝異我讀的範圍之廣，而且都記得。這並非難事。難在於，在某個事件過後，那個摧毀我同時誕生出後來一再斬斷又殘生的我與我的語言，纏勒著的閱讀習慣與飢渴，在大部分的情況都是味同嚼蠟。食不知味地每次閱讀。我從來沒有中斷過，為此我犧牲與葬送大把的時光，只讓我的所有生存感受，只專注在文字當中。我就是這些文字，我在殺死我的語言，我一直相信這些閱讀從來沒有豐富我，修補我，完整我。

我在搶奪話語權嗎？每當四人的前面三人輪完，「我」便冒出來。「我」就是敘事的主體，即便我們早就知道普魯斯特的「我」的長篇大論，不過是個用「我」為名的說話聲音而已。我缺乏這種自由，早說過了。不論你如何看待我的敘事，也無法否認在一本書框限的紙頁裡，我說話，基本上顯示著我不被言說。安娜、亞銘、博爾，皆被重述，被切面出來，他們的性格，為何走向這個團體、這個計畫與他們的影響力，他們被這幾年集體寫出的故事們吐出，重新變成作者的樣子。他們回返、新生，某著程度上，留下了足跡。而我永遠，是永遠趕不上他們了。總要有人留下來把門關上。我不在故事裡。角色已經很清楚了，我在兩團故事（複數）中間，是為門檻，是個閘口，是個瓣膜，一邊是我們的故事（儘管象徵性地包括我，實際上不在場的我），另一邊是我們所寫的故事。我讓故事生成，我讓故事過度與遷徙，我讓故事通過我。沒有通過，無法存在，通過我的口，通過我的手，通過我。就是我，全部。

我最大的特權是可以否定這一切是我所寫的，同時在你們懷疑之前，以最古典的狡獪話語自我承接：我在說謊。或者，再熟讀一點理論的人會說，這就是布朗肖的「我在說話」。我在說話，然後呢？啃食著各種書卻不享用閱讀的喜悅，同時拒絕書寫。只有某些讓我不專心的、出神的瞬間稍微喘息。譬如，作為我的星圖的莒哈絲，或是巴塔耶、布朗肖、薩德。與情色無關與暴力無關，純粹是他們與我同在的專注，在永不期待救贖的信仰上。或者，僅僅是我誤讀了，那又如何呢？

並非無信仰，相反，我相信。至少上頭說的詛咒我深信不疑。我深信永劫回歸。我深信宿命。我相信輪迴轉世。我喜愛的是薛西佛斯。

也因此，叛逆或鄙睨，對抗或毀滅，激進或革命。我不氣憤有人如此冠戴於我身，也漸漸淡化了心中泛起的悲傷反應。很清楚吧，這些標籤不是在指認我、接近我、認識我、理解我、愛我、記得我，是在模糊我、推離我、空缺我、殘像我、疏離我、放逐我。我被埋在一個巨大符號裡，「前——菊兒」的作家時代，還在台灣時出過幾本書，到法國後，仍斷斷續續寫了一兩本，在書店裡短暫出現又下架的一疊疊印著我名字的書，如同我的墓碑。可惜是，即使是名符其實的墓碑，我也不在墓裡。我是不得不攜著自己的肉體遊蕩的鬼魂。我在我的葬禮缺席。即使沒有人會參加這場葬禮，沒有人會記得。我的寫作最大的成就，只是作者介紹的幾行字，每隔一段時間曝光，多列一本著作，與同行見見面，僅此而已。我完成我，意味著終究，寫作這事業，在以我之名所留下的痕跡後，我將自己奉獻給失蹤。

說不在意是假的，說沒有感覺是假的。我怕痛，我怕死，我膽小如鼠，我苟且偷生。我只想解釋一句：任何在你們眼中會傷害我的行為，都不曾真正傷到我。至少，你們揪心皺眉拉著我，阻止我、告誡我的那些危險，沒有讓我感到一絲的痛。我絕不說謊：如果感到痛，如果感到死亡的脅迫，我會毫不猶豫收手，躲在最安全的地方，暗自療傷。可惜的是我不感到痛，因而沒察覺到傷（告訴我，沒有痛苦的傷口還有資格叫做傷口嗎？），沒有傷沒有痛，因而沒有死。我曾經有個很愛的人意外逝去，等我趕到醫院時，已經是平躺在病床上冰冷的屍體。那個曾經抱過我的身軀，那個互相凝視如將我靈魂徹底吸入的黑洞般的瞳眼，如魚開闔的嘴吸吮著舌腹舌苔濕潤交纏的口腔，我曾含咬吸舔著在唇間翻弄的耳垂嫩肉，這些甜美至福，為了能夠擁有，即便極其短暫且不保證，也也願將我整個身體與靈魂、甚至渴望我有好幾個各自不同絕倫美麗的軀體與輪迴轉世的不同性格一次全賭注在他身上。但是如此卑微地，彷彿祈求天降甘霖匍匐的我，在前一次的歡愉中被拋回重摔回現實，焦躁如焚的等待那無盡的蒼白日夜間，這個人消失了，留下是個冰冷僵硬的屍體。警方循著他手機最後一通電話通知到我。我只感覺我的肉體隨著他的靈魂一起被帶走，而留在現世如鬼魅的我無法更靠近一步他的身體了。在他的妻子與家人面前，與其一股推力把我推遠，不如說是一股拉力從我背後無情地將我抽走。我勉強站立，沒有任何立場發表情緒，只是在壓力之下我完全屈服，說了聲：「師母。」她點點頭。我才意識到，那一瞬間，我發話的同時，我像是愧疚與道歉了，因而無比羞恥。她接受，她要的只是這個優勢地位。我再也待不住了。臨走前，她說：「因為太突然了，所以他離開的時候，一點痛苦都沒有。他才剛開始要面對他的病，長期的折磨，沒想到一下子被帶走。他應該還不知道自己已經死了吧。」

他應該還不知道自己已經死了吧。我最後的一點自尊在這裡被摧毀，回到陰暗的住所，不開燈，睡了兩天，醒了就吃藥，倒頭大睡，直到室友破門而入，把我送進了醫院。我希望我是具屍體，與他同枕。可惜我不是。我的意識衝破了藩籬，吞噬了身體。從此以後我甚少感到痛。

知情者當時我的好友勸阻我。她跟我是同一族類人。她說我這樣未必不好，至少不像她，在逐漸被冷漠、忘卻，虧待成一個影子，一個破掉的容器，裝不滿男人的虛榮。她且說：「這樣的話，至少，妳擁有邁向更偉大的寫作者的珍寶了。甚至在晚年，有一天，譬如莒哈絲，可以奮力一搏，就此成為經典。」她也說：「這是寫作之神贈與妳的，取之不盡的哀傷。這是妳寫作的潛在能量，妳的『經驗』。」

是嗎？

總之，當我在這裡被冠上「菊兒」之名時，我臉上的笑容所有人都隱約懂了。因為那是犯禁。頃刻間他們也全都懂了，他們互相冠上的名字，作為這本作品的作者們，將被抹去原來的名字又冠上的新名字與其伴隨著言說，其實都是犯禁。不是成為作者之後的書寫才是犯禁，早在冠上作者之名時就在犯禁。在那次之後，因為那個人而剛踏入寫作之途的我，作為女弟子的我，理所當然受到一些關注與照顧。我交出一些平庸的作品，刻意帶有他的影子，不完全為了紀念他。而是這是忘卻最好的方法，一本本作品交出，假裝在他的影子下寫，反而抹去掉了我的獨特聲音。我在寫作出版的反面發出自己最大的尖叫吶喊：我的沉默。

朋友說得沒錯。我取得了創作者最具優勢的條件，只是這是無法共享的，再也無法與人訴說的。我被強迫說話，像現在。只是成為單純的聲音，沒有寫作的我，只有寫作當中一直在說的我，遭你們唾棄時，才有一點點存在的價值。

出了幾本書之後，我成功的取回成為作家這件事最基本的力量：我可以什麼都不寫，我可以寫不出來，可以重新回到原點，為寫作準備。我可以不是作家。

直到我遇見了他們。後來一度成為我們。如此安靜的此刻，又變成他們了。我，凝聽著我們的對話，彷彿無窮無盡的。

註　essai為法文，英文為essay，譯作「文論」應該比「散文」或「隨筆」更為精確。因為較一般認定的「散文」（prose）更富知性而不耽溺於抒情；雖經常深入議論主題，然而相較於「研究」（study、research），卻又沒有所謂的方法與規範。Essai或許是最能直接面對作者如何思考的文體之一了，如班雅明、羅蘭・巴特、蘇珊・桑塔、約翰・伯格等，都是被認定為文論類（essayiste）型的作家。

五・無盡的對話

0.

畫外音是我們的聲音。畫外音不盡然正確，在這個部分，將沒有畫面。沒有畫面，並失去肉體。我們只是一個聲音。沒有耳朵。沒有發聲器官。是這個勉強撐開的宇宙中，嗡嗡的聲響。死亡的聲音？並非。至少不是與生對立的死亡的聲音。因為一樣沒有生，焉有死？這聲音一直在，在空氣之中，也在真空之中。不需要介質，不需要發話者與受話者。在一切沉默之時，出生。話外音。音外音，割掉雙耳之後聽見的聲音。如同刺瞎雙眼後才能見到的景象。一切的對話，將是短暫存活於世而終於覆蓋於塵土成為養份的動植物身體。還不完全，不完全，未能擺脫，因為我們的聲音還在，還慾望著被你聽見，渴望被你閱讀，像被戀人愛撫著身體。

記憶還在，曾經的話語像輪迴時忘了去徹底忘卻的記憶殘留。四個人（前世？但此刻也並非今生，僅僅在失落的途中，尚未誕生）恰好在人生最荒蕪且無事可做、無力可施、無福可享、無痛可受的珍貴狀態下，一點點，然後席捲全部且預支未來所要致力的「文學」，最後其實只是「關於文學」。

只為了在難以企及的終極的書頁上面，留下一筆小小的簽名。

「談論概念吧。從誰開始？」

博爾：

「由我開始。我們需要的是瘋狂的念頭。我們一起讀過羅蘭．巴特在生涯的最後兩年，也就是一九七八年度，在他喪母同時完全被剝奪生存意志的時期，所展開的奇蹟狀態。羅蘭．巴特是個有名的同性戀者，但同時，是個執迷到幾近變態的戀母者。通過他的自傳我們可以看到，幼時喪父的羅蘭，有更大的慾望想占有母親。為了這個占據，他面對自己的弟弟，扮演起父親般的角色，去負擔整個家，與他的軟弱優雅氣質矛盾。對，矛盾。真正的矛盾不在於相異甚至相反的質性比鄰共處與衝突，而是在於一種純粹，會在無法逆料的情況下，瞬間翻轉成另一種。悲觀與樂觀同時在心中掙扎與爭鬥不是真正的矛盾，要說，也只是每個人在假想的統一的人格當中，抹去不了的真正的不協調。然而真正矛盾的人，會『真正陷入』一個純粹狀態，譬如樂觀，他理應比性格偏向樂觀之人更為純粹的樂觀，毫無雜質。

然後可以在毫無預警的狀態下，毫無邏輯與線索地不因任何理由完全逆轉。巴特，在喪母之後幾欲放棄人生的厭世狀態，他自己形容成福樓拜的『醃漬狀態』。然而，一次的非洲旅行當中，像是神啟一般，長久以來作為大讀者、專門書寫充滿機智睿語的『大學者』，在某個片刻間，斷裂了。他要將『剩餘的時間』放在書寫長篇小說上。是以，不只是進入小說這個文類，甚至於要寫《戰爭與和平》及《追憶似水年華》那樣的大小說。」

「理由是？或是如同你說的真正的矛盾，不該去追問理由？」

博爾：

「若是以為，針對這個『事件』，我們要去追探巴特是否有理由，或是否有解釋，這問題永遠引導我們到更遠去。畢竟，他立即將這個念頭做最為奇特的實踐：他不僅宣告寫小說，還將之變成課程，勢必會成為歷史紀錄的法蘭西學院的公開課程的計畫。他把自己的公開知識分子角色，與自己生命最後唯一值得活的最後意義，像是必輸的賭局那樣全盤下注。意思是，所謂『為何是寫這樣大小說』理由的追問，竟在他將內容與形式一次性全然混淆之後，被取消了。」

「所以這令你感到困惑嗎？」

博爾：

「遠大於困惑。我甚至難以承認。如果傳記作品說得對，那本《羅蘭．巴特的晚年生活》所說的，被並列擺在一起談論的傅柯，對於羅蘭．巴特的學思與寫作，包括進入法蘭西學院直到我們現在談論的他最後一堂《小說的準備》，都是非常藐視的。我並非藐視，但即使對於寫作小說這件事，我的思考與寫作實踐模式應該不比羅蘭．巴特還要近還要親，仍然相當困惑。對。後來，這是我們的行動的『幻想式（fantasme）』。好比羅蘭．巴特在法蘭西學院最後教課的日子裡，所說的每次的公開演講，都要以一個能激起他全部想像力的『幻想式』來開端。我們可以想見他晚年面對死亡的疲憊與困難，因此需要激情。我們則是，需要一個『幻想式』來誕生。或是說，先把個別的我們一一殺死，才能誕生我們。」

「所以借用了羅蘭．巴特《小說的準備》『幻想式』？」

博爾：

「這樣說不精確。很遺憾的，我仍然要說，我仍然得說話，以我說話。總之，我並沒有因為《小說的準備》這個借來的幻想式得到太多的激情。我亦不討厭，厭惡也可以是幻想式，譬如李維・史陀於《憂鬱的熱帶》裡面的：『我恨旅行者與探險家』，這樣一個人類學者對於自身職業的最美麗的幻想之憎恨，是人類學書寫當中最美麗的幻想式。面對借來巴特的幻想式本身，我一點激情也沒有，遑論瘋狂。」

「然而你的瘋狂與執迷不減反增。」

博爾：

「不減反增。毋寧說是徹底窒息我憪憪欲死的生活慾望後，使之重燃。我得到的力量是朝我自身的暴力。能對自身作用的暴力才是真的力量。我並不喜歡巴特，時常困惑。只是我同時承認，他有天生的使用語言，至少是他的法語的獨特魅力。所謂風格。我因為他重新思考風格這件事。這是我一直以來是我最不在乎甚至厭棄的事。直到我讀到普魯斯特說的：『風格完全不是某些人所想的裝飾性的東西，同樣也不是技術問題，而是一種是視野的質性，顯現出我們當中所見到的、其他人所看不到的，獨一無二的宇宙。』這段話連接到我的社會學觀點，並大為同意。他們全部的人都可以見證，我意外地著迷於普魯斯特。我是因此產生好奇的：為什麼，一個不可能複製的作品《追憶似水年華》與不可能重新活過其人生的普魯斯特，會讓一位已完成大部分成就的學者挪用來當自己的『幻想式』，在人生已幾近摧毀的狀態下，燃起一個寫作如此不可能作品的瘋狂。」

「你必須承認，你被這不可能的實踐激醒了。」

博爾：

「是的。如星空之燃燒，如古寺之焚毀，如囚禁在古堡裡美麗的少男少女在精心的設計下展演起屠殺盛開的血之花，如千萬個海葵的觸手在透海之光的一大片藍之中款款搖擺，如撞見龐貝古城那樣將日常以殘酷的高溫動止的活生化石，如看見一大片如海的麥田在陰暗如黑夜的白日中任風刮倒，如所愛之人在你面前瞬間石化風化而一聲叫喊皆無法出口，如眾神與眾人在平原上無情地互相撞擊殺戮，如一群青春無思想的少年正對著機槍待恃屠殺慾望卻赴死般搶灘最終染紅了細沙直到再也吸不進一滴血而泛流入海。我感到指尖掐入捏緊心臟的痛，感到皮膚被切開剝下、牙齒被尖鑽鑿爛直觸神經、骨頭被敲擊斷折粉碎刺穿肉裡。真正的感受到痛的主體，是召喚起這些意象並化作語言的說話主體。痛苦的折磨在於有成為作家的慾望而永遠無法企及，甚至猶如卡夫卡〈法律門前〉，你欲通過的永遠是將你阻擋在外的。或是，只有以絕對壓迫性力量剝奪你、折損你、屈膝你的那堵不可能之牆，才是你最終可能被允諾進入之門。若說羅蘭巴特最後的兩年，他所謂的『幻想式』帶給我什麼，強度最強的全然不在於他的解釋、他的實踐，實際上他的異想天開非常的天真，遠非高強度的想像力。不過，正是我們《禮物》的準備過程中，花上大把時間將《小說的準備》的課程內容讀過，我被其中偶爾顯示出的輕浮感擄獲。我應該藐視的，應該惱怒的才對。但是隱隱覺得，他策略性的『擬仿』，所謂的pastiche，在令他不安不快的大眾面前、必然成為史筆的錄音與筆記面前，迂迴漫長卻公開的展演起他寫小說的失敗。他拿自身對於普魯斯特的pastiche，換句話說，他的晚年人生成為失敗的pastiche作品，令我甚感疑惑與興奮。」

「因為普魯斯特也是個pastiche的高手。」

博爾：

「我非常晚才『認識』這個概念。我一直說不出吸引我的是什麼。最為痛苦的永遠是，想要寫作，卻遲遲無法成為作者。你的心在某個閱讀的時刻，突然被入侵，你的心臟、你的腦細胞、你的眼角膜、你的指尖、你的舌腹、你的腸子、你的肛門、你的胸口，被四面八方以不同的方式塞入、灌入、插入。你成為不同的人，只有一瞬間。像輪迴轉世一樣。但只在自己主觀的宇宙裡，而且你發現，即使是內在，那宇宙仍無窮寬廣，並且不屬於你。總之，在某個開口，一切之外穿透到一切之內。你的主體意識，在語言之中，被另外的主體占據。我的身體裡面的異己的『我』。然後，可怕的是徹底的失落。你無法預料這聲音什麼時候出現，只是它將永遠逃離你了。你所有可能性的空間，可能企及探索的空間，全然是它逃逸出去的空間，絕對缺席的空間。換言之，用最粗陋的方式講：你不幸地體驗到的創作者的經驗，像是漫畫裡被植入特殊之眼而擁有過往未曾見過的視野，再剝奪你。此後，以原來雙眼所見的世界全是缺憾：那視界已深烙於視網膜，現在開始，你的日常所見，如同失明。你彷彿經歷過寫出這作品的瀕死快感，但並不擁有此經驗，你確然擁有的，是失落的經驗。創作，即尋回的過程。因此，擬仿者並非複製，而是一種追求，把曾經彷彿有過的不屬於你的東西，忍耐著自己的粗製濫造，不斷地異化自己。將作品替代我，而『我』的存在最終成為作品。擬仿者必然是見過神之作品的人，你必須如隱士，如苦修者，只願再度見到光明。你睜眼活著，卻總像暗夜行路，憑著記憶摸索微光所在。」

菊兒：

「或像波赫士那樣。盲眼的看到的，比擁有視覺者還要多。他知道真正的盲，並不是黑。黑仍是存有，真正的盲是看見虛空。在這對話裡，無盡的對話裡，我們皆有權說話，但聽不到彼此，聽不到自己。我們的話語是隨機灑落的種子，任其蔓延。茫茫黑暗中漫遊。博爾，即使你聽不到，我仍然喊話，投向在我們共同虛擲光陰的虛空裡，等待有朝一日，這一切被打撈起。屆時作為作者的我們遭覆滅，被我們寫過的作品如天災降臨，讓我們如龐貝古城一般，一瞬成千古。我仍想說，最終引你去的巴塔耶說得對，如同人無法直視太陽，人無法真正直視死亡的核心。我們看見太陽，我們看見死，我們被太陽照耀，我們被死亡包圍。我們被太陽滋養，我們在死亡中孕生。但我們無法直視，無法凝視。我們的翅膀將被焚毀，我們的愛人將在我們回眸瞬間掉回深淵。我們再怎麼努力，也只是暫時失去視力。假裝。博爾，就跟我跟你對話一樣。」

「你也同意《禮物》的緣起自擬仿，不論是作為群體的與作品的？」

博爾：

「如果有個開關，我想把這個聲音按掉。即使知道，如果沒有『你』，這個詰問且使我不得不回答的『你』；使得我必須以我說話，自沉夢中甦醒，面對更巨大的夢境且於此漫遊空無一人，在我有能力把『你』按掉的一瞬間，我的話語也就此散逸，『我』將不復存。『我』被『你』虛構，再安排之中對話，即使在我感覺中，僅僅是自言自語。我得回答，讓這對話的空間存在，或許這樣，有那麼一瞬我可以再度聽到他們的聲響，就算是啜泣般的微小音量也好。是的，是擬仿。像我一樣，也像『你』，這個無人稱說話的話語。如果是普魯斯特，他會說，擬仿必然要刻意。越刻意，越能產生擬仿者與被擬仿物的差異。例如他嗜讀福婁拜，並像中毒一般不自主地模仿或受其影響，必須得刻意去擬仿，才會淨化自身。或是，波赫士數度引用的神話宇宙：『這個神沒有顯赫的起源，無名無形，一成不變，但他的形象投下九個影子，不辭辛勞地建造並掌管第一重天。第一重造物圈產生第二重（……），第二重天複製的三重，依此類推，直到九百九十九重。』就像鏡子也許是史上最邪惡、蠱惑人心的發明，因為一眼就讓人陷入無限的想像難以掙脫。擬仿也是。在『禮物』誕生之際，我們便知道，無論是成為角色或是冠上作者之名，或是成為虛構的作者。終將復歸的仍是無盡若文本真正存在，我們若有那麼一刻的獨特意識，那麼我們只願成為副本，回到無限當中，那才是乾淨的遺忘，與記憶同名。」

「所以，擬仿作為你們創作的推動，甚至就是寫作的本身，並不是在積累。而是減法，是刪去，是淨化。」

安娜：

「我想拯救亞銘，卻把他弄壞了。連帶的覺得自己髒了、臭了。欲修補的每一個心思變成惡意，詛咒般，遞出的鮮花化為刀尖，吐出的蜜語化為咒罵。我甚至覺得自己像娼妓，承接下所有的墮落。然後我被擁抱。突如其來的。我幻想那是真正的毀滅到來。博爾。我是想被你殺死的，想在你懷裡崩壞、裂毀、衰老、髒污的女子。我試著在臉上塗畫著最為俗氣濃豔的妝容，便可以在你暴君般的思想與性愛的調教中燃燒，在哭嚎間暈開的妝顏裡，讓五官溶解。但是在那裡，我們交換了，換得的不是彼此，是輪過一圈，重新承接不得不承接的自己，然而已經不是同一人了。我的名姓淡淡淡淡地消逝，猶如在沙灘上深深刻下的字句被海浪帶走。我剩下的是我的書寫，名為日記的文字紀錄。可是我不再記得我曾經的執著，我不執著於感受。我甚至不是經驗與文字之間的介質，因為介質不存在。我只是書寫中虛構出來的朝生暮死的聲音，沙灘上被淘洗的面孔。」

「沖刷掉言語痕跡的永遠是言語本身。抹去記憶的永遠是記憶。然而你們的聲音還是一度被聽到了，而且其實是你們奢求的、渴望著的。」

亞銘：

「並沒有真正的渴望，沒有真正的期待。但在意外的賜予之中，我們曾真正的沉睡，在仿佛無盡的失眠過後。我們最大的共通處是夜遊者，夢遊者，夢魘者。夜晚的時間吞噬了我們白天的行動力。我們各自的生活裡行之有年，一直以來以為深夜會遇見神明。以為我們的虛無人生裡，總是在尋求道路。我們相遇，進入漩渦，進入風暴中心，像是愛倫坡小說裡，見證過驚人的像巨大胃袋將一切海面上的物事吞進海底的漩渦中卻寧靜如安排順著方向航行逃離的船隻。起初我們以為攀上岸，卻一下墮入深淵，每一次伸出手無論要求救或救人都是相互遠離。直到我們聽不到彼此，看不到彼此，然後，廣大無垠的空間裡，遺忘產生了。在言語之中得到了最珍貴的餽贈。然後，至少我，到那時才明白『禮物』的意義，即使極端地迂迴。」

「你的關鍵觀念是迂迴。」

亞銘：

「我不否認。我在對比博爾，包括安娜與菊兒時，我被動地被質疑、批評，承受他們對我的遺憾、失望。就像阿多諾給班雅明的信那樣的不解，如他在班雅明研究當中直接將波特萊爾詩句與當時整個社會結構深處連結所聞到的危險。連我都深信。直到我們一步步，將我們的對話變成了迷宮，就像我以我的腳步把巴黎化為迷宮的中心。我的力量在於偏移，偏磁，然後我的聲音將是第一個消失的。我在與同樣迷途，甚至更執著於使自己迷途的靈魂擁抱中，陷進了深處，但並非中心。於我而言迷宮的極致是波赫士所說的沙漠，因為唯獨沙漠或大海，你對遠方的想像能真正完整，真正的迷途，永不回歸。不可能回歸，意味著另一種迷途，時間的迷途。遠到，一切的反面到最後發現是一體的巧妙翻轉，一如發現最後抵達之處竟是出發之處，廝殺至死恨不得喝其血食其肉者竟是自己的兄弟，自己的祖先竟是自己的孫兒。無論你是誰，我想對你說：在一天，我在擁抱菊兒時，感覺到自己真正觸摸到『她』。這感覺難以言喻，即便再親密的行為與接觸，我們仍然透過想像與自我安慰去告自己認識那個人，擁有那個人，不過是自欺。你永遠透過什麼去接觸事物。只是有那麼一刻，在絕望谷底，覺得自己不可能被拯救了，也沒餘力犧牲自己給任何人或事了。那晚的性愛特別激烈猶如殉情，彼此是對方的毒般舌頭交結，突然某刻我意識消失。靜靜地消失，不是昏迷或瀕死，就是消失。非常短非常短的，在時間之外。恢復意識的時光裡，像是被強光奪去視力淚眼茫茫刺痛地看著眼前物事，忽然體會到我看到的即刺痛本身。痛的形狀像是閉起眼後，我深愛深想占有又想逃離的安娜，那迅速消失的影像。我無論如何就是記不起她臉孔的細節，缺乏稍微具體的輪廓，巨大的存在感。像是讓《金閣寺》裡僧人無能為力的美。竟然，那時我懂了，那個模糊又讓我痛到欲死的，就是她真正的臉，我一直看得清楚，只是我不知道，那才是深入肉底的看。看與被看，就如同我們的說與被說，寫與被寫，是同一件事了。在那一片光暈模糊刺痛不已，無數微小的針刺眼前的痛楚中，我捕捉到眼前面孔的運動。不是我們習慣的看，被螢幕馴養的高畫質的看，我看到的是無數的粒子的緩慢移動，如同顯微鏡的微生物景象，又像望遠鏡將遠方幾不可視的星體帶到眼前。我辨認出，那昏厥又醒時所看見的安娜的面孔，在現實中，是菊兒。那未必是現實，我稍微懂一點了，即便我後來也未必懂了更多。總之，安娜一直以來記錄下速寫下追尋著的自己的真實面孔，與菊兒一直逃離著摧毀著抹去的的並非自己的虛構面孔，是同樣的面孔。同樣的一張面孔。然後，我才以這般的視野，懷想著當時不在場的博爾，他的完整、強大、理智的金字塔，與我破碎、脆弱、感傷的廢墟，不過是同樣的東西。」

「然後一切無所分別？耗費多時，你的感想只是如此虛妄？」

安娜：

「對於有所準備，也許這樣也夠了。面具縱使可笑，或可鄙可悲，但『我』被發明，產生了『我們』，在電光石火間。我一直在等待，等待此刻，等待世界完成，來取代我。在此之前，我以我的方式喋喋不休，喋喋不休，用自己的言語對抗尚未完成、不曾完成甚至還未真正誕生的世界的喋喋不休，直到我再也沒有什麼事想說、能說。直到語言耗盡了我，等同於我耗盡了語言時。我終於可以安心地，在世間最美的沉默中。我在想，我在幻想，之所以我們這麼靠近，這麼痛苦勉強徒然又著迷赴死般的相互擁抱、互相進入、深入，是在互相遠離、推離、抽離、割離，將世界縮到無限小即將把我們壓成肉泥攪和成一塊的極限壓力時，背靠背用力把腿一蹬將世界一腳踢開。我們的交媾，確實不包括任何生殖的意圖，我們骨子裡相信這是招致毀滅的。但是或許我們仍相信愛，至少我。僅僅是沒有那個幸運擁有而已。」

「於是你們準備。甚至未完成準備。每一次的努力，都把準備往後推，加大準備到開始的距離：你們不願開始。」

安娜：

「我們似乎無法擁有現在。在我一路寫起，寫作如朋友如親人如愛人的相伴到現在，似乎越難越難以宣稱『擁有現在』這件事。我推遲，並不亞於亞銘的膽怯與退縮，推到我們都在其他人的懷裡，卻在其他人的懷抱當中，像是擁有原本該有而永遠不會再有的幸福。」

「永遠不會到來。」

菊兒：

「或是，不像他們能擁有這樣的幸福，能永恆地期待，投向未來。像是能輕信千古間尺度而抹去微小刻度的時間，此生，甚至所信仰著的許多的來生，都只是在為一個不斷餵養的來生而準備。此生的苦難因此甘之如飴，我鄙睨亞銘與安娜，最後我的驕傲滋長了他們。我只怨恨了那麼一秒，即想通了我本是為此目的。因為我無可選擇的在另一邊。我沒有可以推遲的幸福，我沒有準備的餘裕。早在許久以前，在能夠以一個完整的軀殼去執行『成長』的冒險前，我的心靈早被碾碎，像履帶壓過去的破爛洋娃娃一樣。我很早就學會用另一個絕對陌生的眼神與意識去看待發生在我身上的事，直到我身上再也沒辦法發生什麼。我彷彿有神祕的力量可以在他人的命運上打開事件，竊取故事，前提是我的荒蕪，如海的沙漠。我的太遲面對他們的太早。我仍然很難說『我們』，即時他們願意毫無保留的愛我。我的太遲了，一切已然發生的心靈，死守沉默；然而他們，一切尚未發生，全部精力投入準備之人，在我們彼此相遇以後，被迫著以其匱乏的經驗，源源不絕的言說。到最後竟然像是他們才是擁有故事者，而我不是。短期間他們享受於此，長期間這是煉獄。什麼事都不會發生，只要他們還容許我存在。」

「那麼『禮物』呢？如果小說這件事，最終發現所有的意義交換，贈與或回禮，不過是自覺美好的表層。不過是自導自演，自言自語，所有的一切是自寫自讀，書寫導向你們更為封閉，交換的豐富與可能更不可得？沉默與言語並不對等，未知與已知並不對等，死亡與生命也並不對等，那麼，如何期望任何交換的可能存在，如果仍然被吸引著以言語探索言語之外，朝虛空扔擲情書？」

安娜：

「錯了。光是一點便能證明：我在某些神賜的瞬間，清楚的意識到我瘋了，看到我的瘋本身。我將永遠珍惜這件事。為此，我可以不斷書寫，直到只剩我一個人。」

「瘋狂是作品的缺席？最終又回到這裡。」

亞銘：

「可能沒有出發過。最好的迷路，是此地。像就地遊牧。我們手拉著手圍成一圈，原地旋轉，像是要氣旋飛升，又像逐漸陷落。蓋伊瓦（Caillois）在《遊戲與人》裡的闡述之中，最容易達到極限歡愉的遊戲模式是眩暈，vertige。大部分的時候，我們在繞路。我們也曾著迷於創新，自溺於有趣，享受於新鮮，執著於情節曲折。直到總是突如其來被挫折感征服。可能我們最後會如莒哈絲說的：『我什麼都沒寫過』。我們反覆塗抹已知的事物，像是在夢裡興奮寫下的，夢醒後連寫的印象都極為模糊。」

「你們栽進虛構中，將所有可能用在更好方面的意志與想像，投向一個虛構的虛構裡，以無讀者或互為讀者，至書寫於絕對價值。你們相信書寫的一切都是虛構，然而連自己都虛構不成？」

亞銘：

「回到剛剛的話題：我們只是擬仿。我們模仿他人的熱情，諧擬羅蘭巴特諧擬普魯斯特而燃燒的熱情。先燃起熱情的火焰，才去尋找燃物，才去找方法引燃，我們是錯亂的綜合體。這才是瘋狂。先有劇中人，才去找尋作者。」

「然而你們諧擬了什麼。」

安娜：

「作者。」

「說清楚一點。」

菊兒：

「虛擬了，僭越了作者的心靈。因為我們並未配備話語。我從寫作之初便發現了，他們則在寫作之後。我們密集的讀，然後將空缺越掏越大。巴特在《小說的準備》裡所說的，閱讀的愉悅永遠產生一種難以平息的慾望，想要寫作的慾望。因為所謂一種閱讀間永恆的遺憾是在你享有讀者位置時，卻無法占有作者的位置。閱讀的喜悅，意味著作者的空缺在你的閱讀間。你不是作者。」

「所以你們做的事是透過寫故事取代作者？」

菊兒：

「正好相反。在羅蘭・巴特的刺激下，這是亞銘提出的，我默許滋養的；與博爾提出的，與安娜共謀的『禮物』理論，兩者交會。我們最後終能暫時安棲的寫作，能夠彼此共享的小說經驗，即使再短暫再如夢泡影都有意義。那是我們所能踏出的意義非凡的稍遠一步，寫出一些作者，關於他們創作的神祕時刻。屬於我們的創作時刻將永遠不會到來。為此我們去閱讀，擬仿作者的創作經驗中的『創作主體』。這應該是最深最不可能的祕密，但身為我們這樣的讀者，即使是錯的，卻彷彿是我們執拗所知的所有事了。我們讓作者的創作主體經驗擬仿重生於我們的小說中，再次歷過他們的創作中難以言之的神祕經驗，我們於是安然被取代。作者的我們成為最無用的事物，完全可以拋卻抹去。或許，我們只是另一個作者所虛構出來，想要探索某種創作體驗，特殊主體狀態的腳色。」

「另一個作者是我嗎？這個說話的我嗎？」

菊兒：

「我們拒絕回答。」

「其實已經有答案了。波赫士說，創作之中，神才存在。」

亞銘：

「我們無暇考慮。直到最後，我們甚至不去聲稱在準備了。」

「你們只是透過寫作在扮演他者。」

安娜：

「便是同樣一句借來的話：『「我」是他者』，譬如韓波。」

「那個『是』是第三人稱的。」

亞銘：

「普魯斯特說，《追憶似水年華》只是一個用『我』說話的他者寫成的。」

「你們最言不符實的地方，如同許多作家所說的：你們慾望成為他人，你們慾望自己不是自己。你們希望碰觸到自己的不可能是與不可能知，但是你們卻是無比自戀的人們。你們瘋狂地沉溺在自己的形象裡，你們書寫自己，將自己人格化。知道嗎？你們意圖展現自己有人格的樣子，在書寫當中用所謂風格展現自己獨特的形象是多矛盾且令人作嘔？」

安娜：

「很抱歉使人有這種感覺。不管怎麼判斷我的動機甚至結果，在此只談論我的感覺：我寫日記，只是一次次證明我不是我，我不再是我，有什麼在我一筆與一劃之間發生了，無盡的事件。沒有真正進入這種書寫經驗是不可能理解的。讓書寫產生，讓書寫在我們身上產生事件，不論這個『我』是不是虛擬的。你如何去確認或否認不斷改變的事物的本質？」

「繼續。」

亞銘：

「這難道不是所有自殺者，偉大的自殺者的徵候？譬如梵谷，社會的自殺者，不曾迷戀過自己的暈眩？你如果真的懂得，會聽到我們的呢喃，然後呢喃後面，是我們指向的沉默。」

「沉默與多言。」

菊兒：

「是的就如你。不管你是什麼，基本上就如腦裡的聲音一般的存在。語言根本不會從我的意識中消失。看看這多麼殘暴。即使意識我的全部是純然語言的產物，語言怎麼可以在讓意識誕生之後仍緊緊抓著不放？夢的時候似乎自由些，但那是真的嗎？在我們能辨認那是『夢』，說出『夢』的命字，我們就不自由了。禁錮了。儘管語言像是恩賜。腦中的話語沒有停過，即使最寧靜的時候。強壯的時候好一些，脆弱的時候滿滿的話語一再塞滿心靈。多餘的字溢出意義的邊界，於是那種時候意義也消逝。我懂，後來也讓他們懂。意義源自於一種阻隔，把無意義，譬如秩序源自於將無秩序排除在外。我探索我，在腦裡的語言中，在沉思中，時常給我的感覺是我只是一個限制至極又無法真正確定邊界的空間。可怕的不是豐富的、矛盾的、衝突的、異質的在界線模糊的空間裡增生。可怕的，想驅逐的或逃離的，如波赫士說的『生殖與鏡子令人恐懼，因為讓人想到無限』。若生殖是大量無面孔無表情的複製人，影像是鏡面相對的無限，若言語只是重複自身。我誠心的，在實踐當中，因為書寫後，反覆塗抹後，似乎讓我的言語稍稍安靜了。」

「並不是停止。」

安娜：

「不是。你看，我們仍然說著呢。」

「是的，重新開始了。」

亞銘：

「法文當中，『重新地』或『再度地』的副詞，其中有兩種很接近的說法，『de nouveau』與『à nouveau』，但是前者的『de』有點類似於『從』新，後者的『à』類似於「在」新。總之，語意上都有『再一次』的意思，但是『à nouveau』除了這個意思之外，還有『以另一種方式重新開始』的意思。我們催動，我們互相催動，我們催動我們自己，再度，以不同的方式開始。」

「這可能是最後一次清楚聽到你們四個人說話了。我也即將沉默。」

菊兒：

「我期待著。如果可以，希望能互相擁抱。」

「如果可以。」

亞銘：

「既然一本書對世界都是多餘。我們的話語已經是奢侈的。」

「然而小說畢竟是安全的，溫暖的，無論是多麼殘忍的世界。就算是薩德的小說裡亦如是。至少對於你們來說。如何垮，如何崩，如何敗德，如何考驗與折磨。茫茫黑夜中漫遊，罪與罰，被損害與被侮辱，在小說裡，有聲音存在。不只一種聲音同時存在，與沉默能安然共存，發生與未發生能彼此相擁，記憶與遺忘牽起手。還有。」

安娜：

「誕生我。再度誕生我。我誕生我。范樂希：『在我當中說話的我已經是另一個我，我並不是這另一個人，這個說出話語的我造就了這個聽見話語的我』。」

「於是朝向地獄，溫柔地。」

博爾：

「剩下的是後來的事。」

「還有之前的事。」

博爾：

「那是一樣的。」

「如果你堅持這麼說。」

菊兒：

「門扉已經開啟，我們終盡。即使這些故事無人閱讀，我們的存在仍是給予這些故事誕生的機會。我們不會自稱為作者，故事的擁有者，只是一起伴隨著出來，隨時可以抹去的。包括故事本身。你會忘記，你會忘記。」

「不一定。」

六・尋回的時光

0.

我們於此再活過一次，但，有誰在乎我們先前曾活過的事實呢？

「時光尋回」（Le temps retrouvé），在普魯斯特寫出來之後有無數的致敬（包括我們年輕時都讀過的《野性的思維》）、與基於此上的創作。實際上這條件非常嚴苛。首先要有一個主體，他可能必須活得夠久，久到遺忘的機制能緩慢地將其洗淨。記得，這當中有「極其自然」的成分，不能夠刻意地忽略、撞擊式失憶、偽造或植入換取經驗、或植物人式昏厥多年後甦醒、或浦島太郎的龍宮夢境以短暫仙境換取你數十年光陰，你只能庸庸碌碌耐著性子度過漫長一生，卻又在臨老時感到時光飛逝人生如瞬，或是一旦初意識到老便已一切太遲，無法對人生逐一辭別一如一檢測出癌症就是末期之人那樣沙漏崩裂成散沙與玻璃碎片；你曾經輝煌快樂彷彿時光愛情長存友誼常在，臨老時最終我們以孤兒姿態看著已然拋棄自己的世界，在你眨眼間恍惚裡加速崩解；你曾如此珍視著許多人、許多情感、許多天賦、許多感受，但越是新鮮飽滿，越容易腐朽變質成為白色肥大的滿滿蛆蟲溫床；你總會在思考過往時，不管怎樣地心理整備整裝，戒備起微小的陰暗，過往的芒針仍會不疾不徐地，不用預謀伺機也不用巧合無理，僅僅是給人「它就是會（與「總是會」有些微妙差異）發生」的感覺，輕巧地在你那飽漲的虛張聲勢連自己都忍不住相信的氣球、撐得圖案變形橡皮泛白的表面戳上一下。那動作感覺上也不卑鄙也不暴力，甚至是優雅的、訓練有素的（所有的屠宰手，甚至像現在的人道宰殺的機器，不都是帶種神聖的姿態，毫不憐憫地一刀落下，證成一種慈悲？），接著你飽滿的氣球爆破。真正暴力、卑鄙的樣貌不是外力，是自己爆裂的模樣，剩下乾癟且因先前撐大而失去彈性的皺皮，你甚至哀傷地那個曾經光彩或不光彩的其實都不是你，真正的你是飽灌在氣球裡的空氣。你曾不停地填補、灌飽，然後一點也不剩地回歸虛空。不管是金錢、時間、意志的拚搏，你只能一再一再地灌進去，鼓起那氣球，然後最終無法挽回的爆破。可是那還算美的。如果你有足夠的幸運（真的是嗎？）躲過一切的劫難譬如突來的災禍、眾叛親離、身體沒來由的怪病折磨，只是靜靜地迎接衰老，也僅僅是以意識無法捕捉的方式，任由那顆氣球逐漸在看不見的細小孔洞，慢慢慢慢地流失。像是在你身上開了無數的無關痛癢的傷口讓血液以及細微的方式慢慢流光，氣球縮小變皺乾癟，一摸就凹陷。像伊歐涅斯科說的：「我偶爾在完全的寂靜中醒來。在一顆球裡，裡面什麼都不缺。但是它的形體終會消失，在無數的洞裡流逝。」

簡單來說，「價值」蒸散了，不論你以哪種方式滅亡。要等到比這還要更加複雜難熬的，其實僅僅就是時光本身，直到時間不再是裝著好的或壞的事物的一種容器或形式，直到時間真正配有時間之名，直到你感受時間的意識不再受社會集體的時間所控制，像是涂爾幹學派專門研究社會記憶的阿布瓦赫（Maurice Halbwachs）說的，我們的時間觀念是集體框限的感知並因此我們安排我們的記憶，而在夢中時經驗的材料才能脫離社會的時間感空間感，自由形變與混淆。

我們以為那才是說出一種真正的現實的話語，畢竟語言也是社會框限的，只有夢中那種不似言語的訴說才能真正揭露（佛洛伊德？），同理，也許就在真正的時間裡，我們的意識、我們的經驗、我們的記憶，甚至無數的「我」本身，才能得到解放。於是沒有遠近之分的路途之上，我們或許能稍加練習的是隱喻的能力，將事物不假思索地擺在同一個平面上，將記憶輕忽地存放於死寂之物裡像是將自己的靈魂寄託在某個不起眼的容器中。直到我們把試著抓住時光的手徹底放開，沒有任何一絲肌肉纖維的動作用力。盡全力不用力需要練習的事，需要習得，將所有的學習忘卻，身體的社會性，身體的世界性，在一個幾乎失能不作用的狀態當中，回歸。像是阿甘本闡述亞里斯多德所說的潛能，不僅是「能」，也應當包含「不能」的可能，維持在能與不能皆同時在可能與不可能的狀態，所謂混沌中。混沌是最為靜止安寧又同時暴力激進的形式。

記得嗎？那個普魯斯特偉大作品的開頭，除了「過去很長一段期間，我很早就上床睡覺」外，在進入回憶起瑪德蓮奇蹟之前（在敘事者的時間裡，那也只是回憶而不是正在經歷。要到最後的階段，敘事者才取得敘述自己「此刻發生之事」的權利），他對於「此刻」的認知，只有漫漫無盡的孤寂長夜，一個旅人（為什麼冬夜一個旅人總是容易成為故事盒子？），在未知的空間裡。我們甚至覺得，他的作品其實不正是體現了這件事？那個失眠的、異地孤獨的、一切都已散佚的、在虛空中還能聽見未曾停止過的自己孩童時期的哭聲的敘事者，不是早就已經十分接近他所追尋的「失落的時光」？既然一度乍現貢布雷的回憶，為什麼在整個第一卷的漂流敘事後，又花了好幾冊、花費普魯斯特最後一段虛弱人生，去一一述說？那麼大的力氣去述說一個徒勞的愛情（例如斯萬吶喊著：「我竟然花費這麼多時光在一個並不是我喜歡的類型女人身上？」），蓋上一層又一層布幕的繁華社會，所謂的如此世俗的時光，一開始的敘事者，他的心靈不是已經很接近那個真相了嗎？也許，普魯斯特想告訴我們的只是，是的，不僅僅我們，如動筆寫作者普魯斯特，要漫長等價地度過那麼多時光才能兌換起時光的祕密作為主題，對於一個虛構的人來說，那個《追憶似水年華》七大冊裡那個「敘事者——我」，也得經歷過如此漫長的時光，才得以通往最後那個「尋回的時光」。屆時，直到言語如時光般耗盡，才擁有「成為一位作家」的條件。

一如我們對自己的虛構，得再一次去試圖歷經那些過往，讓一切的作為在新的意識以溫柔的光照拂（儘管那像是我們消亡後，像億萬光年以後的世界抛出的微弱星光），才明白意義，擁抱著我們的故事，或被我們的故事擁抱著。

1. 安娜

「必須絕對的現代。」——韓波〈告別〉

文學裡我最害怕斷語。比起政治的口號（「讓中國和平崛起」、「讓美國再度偉大」）或日常的宣告，在文學裡的斷言，像是有裁決的作用。裁決，或是審判，在文學面前，時常我忍不住顫抖。不僅審判，那是對未來的審判。想像一下，你因為讀到一句話、一個觀念、一個百年前說著你不懂的語言的人的呼喊，然後匆忙收拾整裝上路，朝往未知的領域，回應這個不可能的聲音。布朗修不是這麼說（雖然是菊兒轉述的）：「命名可能者，回應不可能者（nommer le possible, répondre à l'impossible）」？文學可恨之處在於，啊，只有我會承認吧，明明不懂，卻覺得很迷人。回應不可能者，這多迷人，即使不是我們「禮物」裡要索引的普魯斯特、班雅明、羅蘭巴特，或是一九三七到一九三九的社會學苑（Collège de sociologie），布朗修似乎才是最終指引我們前進之人。或是說我們跟著這些人，沉浸在他們思想，試圖用我們自己人生恐怕只有一小段時間能夠投入的創作時光，只有我們相遇並糾葛才可能誕生的特異主體，跟著這些人所嚮往達到的，說不定是他們已各自方式在不同時代把時間與空間的排除性與同質性抹去，所指稱的同一種「不可能」。但總是到了最後，我已經不是當初的我時，才突然想到：輕忽的那個「命名可能者」，我們有想過嗎，不正是我們自身？所以我們，無論以任何之名寫作，不正是我們早早烙下的宿命？我們是被命名的可能者，安娜、亞銘、博爾、菊兒，必須去回應不可能者。僅僅回應，不去理解、解釋，甚至認識，只是我們有了名字，就必須說話，在聽不見的話語的引導下。

我承認我是快樂的，既害怕，又快樂。

那陣子我常做夢，之後就沒有了。

有幾段日子，我也沒真的分得出差異。至少，現在想起來，關於那些日子，我們經歷的哪些是真實，哪些是夢境，還有哪些是自己的夢境，哪些是他人的，又哪些是集體的，我一點也分不出來。每當醒過來我都很懊惱，夢裡所經歷的，一旦眼皮睜開，變成殘渣。無論再怎樣的寫夢高手，在自己紙上，無論重現或虛構起夢，動用的想像力的極致，只是夢的擬仿物。悖論：如果人生不如一行波特萊爾，真實的人生比起文字只是渣滓，那麼清醒下寫出的文字，動用到極限的想像力，不過也是夢的渣滓。我不是佛洛伊德的信徒，然而無意識確實是海洋，意識僅是小舟於其上航行。偶爾可以徜徉、捕魚、觀察海象、撫弄海水，但不免有時遇上暴風雨，被徹底吞沒到大海的胃袋裡。我相信有廣大的無意識在，不僅是人的無意識是海洋，全人類的無意識應該都是一個無邊際的海洋。我們全於其上航行。

我夢過我們寫過的。我夢見醒在羅蘭巴特的昏迷狀態裡，醒在一個眾人皆以為該就此死去的無人之境；我夢過我是硬塞在同一個身體裡的單一靈魂的裂解在自己不斷喚起的慾望撕裂，在人類所無法承受的最巨大的不幸之中感受最劇烈的至福，處在清醒最具活力的身體站在最靠近死亡的界線上；我夢過我在一個死人所設計的擬仿世界，在瀕死的狀態中，我只能在那個世界裡繼續活著。如果再也走不出去，這個假的世界（那可是連傢俱的擺設、街道的景觀、光線的角度、氣味的濃度、背景音的吵雜與低頻共鳴都設計得跟我原來的世界一樣，甚至更真實）不就是我「第一義」的世界？那麼在夢中體驗的「如真之假」，對於醒後的現實而言，又該如何判斷？我也夢過自己不斷地從死亡的甜美夢境中喚醒，在書桌前面一再一再寫著來不及寄出的信，修改著故事；我夢過自己在摯友的葬禮上突然想起，在生命中某個最灰暗的時刻，在摯友為自己打造的垂死之人所待的墓穴般的房間，不停不停地讀著他新寫出的手稿，直到發現自己有一天自己在無意識的狀態下寫著他的作品；我夢過許多我們還未寫下的作品，我夢到我們在寫作。夢讓我以為我與死亡已經很親暱了。

普魯斯特，啊，還是他（我最後選擇普魯斯特，代表著我仍然比較接近亞銘的吧，即使我們只靠近過短短一瞬。真實的我們觸不到彼此。）一切的寫作肇始於一個夢境。關於鬼魂的夢境。他夢到母親說：

夢見母親，聽見她呼吸、翻身、呻吟。：「你既然愛我，就不要再勉強救我，我已經差不多了，沒必要延長我的生命。」

那段期間，甚至到現在，我都做著同樣的惡夢。惡夢是創作的來源，每個人都是自己的哥雅。所以，亞銘，是否為此，你才成為我的惡夢？你在夢裡跟我展示著所有我覺得不屬於你的那面，不是你的那面，包括臉孔、體型、五官的形狀與配置全然展示差異。夢中的你，是我記憶中與你最全然不像的人。我可以在任何人的面孔上練習找到你的相似處，在老嫗的眉心皺紋想到你深思時的眉頭深鎖，在嬰兒的臉頰鼓起的細毛想到你頸後的細鬚，在西歐的金髮美女的淡藍色眼珠中想起你的瞳孔上同樣淡到如透明的褐，在光頭的肌肉壯漢的手臂青筋上想起你激動時候轉紅脖子浮上的青色的筋。因為我那麼想你，想在任何時間勾連起你，做過大量的練習。夢中那個始終在十字路上，綠燈亮起各自前行的行人間，突然瞥見的朝我迎面而來的你，世上最不像你的形象的那個人，夢裡的亞銘，一下擄走我的全部的意志。夢，也凍結了。凍結的是夢的時間。如此絕對。試想，如果真的可能停止時間，看著一切靜止在眼前：灑落的水珠、咆哮失魂的面孔、被車輛攔腰撞上飛起的瞬間、小女孩跳繩時揚起的裙擺、落葉從枝枒上落下的墜落……這些喊停了，像個活體世界標本博物館任你觀看，但是意識與語言作用仍然要需要一種內在時間。然而如果在夢裡呢？再也沒有任何一個對照點，全在你的腦袋裡面，沒有外面，因為一切都是外面，更外面，而不是更裡面。在我來說夢是一個往外的探索，永遠是你不知道的事，把你熟悉的、知道的事，翻轉過來到外面的更外面。因此善於做夢的人可能會是最好的學習者，最強大的陌境探索者。我與你，那個世間上與我記憶的你最為陌異的你在十字路口的對角，你是人群中最不像你的那個。你像是世間上最後一個人。所以我似乎，在夢境當中那不是時間的時間，因為遇見你更為特化的、將意識的思考時間也凍結的時間中，我無比清楚地明白：啊，直到我能真正看見你如此陌異，你成為徹底的他者的你，與我不可能有任何關係、與有所謂關係才能帶來的對話時，我才可能真正地認識你。那一刻，因為沒有所謂意識時間而終於能完整體會的一刻，我終於不再疲憊也不再自卑，我有了想要思考的慾望。也同時知道你為什麼總是那麼疲憊，並試著讓自己更加疲憊、無奈。絕對的距離，既然時間被靜止，既然連思考都不再有時間。思考就是那靜止本身。一切死寂，於是一切重生。但親愛的，你知道這為什麼叫惡夢嗎？我總是聽到自己叫喊，每次每次一樣的強度，彷彿不可能再比這次更心碎更絕望的叫喊了。然後醒在床上，醒在一個覺得好陌生的，這個肉身所屬的世界。我以為那應該是所有人聽到皆會動容的哭喊，但是博爾對我說：「不，妳的確叫喊出來了。只是那比較像是悶在棉被裡的啜泣嗚噎，儘管聽起來十分難受。」不管他知曉與否，我沒有一次告訴他我的夢境。每當這種時候，時鐘秒針的滴答聲聽得特別清楚，我會連眼鏡都不帶，披著毛毯，就著桌燈，低頭攤開筆記一直寫著，一直寫著毫無目的。直到自己在窒息邊緣，然後深吸一口氣繼續，再繼續，直到氣力放盡。就像我現在這樣寫著。

我們寫作的一切細節，都在夢裡出現過，超過我能承受。意思是，誓言我們要成為我們作品唯一讀者這件事，我單方面無法履行了。我猜想我們沒有任何一人能夠履行。

「死是我們醒時所見，睡眠是我們睡時所見。」亞銘，當時你唸出這句子時，我並不在意。那時候我並不相信，會有人像普魯斯特那樣，為了一個夢境著手一本無盡之書，也不相信五六十年後，羅蘭巴特同樣面對瀕死的母親。所以也不會預期，就算在我們的作品已經接近完成，或是我們的寫作時光已然耗盡時，我突然發現參與其中我的寫作，不過是我夢中所寫。我忍不住當作這是我們的事實，同時是我一個人的祕密：我們在夢裡已完成寫作，而在現實未完成寫作。真正的寫作時刻永遠不會到來，而我們總在等待。

但這就是寫作，在我們的故事裡中，所趨近能求得的最大意義。

2. 亞銘

他若是還有機會發言，當著其他三個人的面發表演說，他期待能修正、甚至創造整個

「禮物」寫作計劃的方向、更進一步改名。他冀望改的，正是本章的篇名：「尋回的時光」。尤其，他希望能談談「時差」。惡戲的地方在於，整個計畫沒能來得及完成，「禮物」注定漫長準備，草草地像是還沒開始便倏然結束，留下硬石板上惱人的刮痕。成為心中無法癒合的傷。博爾不無懊悔地說過，不管是當初法國社會學派，第一代的涂爾幹與第二代的他的姪子牟斯所創的《社會學年鑑》，或是巴塔耶等作家懷著巨大的改造社會的夢想所組成的「社會學苑」，都像是匆匆搭建的夢中場景，巨大的野心與才華投入，卻在現實的行進中，因為抵禦不了時代而瓦解。對後世最大的啟迪，反倒就是那些斷簡殘篇，或是繼承者們所發光的未來中對於當時的嚮往與惋惜，而他們四個人不應該再度投身於這類型的想像。亞銘面對這般懺悔，頭一次地，在「敵人」面前感到憐憫，甚至想擁抱他、安撫他，給予自己能給予的，身為一個有限之人的最大善意。他不忍著看著原先比他強大的人如此挫折、懷疑自己，那份慚愧讓他無法自持，站在那種道德優勢上開口的可能性（例如說出：「假如當初聽我的……」之類的話）令他更加痛苦。他非但沒有因為後來註定的失敗，展開了屬於自己的話語時光，陷入更深的沉默。悔恨的悔恨，惆悵的惆悵，兩個對立者後來產生的無比強的情感：排他性的，在這兩位男人間彼此才能理解的深刻情感。整個轉向導致了小說創作的意外主題，當博爾看完「禮物」創作過程當中最後的兩個作品，一個是關於普魯斯特的〈誘惑者〉與關於羅蘭巴特的〈小羅蘭〉後，他拉著亞銘到一旁，感動地說（所有人都知道他應該是對「感動」這情感有最強烈排斥潔癖之人）：「就我個人意義而言，投入於此，收到最大的回禮就是因你催生的這些小說了。」

在這樣的錯過，這樣的時差間，所拉出的悔恨裡，他對於整個計畫的可能性如此了然於心。於是也不必心懷悔恨，接受這樣的結局了。

在整部《追憶似水年華》裡，沒有直接提到時差，可是它無處不在。尤其，整本書原來計劃寫出的三大冊，會如山洪暴發成七大冊，甚至可能更多，是因為時差的緣故。

阿格斯提內尼（Alfred Agostinelli），普魯斯特的私人司機，他迷戀不已的男人，受不了他的愛情形式：所謂嫉妒，無限的嫉妒，充滿創造力想像各種背叛的情節，被想像者猶如被掐住了脖子無法呼吸，所以逃離巴黎。愛情最大的能量，在想像當中的不忠。愛情在想像的不存在裡尤其純粹：我想像我不在他身邊的樣子，我想像此刻我若是在他身邊的樣子，我想像他此刻即使在我懷裡但下一秒可能在他人的擁抱中。越是在幻想裡撐起一個完美的占有感，越是容易被反噬，所謂無所不在的不忠，才滋養了愛情，成為普魯斯特深刻又俗氣的結論：沒有愛情是不痛苦的。喘不過去的戀人逃離了普魯斯特，在法國南部隱姓埋名，用上整個文學史相關之人當中最讓人心碎的假名於現實中：Marcel Swann，馬塞爾・斯萬。當時普魯斯特的作品才出版了第一冊《在斯萬家那邊》，阿格斯提內尼就以自己的肉身去承接起巨大的虛構，逃離了善妒的情人，卻使用小說裡兩個最善妒之人的名字逃亡，彷彿自投羅網。

真實的馬塞爾，虛構的斯萬，在一個鎖鏈著逃離的戀人身上。再過不久，普魯斯特才有了情人的消息：戀人的死訊。如此簡短，無可辯駁：他死了。死於駕駛的小飛機裡。仍在悲痛中，普魯斯特卻接到遲來的信：他的情人在出發前捎給他的信息，預告著自己的回歸，然而自己卻在途中死了。要怎樣的巧合才能完成這種時差呢？滿心的覺悟向情人投遞未來的許諾，以信件如此古典的形式，在訊息的旅途中，發信者一頭撞向死亡。那堪比往復的時光旅行去重複拯救在眼前逝去的摯愛更加殘忍。原來是預告性質的信（「在你接到信不久後，我將回到你身邊」），被死亡趕過去，而遲到了信件，成了生前最後的活的見證，所謂遺書。

時差，乍看是錯過，是遺憾，不過何嘗不是一種巧合？或是，巧合實際上是一種時差。亞銘想，包括當初的相遇，催生並投注所有的精力在書寫中，那是往後在所有人身上皆無法重現的時光，與其是巧合，也可以說是一種時差。也因此，他矛盾地懊悔接受這時差帶來的反作用力。就好比，普魯斯特在小說裡設計的永劫回歸，在第二冊裡將愛人的形象完全化身為阿爾貝提娜。阿爾貝提娜也許就是跟他的愛人阿格斯提內尼最不相像的夢中形象，然後遭遇一樣的命運：被嫉妒的愛人監視軟禁、逃離，最後準備要重返時於途中意外逝世，使得最後關於愛的承諾信箋到了手上成為遲來的情書。

他想過沒發生的一切，他想過一切沒發生過的。倘若以另外一個樣子發生，譬如四個人是一起投注在一個巨大的、不可能寫完的如《追憶似水年華》般的小說，其實也會是徒勞的。因為如果他們真的這樣寫了，在他看來，就好像消耗掉唯一一次的可能性，而再也不可能有更好的機會。他日後站在小說創作的廢墟裡，揣著他一本本的筆記，練習他在那段時期就默默預演的，在他們四個人再也不可能這般聚在一起、如同被母球撞開四散彈射的撞球後，可以靜靜地花上一輩子的時間不受驚擾的思考。

他的構想是這樣的：他們書寫自己，但不含任何自傳意味。小說的內容，就是無盡的斷片縫接，像是抖開卷軸，把整個空間都拉長地，敘述他們小說的準備過程，以及他們竭盡全力在交織的命運裡留下的斷片，這些小說的斷片將被視為作品，而他們成為模糊的共同作者。

啊，時差，他想。這兩個字在他的心境中擴大了，也許只是那個未曾實踐的愛情造成的。他與菊兒、博爾與安娜，把最純粹的愛情慾望給了身旁另一個人，且付諸了形式，像是把自己最好的創作能量與題材，放在一個其實不是最完美的作品上。

好比斯萬。在《追憶似水年華》第一冊的四分之三處，敘事者打破小說該有的規範，用第三人稱談論起「他出生前的事」。普魯斯特調動的時差並非無意識，插入的「之前的事」，實際的作用是預告「之後的命運」。斯萬本身就是充滿時差之人。他的幽默與品味使他成為巴黎的沙龍寵兒，卻因戀上了奧黛特這風評不佳的女子而不得不陷入韋爾迪蘭夫人的次等沙龍。巨大的文化落差，以及他願意為愛人去遷就低俗的品味，反倒使得他在那裡成為遭人忽略、遭人取笑、甚至討厭的角色。這段的錯誤肇始於一個巧合。斯萬的登場，不論是在小說的開頭或是〈斯萬的愛情〉篇章，都予人玩世不恭的形象，彷彿不會受任何事情羈絆的自由。卻是不經意中，在第一次遇見奧黛特時，在韋爾迪蘭夫人那聽見他尋找已久而再度聽到的凡特依奏鳴曲的旋律。他將這巧合與愛情綁在一起，關係就此展開。斯萬在藝術品中辨認出奧黛特的美（而不是她本人身上），也在奧黛特不在的時光感到無比焦慮。兩個人在出席沙龍的前後同行而快樂，或是斯萬在奧黛特無窮的謊言間因她巧妙錯開不同情人而痛苦。因為相信有相同的時間而滋生愛情，這樣的錯覺就在時差之中填進無窮的想像，所謂面對愛人的「我所不在的時光」的折磨，預告了將來敘事者將同樣承受的痛苦。嫉妒，是時差的同義詞。所以敘事者這麼說：「愛情也好，嫉妒也好，其實並不是一個連綿不斷不可分割的激情。它們由無數個相繼的愛情、不同的嫉妒所組成，這些愛情和嫉妒瞬息即逝，但由於不間斷就有以種始終如一的錯覺。斯萬的愛情生活，他的嫉妒執著，由無數慾念、疑慮的消亡和超脫所組成，都以奧黛特為對象。」只不過一再的失望，終究讓愛情死了。可是普魯斯特式的情節總是強調一點，真正的發生是在「再認識」之後，包括回想起一件事，要等到真正認識回憶這件事才算完成。愛情也是，死亡也是。於是許久以後，直到有次斯萬再度聽到了那首凡特依奏鳴曲，終於恍然大悟：

「那麼多年，恨不得想死，卻是我把一生最偉大的愛情，給一個我不喜歡、不是我的型的女人！」

亞銘將〈斯萬的愛情〉用法文一一抄寫過，像是給安娜的情書。給那個未曾發生過的、而真正在一起時已錯過彼此最大的激情的愛情。比起早已消逝卻死抱著幻影不放，他仍是慶幸自己認識了，安娜也是。博爾與菊兒也是。

亞銘從愛情當中體悟到了時差，才懂得善待作品創作的遺憾。那只能經歷過一次的時光。他檢視普魯斯特本身與他的寫作，用餘生寫起他母親生前來不及看到的作品證明自己能成為作家，作品的實踐就是遺憾的證明。既然是時差，也許該談論更早之前的時光。普魯斯特一開始的計畫是談論書的文論集（essais）《駁聖博夫》（*Contre Saint-Beuve*）那是小說的雛形，原來是作品，最後因為被退稿，而成為小說的前身。《駁聖伯夫》延遲了書寫的起點，才在往後（那是令研究者驚訝的極短間距）找到小說的聲音「我」，展開漫長至死的小說歷程。拜時差所賜，延遲動筆的終極小說成為作品，被推拒的《駁聖伯夫》成為死後的被挖掘出的遺稿，供人考古學式地滿足於史前史的探究。

所以，有一天亞銘才會發現，在他或許已經陌生於這個名字之時，在他看到這本書出版，閱讀起寫著關於他，或關於他所寫的，感覺自己已經完完整整地被還原成讀者。在那個時候，他會無比感動發現，一直退讓或猶豫地沒在他們之間實驗過，不，那是他未曾真正表述過與堅持過的「尋回的時光」計畫，竟然在一切不如所願所想朝他意欲反抗的方向走去後，他一度想像的「作品」，其實已經完成了。

因為時差，就是「再認識」的條件。才有「失去的時光（Le temps perdu）」與「尋回的時光（Le temps retrouvé）」，而它們是同一個。他理想而未曾實踐過的作品也是。

有一天，他將看著這本不盡滿意的書，小聲的對著當年的博爾回應：

「對我而言，所有我以為未曾踏出一步的，其實在《禮物》裡，已經是它最完整的樣子了。我已經尋回了時光。」

3. 博爾

博爾在打包返台物件的時候，沒有太多猶豫。個人衣物大多不帶回去了，幾個袋子拿去回收，家具便宜的二手賣掉。不需要的法文文法書、字典送人。寄了幾箱研究有關的書回去後，整個公寓在他離開前的兩週，提早變得空空蕩蕩的。洗碗台旁留下一碗一盤一杯一雙筷子與一支湯匙，一把水果刀、塑膠砧板，還有一只tefal不沾鍋，還有專門煮水的插電式快煮壺。他每天買少量的菜，沒有冰箱，需要儲存的菜或肉就放在塑膠袋裡，掛在窗外，十二月均溫零度恰是天然的冰箱。大多時候他都做剛好的分量，佐料只需要鹽與胡椒。在電熱爐上煮菜的時候，因為老舊的關係，熱度會緩慢累積，打開爐子要等五分鐘才能讓油熱，以至於熱度發散到整個公寓十八平方米的空間，每次煮菜，都有一到兩小時的時間不需要開電暖器。而玻璃上總是會凝結一層白霧，偶爾，上頭的水滴流下，在白霧玻璃上刻下淺淺的蜿蜒渠道。接近聖誕假期，巴黎的人們多半不在此處，有些歸鄉，有些遊玩，城裡空蕩蕩的，他所住的非常布爾喬亞的十六區，安靜得像冰封。這年的冬天他覺得特別冷，儘管這特別並不特別，新聞接連著報導氣候異常，每隔兩三年才下雪的巴黎一口氣的低溫與大雪，交通幹線RER封閉，蒙馬特的山丘成為滑雪場，而南法與義大利等怡人的地中海地區，也被一大片的雪抹平地景。

房間，或說是廳，即使住在富人區，他能租下的還是一般學生租屋最常見的une pièce。顧名思義是一個空間。唯一的隔間是廁所，廚房做菜時的味道會瀰漫整個室內空間的地方。在這種地方生活，得要習慣或是處理做菜後留下的氣味才行。儘管可以開窗，可以除臭，或就是習慣氣味，博爾還是在開始展開留學生生活後，就學會天天自己做菜，並巧妙的不留下味道。譬如沙拉。每次他們聚會，沙拉的部分都由他負責，包括好幾次即興的、低預算的聚會，他都能像變魔術一樣，照顧好留學生最缺乏的營養均衡。或是那段安娜偶爾會留宿的日子（他與菊兒卻始終無法發展成這種關係，她的夜晚只留在自己的住處，或徹夜不歸），他總會早起，學著電視上的好男人形象，準備好一桌的早餐，對稱的可以讓彼此對坐，無比明朗卻讓人感到無比曖昧的時光（比愛情關係任何時候更有甚之）。現在是不可能了。整個房間只剩一大一小的行李箱，還有睡袋與坐墊。他無畏地將坐墊當作枕頭，準備在回國時於戴高樂機場穿戴的羽絨衣當作睡袋不足以保暖時披在身上的毯子。他知道這狀態是他在巴黎最後的祕密了。笑著想起這也是種《野性的思維》裡說的，修補匠的思維。實踐起來毫無困難，至少對他來說。他也曾經把這空間塞滿，以工蟻的精神，在空間中鑿出空間的維度，滿滿的書、研究資料、文具，亦雅痞式的搜集古董把另一個文明國度的歷史記憶當作種品味象徵的玩具搜刮。他想，對物的不留戀造就了這樣的結局，那些曾經屬於他的物事都是暫時保管的。所謂的價值，在他如此信奉的原則下，只有暫時性能夠恆常地讓人認識到。「就是禮物了」，他想。面對空無一物，彷彿，人生的八年虛擲在異鄉，要的只是將在此地擁有過的全都給出去，然後在這個狀態等待。一心追求的強大，純粹強大，最後歸還給他的，是給予的能力。或是不存在的一紙證書，上面寫著：曾經，他能給予。

家徒四壁。他將任何會發出聲響的，包括手機的震動都按停。整個房間最大的聲響，大概只剩煮水時的聲音，與抽水馬桶將水與穢物一同吸下去時的咕嚕聲了。他安靜得連腦袋裡的聲音都無聲進行了。他打開電腦，輕輕壓著鍵盤，即使他不像亞銘有手寫的習慣，經過那一輪他們曾有的盛世、被賦予的說故事的權利，最後至少他還有面對著一個空白的文字檔案，可以不假思索寫作時，無可取代的快樂。他開了一個資料夾，放著檔名「無標題」的檔案，讓電腦自動安排數字，無標題1、2、3這樣下去。

在最後的日子，像是最初的日子，兩者雖然截然不同，予以他相同的恍惚感。他只有在極少數幸福無比的時光，可以享受於此。在空間的條框取消之後，窄仄之地也因延展而寬廣。所以原來是這樣，時光在此，也像打破瓶罐後的半液態物質，蔓延出去了。延展的時間，綿延（la durée）。他甜蜜地想著，哲學家伯格森是以怎樣的情懷去處理時間。綿延彷彿取消了社會時間的切割，不再一格一格的切分（譬如追龜論），卻在另一種意義上鋪開了自身差異自身。於是，差異不是外在的尺度標準，而是矛盾的，像在一片地景上徜徉著。在無分別裡，必須用盡感知去體會差異。或是說，感知差異化。正在差異化。

時間，空間，還有記憶本身。沒留下書，筆記也成箱寄回，他沒有慾望打開瀏覽器搜尋，也不想打開檔案資料。空白的文字檔案，雙手就放在鍵盤上，自由滑動著文字。他想就一直這麼下去，直到自己成為陌異的他者，屆時，或許就是貼近了相遇了最熟悉的自我。意思是，一切又歸回到潛能裡面了。

他想起亞銘分享過的段落，仔細讀著《追憶似水年華》開頭當中，敘事者失眠在旅途中的飯店裡，經常失落在空間的迷途中。他想不起自己在哪裡、哪張床、哪間屋子。這是敘事者的原初狀態。他理解。但是沒有真正體會到。他可以熬夜通宵，然而沒有真正感受過失眠，就像他會因人生地不熟而摸不清方向，只是真正的突然迷路，像是班雅明說的「在都市裡面迷路，需要更多的學習」是他怎樣都學不會的。

等待遺忘？他只能當作詩意的修辭。

可惜沒人可以討論了。在這空間裡，他假想著：那時亞銘一反常態積極地，在他們談論的「禮物」時介入普魯斯特，是不是隱隱地想說，牟斯的《禮物》所說的「給予的義務／回禮的義務」是不是共享著普魯斯特那裡「失去的時間／尋回的時間」？他不免莞爾。即使沒有忘記，即使，他也說過，禮物的交換歷程，最後總是會回到最初的贈與者身上，這與普魯斯特所說的，你每一秒如同死去的逝去時光都隱遁到微小的事物中沉睡。給予的義務，為何會連結到回禮的義務，牟斯那裡，給了「hau」的解釋。「hau」與「mana」一樣，是某些民族的觀念裡面關於身體能量的概念，它會跟著禮物走，也會在某天歸來。日後的李維史陀並不滿意這樣的解釋，認為這使得「交換」這件事變成只是完成「hau」的歸回的第二現象。因此他將「hau」視為一種「漂浮的意指（signifiant flottant）」或「零度的象徵（symbole degré zéro）」，即空的，可以落實在文化使用者任意填入概念使用的特殊結構。他忘記是否跟其他人解釋這個了，還是陷入更後面的，關於交換與合作的形式，怎樣構成一個小小的宇宙，他們可以在此盡情互換，彼此充盈。是不是真的忘了去談，相信這個會回歸的「hau」或者是普魯斯特所假設的「尋回的時光」，會不會都像是一個「空的符號」。在那裡面，看到的將不會是歷史，而是透過它，看見歷史湧現的一瞬間？

提前打包完像是他允諾給自己，終於在最後的時刻能夠像最初的時刻那樣，只擁有一個行李箱的自由。他回過頭看，然後看到自己。原來回過頭看這件事可以如此簡單。即使在他們入魔般掏空所有屬於自己與不屬於自己的回憶或情緒，作為材料或只能徒勞當作誘餌進行「寫作的準備」，那種時候，他也不是真正的朝向過去。直到真正抵達這段白色時光，如此溫柔，即使寒冷，卻像被包覆著。他有一絲無用的懊悔。初來乍到時，其實並不是沒有機會放任自己走另外一條可能的路，然而在朦朧之中反覆踏上一直無法擺脫的路。但是所謂本質，大概是這樣子的吧，在最嚴苛的條件下，稍有不慎可能徹底墮落的環境中。或僅僅是，作為一名外國人，在短期的無法理解的巨變當中的生存，只能靠著最根本的本能應對。他以為掌握了祕密法則並一直生存，甚至想要影響他人或教導，如今他只當作一種幸運而已。當初應該徹底一點被擊垮才對。

此刻，此刻變得無比實感。清空了空間，卻有意想不到的清空時間之感時，他有難以言喻的挫敗感。他以為花了許久時間弄清楚這感覺，用不實在的比喻來說，像是花了一輩子的時間。其實真正經歷過的，不過是短短一兩天而已。長如一世的短暫體驗，他總算稍微明白何為做夢了。人還在巴黎，身體卻在這白色空間中擁有時差。也許是年紀的緣故，已經不像過往能夠校正鐘錶般調整。他抵抗過一兩天，越是混亂，咖啡因竟攝取過量而暈眩。才放下心來，捲在簡單的睡袋裡，抱著筆電睡覺。失眠的時光裡他懂了夢。才不無妒忌地想著亞銘。失眠者最懂夢境，迷路者最懂得街道與城市，失語者與沉默者最懂語言。他就突然讀懂波特萊爾所謂的〈共感〉：

La Nature est un temple où de vivants piliers
Laissent parfois sortir de confuses paroles;
L'homme y passe à travers des forêts de symboles
Qui l'observent avec des regards familiers.

自然是有活著的柱子構成的神殿
不時流露著令人不著頭緒的話語；
人類在此穿越了象徵的森林，
森林以親切的眼光觀察著人類。

直到他幾乎被巴黎逐了出去，逐進了最低限的自己空無一物的房間且尚未歸國的漂浮狀態裡，他才淺淺嘗了一點漫遊的滋味。

他以自己的方式，理解了對立的雙方。同時在關於「禮物」與「尋回的時間」的辯證間，以根本否定自己的方式去體驗自己。過去很長一段時間，他很想給予，以競賽的方式，想抓住話語權，爬得高高的以方便傾倒他的思想。直到現在他仍然問心無愧，他謹守禮物交換最基本的條件：即使知道回禮的機制無可避免，「給予的義務」仍是一種徹底認為有去無回的付出。他對此毫無保留，包括在與亞銘爭論的時候，在與安娜享有宛如偷情般的肉體歡愉時，或是看著感覺距離無限遠的菊兒的冷淡眼神時，他都是全心的，甚至毀滅也無妨的心態奉獻的。然而焦慮感卻揮之不去，留在每一次他們的聚會，殘存的筆記，還有每一篇不管他們一起寫下的小說裡。他與亞銘似乎堅持著，似乎僅僅是習慣那個位置了。為了維持結構需要的慣性，他逆來順受著不自由感繼續扮演那個嚴苛的角色。永遠的對宮。他其實也盼望著時光的重新尋回，如同禮物總是會以某種形式回到最初的贈與者。整個「禮物」的小歷史中，他學到最多的是等待。等待著回禮，像是單獨期待在自己不存在的將來，遙遠的彼方，恰好的雙眼仰望起天，會那麼恰好又難以言明地，留在這渺小生命一瞬的記憶裡。到了他們準備要四散，菊兒之家回歸空蕩，直到獨留的菊兒也預備在眾人離去後，清空自己的家，像是閱讀一本大書般閱讀的他（博爾卻不敢問是否其他人與他是抱持同樣想法），感到這本大書猶如沙之書在指尖遁走。那份奇妙感受又悲傷又興奮，在他感到一切終將消失無蹤時，突然覺得其實這彷彿是無限的形式。

然後是那天。他將行李放在走廊，看著沒有他任何私有物的房間，已把鑰匙交接出去的他關上了門，意味著再也進不去裡面的那刻。他懂了。也許禮物，並不是給予後漫長的等待回禮。猶如時光的復返，不是「時光失去」的長期追尋，而是在仍然繼續失去的時光中追尋，直到某一刻，奇跡出現那刻尋回。等待這件事，便不是在失去或給予後的空窗，而是一直伴隨著失去或給予直到最後仍然相伴著我們的狀態，也再次地，應證了「小說的準備」這件事。於是，在一直給予禮物，直到一無可給之時的一瞬間，鎖在門外的博爾，收到了這份時光的禮物。

想來，他是如此幸福地被擺了一道。

4. 菊兒

怎麼就是感覺不到嫉妒呢？在博爾於機場發文時，她突然地想，然後甜蜜地發現自己這樣就算是嫉妒了。

他們後來發展得有點像是讀書會而不是寫作坊，在菊兒看來，博爾與亞銘的焦慮是如此多餘。且不免嘲笑起來，這根存的對立其實不是兩位男子之間的意識形態，真正的對立，是看著他們猶如孔雀求偶般地，將語言展開如羽翼，私下她與安娜卻建立起了沉默的關係。他們在上頭劍拔弩張地對抗，她們在暗底百轉千柔地纏綿。最好的躲藏之處就在他們面前，他們光亮無比展現時（她客觀地覺得他們的確各自有各自的魅力），她們就自然地棲靠在暗影之處結盟。

簡直太不可思議了她想，而且是在她眼前，她的住處那發生的。

她為數不多的文學作品予人神祕的形象，評論家與讀者藉由小說感受到她的文字當中透露的背德的自傳元素，卻在她堅持的緘默與書寫的版本微妙差異中令人迷途。漸漸地她察覺作為作者的她已經糾纏起真實生活的她，回首過往，也往往分不清楚真實或虛構。這感覺像是意識清楚地看著自己被凌遲。自己的人生，也不完全的虛構化了。勉強自己寫出了一兩本書後，她看著血條歸零，無法再寫了。在他人眼中像是流星一般消逝的文學少女，在她來說是無比漫長的掙扎。

她曾勸誡他們，不完全的虛構如此傷神，是再也挽回不了，猶如典當般的交換。妳把自己典當掉，往後，要付出更多的人生來贖，萬劫不復。她後來不再創作，或至少再也無法投入小說，直到在「禮物」裡才重生，其實不是個人選擇，而是真的不能了。

她賭咒過，自己年輕一段的愛情，種種愛情只能隱晦的寫，為幾十年後的作品埋下根，要在成為老婦之時，傷毀她的一切皆已雲散與崩壞以後，才願意回過頭來，以最後的激情，去贖回當初那瞬間死亡封印的愛情標本。儘管那不倫的愛情關係說穿了沒有書寫的特殊價值，她仍然想像著當時的她，在絕對的傷害發生時迅速抽離，猶如在核爆當下熟稔地操演避難法則，遮眼堵耳就地掩蔽。她跪坐癱軟在地上，張大嘴喊不出聲，眼珠瞪大充滿血絲卻乾澀無淚，那一刻她告訴自己，就是現在了，那最大的痛苦，黑色稠密的，一層比一層還要深的嫉妒，要等到人生最後的時候，用書寫還原回來。她是這樣想像的，她將會猶如洋娃娃般的維持著少女感。她會讓身邊的男人一個一個瘋狂的愛她，為她痛苦為之自毀，她會讓每個身邊的女人恨著她卻著迷於她，像是比男人還要更執著的愛戀著她，而她將一無所動。巨大得無法承受的嫉妒感，終於讓她苟延殘喘後，成為最引起人嫉妒的對象。

只有她是在「禮物」之前就為自己虛構了菊兒之名，為了讓自己重複著莒哈絲。早在那時候，書寫涉及的名聲已無所謂，她只願意當個劣質的次等模仿者。她作為一個寫作者最幸運與最不幸之處在於太清楚看到自己的極限。如果再多點力量，她可以在界限上多前進一步，但那麼久以來，一旦靠近她就暈眩想吐，雙腿發軟，文字潰散。她慚愧無比又毫無辦法：確實，在那之後，文字就只能保護起自己。這無疑是背叛自己的文學信念，於是等待。因為找不到任何的方法超越那苦痛，她沒有莒哈絲的天才與美麗去承受，久居在那沙漠裡。她完全相信莒哈絲在《中國北方來的情人》裡說的：「我什麼都沒寫過。」

她站在一個抽離疏遠的位置，在自己的內部的空間裡讓「禮物」誕生，甚至雙生子「尋回的時光」暗自成長。她卻像個被掏空的無心母親，《如歌的中板》中，對著兒子說「我時常感覺你是我虛構出來的」的那個母親般，看著虛構的他們四個人，專注地談虛構。作為寫作者，他們三人的「經驗」不差、才華與文字也是，不過對比起她自己，簡直如處子般的單純。她儘管靠近不了，也禁不住好奇了。在與亞銘有肉體關係，並嗅到博爾與安娜的異樣氣息後，簡直甜美地享用起神經的騷癢，枯竭已久的想像力又突然湧出了泉水。

她難以忘記那天的體悟。對她來說，可以將一個夜晚與另外無數重複折磨的夜晚區分與記憶，是多麼大的奇蹟。就像長期重複夢魘的人，也不必美夢，只要有個令他足以真正記憶起的強度更強的惡夢，勢必也會無比的歡喜吧。然而他們不僅給她獨特的一夜，而是許多許多日子，每一夜都足以抵抗往後無盡重複的人生。她仍是在筆記中記下日期，特別記下那一晚的印象。

博爾與亞銘，兩個脾氣好的男人，過去總有一方會冷靜自持，那晚卻同時發作。兩個人的怒氣猶如不煞車的兩輛火車對撞，如同哥雅的畫裡兩個持巨棒互毆的男人，菊兒與安娜緊緊依偎，著迷了。那猶如生死相搏的激辯，彷彿友情會在那晚決裂，她清楚安娜一樣想像兩個男人終究會殺了對方。她眼前有竟有血肉噴濺的錯覺，那一刻，久違的熱情湧上胸口。「我們之間就要分崩離析，我們會接下來把作品一口氣燒了，因為那是我們的和平協約，同時是我們的戰帖！」。她熱情地想著，難以言喻的燒灼慾望灼傷了喉嚨，窒息著肺。她額頭冒汗，手心濕潤，安娜求助般地把手伸來，菊兒以一個抓住即將落下懸崖之人的急迫感一把抓住。那手心燙的，濕的，兩隻手焊接在一起。索求的手，兩個人。再也忍受不住，兩人相吻，躺在海洋裡。矛盾的是，她們的吻好像被眷顧，飢渴的交纏，她們陷進沙發，博爾與亞銘竟毫無所覺。像是默許地任由她們跨出那界線，男人的爭戰成了她們最甜美的背景音。

那天晚上她沒讓自己醉倒，早早地藉口自己頭痛，讓其他三人早早回家。

她想要好好回味。

她與其他三個人不一樣，即使她早早在四人聚會裡將普魯斯特列為重點，也一直寫著〈普魯斯特日記〉，卻一直沒有打從心底喜歡普魯斯特，也與羅蘭巴特有些距離。她在美學上面十足理智，在創作的路線爭辯裡，她是博爾的盟友。她甚至覺得，普魯斯特那樣的文學世界，對她而言還是太美了，美文就是她現在最厭惡的。她曾怪罪深陷在文學的泥沼乃是自小受教育時便擁有優秀的文學基因，並過早被淘選出來，一開始就註定了她的限制。也許她還可以在這軌道上，用這些工具與素材，再寫上幾本好的作品，未必是虛構力那麼強的小說，但是也可以在她的寫作的路上累積、標示，至少以一個作家的身分繼續活下去。她都知道，只是那全然無法超越她承受的苦痛。於是那段漸漸枯槁的日子，像一次次地證明文學的無能為力，寫作，也變成是不讓「那件事」說出口的虛假薄膜了。她來到法國，與其說是尋求，毋寧說是逃離。有任何方法能夠讓她放棄一直以來的文學她都願意試，她願意將「禮物」當一帖藥，至少能讓痛苦減緩。儘管她找不到理由反對「小說的準備」，或是普魯斯特在《駁聖博夫》裡對智力的不信任，說服得了她，但始終沒有給予她刺激。包括《追憶似水年華》本身的文字令她不耐，她甚至更認同於博爾所說的那套，關於法國社會學，關於巴塔耶等作家以社會學理論實踐於「反創作」那一套操作。在這時卻有異樣的感覺。她閉上眼睛，眾人所一起閱讀過的，甚至他們一起寫過的，都在她閉上眼皮後，如同螢幕打在她的眼皮內側。她總是最後一關，她真正參與親自寫下的不多。但他們交給她把關，判定生死，那些斷片般的、只在他們之間流動的文字，要經過她的裁決，作品才能完成。更多的時候她宣判作品失敗，留下來的文字在怎樣的標準，卻是他們看似民主的寫作機制中最為專制的部分。她是消極的女王，他們卻完全不去爭取，讓所有的裁決交到她手上。只是因為她是小說家嗎？只是因為她寫過書的聲名有了權力？

有兩種文字留在眾人離去後於腦袋中迴旋再迴旋。一是他們一起讀過的，一是他們寫過的，現在都成了她的。

她想起《女囚》裡，敘事者令阿爾貝提娜的女性密友安德烈成為報信者，跟敘事者一一報告女友的行蹤。敘事者忽略了，她們在他的眼底，距離最近的盲點。她們在他密不透風監視阿爾貝提娜的房間裡，度過許多次的刺激的偷情。真正的嫉妒不是在眼前，而是情人身上永遠無法觸及之處。所以普魯斯特可以容忍情人阿格斯提內尼與妻子一起住在他家，卻無法忍受他不在自己身邊的時候，所謂我不在的時光。亞銘注意過這些情節，可笑的是他太過多情，關注的是所有事後的、已然成為廢墟後的「時差時光」裡。她覺得亞銘看到的，不過是所有愛情最後的幻滅景象。幻滅與荒漠對她來說是內心的延伸，即便每個人所見有所不同，她仍更珍愛自己那份。那是妳嘶啞呼喊也像噴灑在沙漠上的血液瞬間被吸乾的孤寂。她卻想多了解那一份，仍停留在愛情幻象中的情景。她一點也不需要知道幻滅後的景象。她覺得自己走得太前面了，所以注定得落在最後頭守候。她忘了提醒他們，最好可以再次沉溺在幻覺裡。進入幻覺，從幻覺逃脫或被迫逐出，這些並不完全，要盡可能地，像是潛入深海直到水壓擠破你的肺、炸破你的微血管、將你整個人壓扁血肉模糊的決心，重新回到那令你痛苦萬分的幻覺裡。那才是你獨一無二的部分。

〈斯萬的愛情〉裡，斯萬跑遍了餐館找尋奧黛特的下落才驚覺：他已陷入愛情。嫉妒先於愛情，創造了愛的對象，再將兩者綁在一起，因而可以持續。敘事者複製斯萬相同的命運，由嫉妒而誕生愛情，綁住了阿爾貝提娜。他曾悲傷想著：這樣的情感得等到他們兩個之間一方死亡才能終結。這樣想恐怕過度樂觀了，事後也證明，即便阿爾貝提娜故去，在事實真相顯現出，一直以來他都是被蒙在鼓裡的，從一開始就無所謂忠誠，不斷浮現的「已發生過的事件」的知曉，仍是讓他痛苦萬分。嫉妒是對漂浮的指符（signifiant flottant）無盡的追逐，所到之處，意象不斷被創造出來，行動被迫出，事件因而接連肉身化。嫉妒創造的愛戀的主體與客體，一切的故事的開始與終結。

那段關係的交換與再交換的錯置中，已經耗去了所有欲占有的激情。明明是距離最近的人，涉入者，卻是局外人般清醒。譬如酒醉，會有某個微妙時刻，比任何時候都清醒，以靈魂出竅的視角看自己與身旁，她卻是一直有同樣的感覺。只有在徹底爛醉時才能稍微放鬆。她沒有辦法說明，即便是爛醉無能力之時，她是夢是醒，都還是有一塊意識是清醒著，清楚感覺自己的麻木，與引起不了情緒的感知。

人來，人去，她似乎感到有點痛，不知從何而來，所以亦無法排遣。

她以為自己仍然太清醒。直到她在眾人離去，真正離去後，她打開檔案，一面讀，也一面寫。

儘管有點孤單，不，這是寫作甚至不寫作的人生走到此刻的菊兒，所感受到最大的孤寂。她，看到了荒漠。原來四人之間發生的所有事，寫下的所有故事，她以為自己是在荒漠中看著他們的，實際上她也活在他們共同的文學幻景裡。他們確實「共同生活」了，在他們互相質問共同生活的可能時。她當作自己在荒漠中守護他們的幻景，承受他們的苦痛，到頭來竟是一起承擔了。眾人離去，暗淡的菊兒之家，荒漠裡她知道這是屬於自己的尋回的時光。

回禮。

只剩一個決定。

她將這一切交了出去，再次地，往無盡的遠方，她不需要知道但可能已經知道的地方，輕輕放手了他們的故事。

PART 2

回禮：四人的小說殘稿

阿奴斯・索雷爾

我是太陽。

當我這麼刻寫在自己身上的時候，我完全的勃起。我脫掉短褲，在我赤裸的腹部與臀部上書寫，寫著並找尋著完美。我的焦慮，終於成為至高無上的。我還能說話，同時謹記著，話語不僅將離我遠去，話語一直以來都是逃離我的。

我在五樓，用力地將自己沉溺毀壞於沉思中，寫作令我置身可怖的迷霧中。我寫起這本書，在我眼見以外的全是空無。我厭惡字句，我是沉默，宇宙也是沉默。徒有沉默回應我的分裂。我要任由我的思想緩慢地與沉默交融在一起嗎？

白日隱沒，沉默占據天空，越來越純粹，我孤身一人在長廊上。冰冷的走廊潮溼陰暗，我游移的手是惡的手。我應該要停筆了。我常常坐在大開的窗前，完全掉入某種狂喜當中。日落了，爐火熄了，我該快點停止書寫，不然我的雙手又會冰冷起來。

我接近詩：為了使詩匱乏。

長廊上我在狂亂的夜笑著
長廊上我在咯咯作響的門前笑著

我祈禱：「上帝明白我的努力，請賜予我你的盲眼所看見的夜晚。」

我想把我整個人關進尖塔。

在準備要去睡之前，我清楚感到事物的溫柔滲入了體內。我在床上受恐懼折磨。我在受苦的時候，抓住某些微小的幸福。我才方能明白精神的暴虐慾望橫流，是以，我感受到至福，這與「神祕」所處的狀態是毫無差別的。過去我不太明白，而今我懂了，這至福與焦慮是緊緊相依的。我強迫自己躺在床上，無憂也無喜。

我想要入睡。我躺在我點滿了燈的夜晚下，在我冰冷的醉茫中，在我的焦慮中。這些日子，我的夢都太沉重、太暴虐，我的巨大疲憊無法承受。

我等待鐘聲響起
從那發出叫喊
我將走入黑暗

我淺睡。我醒來好幾次。半睡半醒之間，我夢到自己死亡：我的房間是棺木，城裡的房子是一座座的墓碑。我的夢對應著我的狀態，乃死亡的星辰，仍朝遠方發散光輝，終逸失於還在擴張的無垠宇宙。整晚接連不斷的惡夢耗盡了我。我驚醒，一切在我眼前快速流逝，從來沒有這麼痛苦。我喘息起身，並任由自己跌垮倒地。我倒在地毯上，像個丟進賭盤上的骰子。我是某遊戲的終局。我在地毯上痛哭。我讓自己在地毯上扭動。我悲傷，房裡的黑暗以某種敵意扼著我。我在難受的焦慮狀態中。我的焦慮如此龐大，使我狼狽。我牢牢繫上極限的焦慮。我見證的極度焦慮，我曾經想遊戲於此，但焦慮的遊戲封進了我體內。焦慮應證我對溝通的恐懼，與迷失自我的恐懼。我存在，我存在於焦慮裡，盲目著。

我百般痛苦爬起身，雙腿打顫。我終於站了起來，在臥室中呻吟：「等待夜全面占據……」

我很虛弱地穿衣，我感到難以想像的難受。

我手緊抓起鋼筆，像拿刀一樣緊緊握在拳頭裡，大力地用鋼筆尖在左手背與前臂猛戳。我想看到，還想：我希望變得更強，與痛苦對抗。一種無力感：我的想法明顯失序，我擁有鑰匙，但沒有時間打開。封閉的悲痛，孤寂，我野心自己變得強大……我也想躺著，大哭一場，入睡。我維持這樣，比一段時間還要多一點，好讓悲慟增加，然後心碎。

我不想再這樣了，我呻吟，我不想在我的牢籠中再繼續受苦了。我不無苦澀地說以下的話：

讓我窒息的詞語啊
讓我走吧，
放過我吧，
我渴望
其他事物。

我躺著寫作，凌晨三點。我仍焚燒般地寫，但無法走得更遠了。如果我的書寫，無法步入死亡，我便無法再寫。對我來說，「我總會死亡」這幾個字令人窒息。我害怕死亡，一種幼稚又卑鄙的害怕。我的缺席是自外的風。我沒有什麼好多說的。我思考，我寫作，是為了想不去找到任何可能過得比廢物還好的方法。我很軟弱，缺乏寫作的力量。我像個哭泣的孩子般在寫作，孩子已經逐漸忘了哭泣的理由。我失去書寫的理由嗎？我也得說：我所寫下的字本身都在說謊。我什麼也不是。對讀者來說，我是怎樣的存在都沒差，不同的名字、認同與歷史，絲毫改變不了什麼。我會繼續寫，更晦澀地……。走進存有的深處，我會盡可能地，以觀念「試煉神」，把「不可能」再度從神那裡拉出來；走進存有的深處，我會將難以忍受的觀念導入，比有形的力量還要強大暴虐。我追尋的首先是同一物之兩面：神聖，以及狂喜。我書寫神聖而什麼都不想知道，什麼都不知道。我想讓未知成為寫作的原則。我不為這世界而寫，我為不同的世界、不被關注的世界動筆。長期以來，寫作都在擾亂我的思想。我的思考迷失在意義中。我傻氣地給予不屬於事物本身的價值。我虛構的自由能夠毀壞已知原先的限制。我的人生只有在無意義中才會有意義。就算我從某個意義出發，最後我總會耗盡它的意義的，或是乾脆掉進無意義中。

我緊盯著臥室的牆面，投射起炸裂與支解的影像。起初，我還可以保持沉默。在這乏味的沉默裡，我激發自己所有可能想像的支離破碎，淫穢的、可笑的、死亡的畫面，接踵而來。此刻，我達到了狂喜的高潮。

我在自己的臥室，一瞬間，我瘋了。

我看鏡子裡的自己，一臉蓬頭垢面可恥的模樣，我在身上弄出了若干骯髒的紅與黑的傷口。我深深陷入無盡的鏡像遊戲。我面對面地看著，我，這個無智力的傢伙。我無法遏止笑。我迷失在狂笑裡。我笑著思考，我只知道怎麼讓腦袋迷失。

我墊著腳尖走路，離門不遠。

我走到門前，繼續承受這難以忍受的情形。

我再度到窗前。我無法再看一眼這敞開的窗，這令我眩暈。

我走下陽台，在廚房喝了一杯紅酒。我坐下，麻木的越喝越多。我醉了。我會繼續喝，然後我將會因此而死。我害怕，我狂笑。我很開心有人能嘲笑我的悲傷：只有受過無法痊癒之傷者，能夠理解我。我如同接受神諭的伊底帕斯，沒有人比我能預見得更遠。我乞求所有人類感知到的，會去譏笑的醜惡。我坦誠地談論自己的失敗，無底的墮落，與毫無希望。我的朋友皆避開我，我使人害怕，不是因為我的吶喊，而是我不讓任何人安寧。我始終想要一個人。一切與我同時化為虛無。我沒有一刻能停止讓自己受極限搧動。

我離開，走到樓梯口，還看得見房內。

突然，在樓梯口，猥瑣的失序中，我懂得，我將看見的，是另一個面。轉瞬間，眩暈斬斷我的雙腿。我得在樓梯間倚靠著牆。我陶醉在恐懼中，走下樓梯，無理智的世界像是用死亡的溼冷祕密與我溝通。我一邊爬升一邊下降，爬升與下降兩個詞缺乏精確性。我沒有向上爬升卻不再下降的方法。一切本質在我心中全是衝突的。我被眩暈牽著走，我有一種幼稚的呻吟需要。

埋葬我在太陽裡
埋葬我的愛情
埋葬我

赤裸的妻
在太陽裡
埋葬我的吻
與我純白吐沫

我試著不哭，但我失敗了，我一面離開，擦著流得不停的眼淚。我走出室外，我與天色一樣烏暗。我迷醉的狀態因孤獨與黑暗而完整。我在純白無瑕的雪上行走。我漫無目的地行走。

我走入了絕望。我知道末日已經開始了。我呼喚無數的關於末日的苦難。我欣然接受末日，渴望折磨，往更遠的地方出發，我想被痛扁一頓，直到成為「空無」本身。我肆無忌憚當個窮途末路之人。我穿行於街，我的焦慮叫我止步，但我前行。我在暗夜行路。我迎風而行。我頑固的所作所為，是為了迷失在雪中。雪亦抹去我的足跡，我再也沒有回頭問題了，但我希望我的足跡能被完全抹殺。我非常非常疲倦，我夢想自己完全解體。我想要維持我身上尖銳的念頭，在寒風中抬起我充滿風霜的臉，否定死亡的氣味。我看著結冰的水面，我的雙眼像被痛毆過，似個老叟。

我扯開喉嚨歌頌幸福：

我想像
在無盡的深處
延展出一片荒漠
我見到不同的天色
不再有這些搖曳的光點
而是火焰激流
吞噬天空
如晨曦那般令人眼盲

我離開自己，我迷失自己。
再給我多一點焦慮……。
「我在哪？」
「我往何處去？」
「上帝不是我」，在孤寂的夜裡，想到這個假設令我大笑，如此直白的笑又撕裂我的孤寂。我吶喊，嘶聲力竭把自己抹去。我的吶喊消散，如生命之於死亡。我恨吶喊。我將要，吞噬、書寫、嘲笑、愚弄與質疑死亡。我想要忘記我身上無法捉摸的腐敗。我的孤寂把我推向背德。我希望天空撕裂。我這麼渴望，但天空並不打開。我實際上已經不再尋求幸福。我不畏羞恥地大聲歌唱：

我是誰
不是「我」不不
無盡的夜之荒漠
才是我
什麼是
無盡的愚蠢的夜之荒漠
剎那間成為虛無無可逆返
且無人知曉
死亡
回應
充滿陽光之夢
裡的濕潤海綿

深入我
而我再也無法明白
那些淚水……………

在街角，一種齷齪且迷人的焦慮重整了我。我的眩暈扭絞我的頭。這時，嘔吐感襲擊了我。我吐了很久。我的嘔吐感仍在。藏在夜暗的我的心就是種無以名之的嘔吐。我開始遊蕩在恩賜般的美好巷道中。我陶醉於迷亂的步伐。我在憂傷的夜蹣跚行走。我冷得發抖。我發燒，且恨透了這灼燒感，我的孤獨簡直瘋狂。我牙齒打顫，因發燒而發抖，我笑。那現在呢？我在顫抖。我顫抖，像流沙，然後，我痛。我謹記著痛，並且越來越痛。我終於越走越慢了。遠到不可能回去了，我還能撐多久不倒下呢？一倒下我將會馬上死亡。該輪到我了嗎？我要讓自己倒下嗎？假如能夠，我希望能就這麼死去。

我往橋的方向走。

我心中悔恨，過去凌遲著我。我早知道是詛咒與恐懼構成我的骨肉。自始至終，我的記憶就只有缺口而已。我人生的境遇使我癱瘓。這個「我」所在的空白腦袋變得如此懦弱，只有死亡能滿足之。死亡的溫柔照耀著我。我想像一輛高速的閃亮的夜間火車，發出可怕的聲音向我駛過來。

我無法動彈，聽著自己不規律的喘息。

為何我還殘存著？……我不知道。身為我，我能夠不覺得可笑，不覺得有罪嗎？我貧窮，且越來越揮霍。我只想尋找惡德的恐懼，與撕裂的情感，在我心中，這些才是真正的放鬆。

我無法走得更遠，不管走到哪，我都會被捲進同樣的譫妄。

我等待的，只是我所處的黑暗能給我的答案。我將我的命運稱之荒漠。我想要赤裸，與荒漠般街道上的夜同樣赤裸。我得要把自己扒得精光，或是把我慾想的女孩扒到一絲不剩為止。我脫下褲子，夾在腋下，我想要把夜的寒冷拉近我的雙腿之間，這會給我帶來無比的自由。我勃起了。我抓緊自己的陰莖。我想起來了，我想要下流。我只喜歡齷齪的事物。我獨自啟蒙，遠在我有記憶之前，我就已經煩惱關於性的事。

我幻想那個美麗的妓女，優雅的、赤裸的、悲傷的沉溺在自己的淫蕩歡愉中。我想像著短暫的愉悅：經過了日日夜夜，我再度看見她。

我在星星中找到妳
我在死亡中找到妳
妳是我嘴中的口水

妳是死亡的氣味

我用顫抖的聲音，假裝熱戀地對她說話：

「是我。」

「你過得怎樣？我想知道你的消息。」

「我的消息是，我比妳蒼老了許多。」

我躺在她的腳邊，看著她那瓣粉紅與黑的肉。然後我突然有個想法，我趴在地上，展開雙手，一付接受酷刑的姿態。我想唱歌。

我在妳的裂縫口啜飲
並撐開妳赤裸的雙腿
像是打開一本書
我閱讀著殺死我的妳

我壓上她的身體。

我笑著看她。她似乎醉了。她臉紅，看著我的笑，也爆出同樣的狂笑。因為她笑了，我也笑了，卻還在喘息。我不是取笑這個笑，這是瘋狂的笑沒錯，但也是陰鬱的、憂愁的、痛苦的笑。她像個出現在我面前的闖入者，對我而言是奇怪的。我親吻她的頭髮，正面抱著她。她只是看著我，什麼也沒說。我看著她，我想，這感覺彷彿來自他方。她雙手捧著我的頭，對著我說：

「我非常開心能受折磨。」

我被她的冰冷感染，也同樣冰冷。

「假如我沒有病，我就不會來到這裡。現在，我病了。我們將會快樂。因為我終於病了。我醉了，而且我糟糕透頂。」

我理解到，我喜愛她激烈的動作。我喜歡的是她的恨，我喜歡她無法預知的醜陋，令人厭惡的醜陋，因恨而來的醜陋。我的溫柔：焦慮與愛，溫柔與眼淚結而為一，善與惡，也結而為一。我是我無法癒合的傷口。

我還是對她說：

「妳應該遵照醫生的指示。」

「但我為什麼要痊癒呢？我愛我的墮落。」

她更進一步靠近我，火燙的手掐著我的脖子說：

「我知道，我是個怪物。我希望你知道這點。我很開心，我再也不必在你面前隱瞞自己。

原諒我那麼瘋，那麼為你瘋狂，我不知道我在說什麼了。」

掐著我脖子的力量增加，我的歡愉也變大。這給我快感，我快死了。

「快告訴我吧。」

「我愛你……」

我拒絕。但，在腐敗與驚駭的深處，我是無法停止愛她的。我進入了譫妄，像是在上帝裡頭迷失。

她問我
你在哪
我失去你了
但我
未曾見過她
我冷酷地吼出
妳是誰
一位說謊者
為何裝作像是

沒有忘記我

這時候
我聽見地面陷落
我奔跑
穿過
無盡的廣場
我陷落
廣場亦陷落
哭泣聲中我與廣場
一同陷落

我跳進了死者的世界。我再度感到孤寂：如此暗沉，像個深淵。我什麼都看不到：「某物」是看不見，也感覺不到的。

我是死亡
失明的
沒有空氣的黑暗

在吶喊與叫嚷中，在肉體的墮落中，我毫無反抗，沉默的也溫柔的。我顫抖，我難過，但我享受自己向這失序的世界敞開一切。我付出代價。嘲笑宇宙使我解脫。

宇宙在我體內如同在它自己體內
再也無法將我與之分離
我冒犯我自己體內的宇宙自己

這世界已給我一切我所愛的。從今以後，我應當要順其自然，將自己讓渡給自由的、隨性所致的運動中。我厭惡浪漫。我不對惡奉承乞憐。我可以傻氣地決定，從此不再懺悔。若有人給我安定，我只會詛咒之。假如明天我回到講著簡單言語的世界，我會像個鬼魂一樣躲藏自己。

我沒有懷疑過一線曙光將在我身上升起，只要還在受難，希望就從來不曾背棄我。我明白了，朝向終結的寫作著，是對死亡的鄉愁，是為了讓自己自外於律法，像垂死之人自由，在不斷到來的時間中，得以不再看見任何事物。

此刻是多麼溫柔
噢我像是失明一般

這一切的話語都不是我說的。
我寫作是為了抹卻我的名字。
我是誰？
我不是哲學家，而是聖人，或者是瘋子。

誘惑者

1.

他看著馬塞爾在夜裡醒來，知道自己將獻上整晚的寧靜了。見這副虛弱的身體掙扎爬起，他想到的並不是甦醒，而是復活。是的，復活，它先前一個狀態是死亡。

他當時亦沒有想過，日後許多時刻，他曾讀過的馬塞爾的句子會突然出現在腦中，徹底擾亂他，令他瘋狂。這些句子大部分都是他密集拜訪馬塞爾的那個時期所讀到的。文字浮現在腦中仍是手稿字跡，在那回憶中彷彿連墨水都還沒乾。

譬如，在喪禮上瞻仰馬塞爾遺容時，看著死者穿著體面的黑西裝，留著他過往出席沙龍時最得意的左右兩撮柔軟的鬍子，雙手交插在胸前，像是舒服地躺在床上被新鮮花朵包圍時，馬塞爾的句子一下跳進他的腦海裡：「我理解死亡不是什麼新鮮事，相反的，自童年起，我死過好幾次。」他必須強忍著惡戲般的笑意，才能不失禮地從列隊中默默退出。當時令他發笑的，是重新想起那段日子，他每晚看著臥床的馬塞爾睡得如此之沉，猶如死者，甚至懷疑他的靈魂是真的經歷冥界才復活的。他當然無法證明這個奇想，不過他深信，對於馬塞爾來說，死亡是再親近不過的事：他的最後幾年，每一次的醒來，都猶如死者從墓中爬起。對於他的死沒有必要如此莊重。他想像馬塞爾在某處取笑著自己葬禮的模樣。

他們之間很少談論過死亡，關於死亡的意識卻是深植的。而死亡的意識之於他們之間，如同池塘裡的塞子，一但拔掉，便乾涸了。他看著圍繞著死者的儀式與哀慟，內心枯竭：這裡的一切已經無關乎死亡了。馬塞爾也真的不在了。

2.

池塘。是啊他想起來了，馬塞爾跟他說過，他厭惡寒冷與潮濕。而葬禮這天是多諷刺的陰雨濕冷啊。

僅是那天。一如那段日子的每一天，他準時在傍晚散步到奧斯曼大道一百〇二號樓下，跟門房打聲招呼並請他傳訊。他上樓，管家瑟雷絲早在門前等候著。在此之前，每次造訪，不管餓不餓，他總會陪著這位管家吃些麵包，以及幾道她擅長的鄉村料理，靜靜等待馬塞爾走出房門招待。那個時期，馬塞爾已經很久沒有正常進食，但他喜歡廚房烹飪著佳餚的氣氛，間接鼓勵瑟雷絲每晚作菜。偶爾他興緻好的時候會要求也吃上一些。

瑟雷絲說過，馬塞爾先生會願意品嘗、甚至主動要求她作某道菜時，多半是思念的緣故。他會給她建議，關於一道菜的作法，他會鉅細靡遺地，從食材的產地與挑選，到料理的刀工及火侯，還有最後的擺盤，一一交待給瑟雷絲。一旦味道的細節出錯，他一口也不嘗，要求她撤菜。平心而論，他對待瑟雷絲並非苛刻，甚至是體貼的。他只是寧願不吃，因為那會破壞記憶中的味道。這毋寧是他自我的要求，或說是選擇，他決定在最後的時光這麼活著，不容他人干預。

原是社交圈寵兒的馬塞爾，從某個時刻開始，便一步一步地撤出，直到孤絕。先從社交界開始，然後是私密的朋友圈，接著日常圍著他的人也一一被辭退，最後身邊只剩下瑟雷絲一個人。他幾乎放棄了生活，像一株植物般，一無所需。

「我不相信世界上有任何一人能像他那樣活著。」瑟雷絲在與自己晚餐時說過幾次類似的話。

「你能想像嗎？馬塞爾先生一天只進食一次，兩個可頌麵包，兩杯咖啡，僅此而已。」即使他仍會講究，譬如咖啡的品質（他只喝新鮮的豆子，磨到極細的咖啡粉末沖出來的），但無異於絕食了。所以只要馬塞爾要求要吃什麼，或是他有興趣品嘗她的料理時，她都會萬分欣喜，甚至以慶祝病人康復的心情為他端上食物。不過，她說：「即使是這種時候，他緩慢優雅地繫上餐巾，拾起刀叉，以進行神聖儀式的姿態進食，他依然沒把食物吃完過。他會突然，至少對我來說，突然地輕放下餐具，對我說：『謝謝，親愛的瑟雷絲，夠了。』我曾經試著勸誘他多吃一點，看看是否能夠拯救他的胃口。但是他皆嚴厲回絕了。我明白，如果我再多問幾次，他將會對其他人一樣將我辭退，徹底一個人生活。我依著他的吩咐，之間的信任與默契漸漸建立起來。許久之後我才敢問起原因：『為什麼即使面對喜歡的食物，甚至是懷念不已的味道，仍是不願多嘗一口？』他像是早就準備好在適當時間對我解釋著說：『我只是想確認我記憶的味道而已。而且無論如何，那都不是真正的過去了。我一方面是不讓自己滿足於此，另一方面，更重要的是，再吃下去，我就不自由了。』先生，您看看，他是這般的在乎他這本書。」

是啊，這本書馬塞爾一直在寫的書。馬塞爾難道不是為了寫作才如此過活？而他每晚的獻身一般耗費時日於此，不也是為了這本書捲進來的？

3.

他記得那天馬塞爾罕見地在下午出過門，他拜訪時，馬塞爾才剛回到家。瑟雷絲說：「今天可能會等比較久。也可能無法會客。」他與瑟雷絲簡單吃了點可麗餅，談著她上戰場的丈夫。用餐完，走廊底端房間發出的悶咳聲稍歇又再起的時候，瑟雷絲才小聲說道：「今天外出時溼冷，馬塞爾先生咳嗽也比平常嚴重啊。」

她請他稍待一會，離開，腳步極輕地走在走廊上。她不一會回來，帶回的銀盤上有兩顆完好的可頌麵包。

「他說他今天在外頭吃過東西了。」瑟雷絲說。

「是嗎？」

「我想是的，不過與其他人在餐桌上一同進食讓他更疲憊了。您看，他今天甚至主動要求我泡茶。」瑟雷絲利索地準備茶具，像是早已準備好，而沒有被今日特殊的要求打亂掉的樣子。從瑟雷絲的端盤上，茶壺冒出的熱汽中，他在這第一次聞到了椴茶花茶香。他想起馬塞爾進入了寫小說的生活後只喝咖啡的事。一時興起，他提議跟隨著她一起送茶到馬塞爾房間。她考慮，終於答應了。

如果不是那時的興起，以後見之明來說，他不會願意在那一天，主動走進這個房間。或是說，他寧願自己不曾進去那房間過。

在記憶中，那天從他身後走廊的光源映出的馬塞爾的臉，甚至比葬禮上所見的遺容更像死人。即使馬塞爾在他一進門就看著他微笑，並開口招呼。他沒有特別虛弱，待他走進床邊，用冰冷的手握住他，感覺到一種熱情。但這些都無法改變他的認知。這更令他恐懼。

「日安，馬塞爾，一切好嗎？」

即使拜訪他總在晚上，但對於馬塞爾而言，這樣的時間是他一整天的開始。他配合馬塞爾如此問候，不說晚安而說日安。以至於明知道馬塞爾這天已經出門過，卻還是跟平常一樣說了出口。

「一切好，讓。」他對瑟雷絲微笑，她意會地將熱茶放在桌邊，離開房間。

「讓，如果不會打擾您，可以允許我一邊蒸氣，一邊與您交談嗎？」

「當然。」

「真體貼啊，讓。」

瑟雷絲很快準備好，一下子，房裡充滿了蒸氣，溫暖地，足以暫時忘卻恐怖的聯想。馬塞爾還在咳，他將椴花茶遞給他喝。他當然馬上想到馬塞爾小說裡的場景，但看著馬塞爾，不禁覺得這與小說所描述的「幸福」相差甚遠，甚至是淒涼的，就算剩下一塊瑪德蓮小蛋糕，泡在茶水送到馬塞爾口中也挽救不了什麼。即使或許曾經有過奇蹟，也只會是一次而已，眼前這個人，這輩子不會再有多一點的幸福了。因為死亡已經緊緊握住他。或是，馬塞爾一直緊緊握著筆的手，也握緊著死亡。

馬塞爾的手仍握著他，非常緩慢地溫暖起來。他逐漸感覺馬塞爾顫抖稍緩。

「我今天在外頭淋了雨，受了風寒。我覺得自己生病了。」

「是的，親愛的馬塞爾，您看起來不太好。」

「彷彿掉進冰冷的池塘……」

「意思是……？」

「死亡。如同我第一次的瀕死經驗。」

馬塞爾先是僵硬微笑，然後再度劇烈咳嗽。外頭待命的瑟雷絲進房，請他先離開順便把門帶上。他在走廊等了五分鐘。瑟雷絲打開房門，再度請他進入，像是重頭開始一樣。

馬塞爾告訴他，在他小時候，曾經失足跌進舅舅家的池塘裡。他總喜歡在舅舅的花園裡認識各種花草，像是個小小的宇宙，如此親近又安然隔絕於世，可以無止盡地觀看。他最喜歡園裡山楂花，像對待戀人一般，在愛戀同時，又在為其將到來的逝去而心痛。那年的花期晚了些，小馬塞爾等著花盛開，而隔天就要被父母帶回巴黎了。他一直期待離開那天早上，輕輕用眼神撫摸白色的山楂花，然後噙著眼淚告別。然而那天早上他睜開眼，天是灰的，窗的玻璃滿是水痕滑落。他穿著睡衣，光著腳衝出房門，直奔花園，地上滿是掉落的、萎縮的山楂花。他大哭走著，喊著：「我可憐的小山楂花啊！你們不想讓我因離別難過，想這樣離開我，但是不行啊不行啊，我永遠愛著啊！」然後迷失在微雨的花園，一個失足，就跌進冰冷的大池子裡了。

要不是馬塞爾的醫師父親即時搶救，他會死於那場意外。但是在小馬塞爾的心裡，那鬼門前走一遭的經歷，在他的認知裡，拯救他的是一直守候於身邊的母親。他在床上待了三個多月，在他還沒痊癒的時間，每當母親要離開床邊，總會哀傷地覺得自己就要死了，「且再也見不到母親了。」

「這個病，我沒有真正痊癒。尤其是身體被濕冷侵襲的時候。」馬塞爾這麼說。

「哮喘嗎？」他問。

「是恐懼死亡這件事。」

他有那麼一瞬間害怕了，或是憤怒了。

（「別說了！」）

（「唯獨你，我不想談論死亡！」）

「你呢？讓，你如何渡過？」

「我？」

「親人的死亡時間。我聽說過。你的父親，也是在床上吧？」

「『也是』？夠了，我不跟你談論這個。」

（在床上的染血頭顱，還有微弱呼吸聲。）

（煙硝味。）

（第一次的勃起。）

4.

對視，馬塞爾收回了探詢的眼神。

「是啊，讓，談談工作吧？」

「是啊，馬塞爾，你寫得怎樣了？」他說。

「快要不能呼吸了。我需要休息一下，你讀吧。」

他捧著手稿，像是隨時會從手中滑走失散。

繚亂的字跡、刪除一大段的記號、段落間一再岔出去的增添出的寫作、夾貼上的紙片、無法斷句的過長的句子。

他想說話。雖然話語一直在他們之間流動。若是沉默，那下一秒是什麼等著他們呢？他禁不住去想，延長對話同時，又暗自期待著這平衡崩解的時刻。像是那時候，在門口聽到母親的尖叫聲時，他雖然還是尚未懂事的年紀，不過那聲記憶中一直深刻的叫喊、靈魂碎裂般的哭嚎、像母獸般的淒鳴，已經告訴了他某些事。他記得，在還沒真正踏進房間前（還是他沒有真的在那時踏進去過？），腦海裡就已經有父親暗紅色面孔的影像了。

但是他清楚，至少此刻還不是跟馬塞爾談論這件事的時候。他試著讓自己專心在難辨認的字跡間。墨水尚未乾，像是隨時會滑落下來。

閱讀馬塞爾，首先要調整自己的呼吸。因為不論有沒有讀出聲，每一個字，都像是要攫亂他的呼吸，一不小心，會掉入馬塞爾時間裡。他並不那麼願意當那麼溫順的讀者，尤其是馬塞爾每一回將他的手稿塞給他時。

他日後很難再描述那個感覺。他不知談過多少次，也無數次的讓自己在人們好奇的探詢前沉默：關於馬塞爾，他能說的其實不多。如果再試著努力一點，描述那個不曾說出口的感受，他也許會說，最終，馬塞爾與他之間，所謂作為中介的手稿，表面上是取代馬塞爾，實際上卻給了取代的是他自己的感受。他以為馬塞爾將自己的全部投入進去了，但在其中反而看不到馬塞爾的面孔。相對的，一些細節漸漸誘發起他的回憶。那些被召喚起來的並不是一般的回憶，可以輕易提取、在意識中辨認甚至用話語敘述的。而是諸多無以名狀的、幾近是渣籽的、彼此間毫無關聯的、甚至可能是夢境的、白日夢中曾閃現過的、聽取他人回憶時心中出現的、閱讀時產生的、心靈無端製造的，種種回憶，在他碰觸手稿之後紛紛閃現，這些無一不是自己的，是馬塞爾的文字喚起的。偏偏它們並不以可掌握的姿態顯現，而總是呼之欲出，讓他一直處於快要想起以及剛剛忘記等焦灼的心靈狀態中。

這使他閱讀生活遇上阻礙，無法持續在任何一本書上。思緒如同馬塞爾不斷添補、刪節、碎裂、增枝、接合、割裂的手稿。他無法想像這種矛盾：生活上如此潔癖之人，如何忍受自己的手稿如此雜亂？他在那經常想吐，頭痛欲裂。他覺得自己跟馬塞爾一樣蒼老，共同進入了瀕死時光。他否認這種幸福。

如果不是馬塞爾死亡之後產生的空缺，關於那段時光，他幾乎記不得什麼事。因為在閱讀手稿成為習慣後，那龐大的，被它喚起又無法掌握的近似回憶的東西擾亂了他的思維：意識當中所謂跟隨著我們的記憶，建立起認同的同一性的那些記憶，不過是更為龐大的、雜亂的整體當中的一個片段。也就是說，其實我們隨時可能是另外一個人，只要是從那無邊際的整體中再切下一片，都猶如會生長出一個完整人格。被強塞在手稿中，聽見太多人說話，卻又同時是令人惶恐的沉默，文字間盡是令人發狂的無聲耳語。

5.

到了很久以後他才知道，大概就是這時候開始，「專心當一位作家」的願望，成了不能奢望的事。在馬塞爾的影子下，他最希望的是什麼都不寫。馬塞爾過世後，有一段時日，他嚴重成癮，幾成廢人。資助他勒戒的友人CoCo小姐，有一次看著他被墨水乾涸堵住的鋼筆尖，一邊撫摸著他的頭髮，問：

「讓，為什麼你都不想再寫作了？」

「親愛的Coco，我一直在寫。」

「你知道我不是這個意思，你說，你的語言到哪去了呢？」

他呆看著天花板的花紋，無法逃遁。想著，實際上是太想寫了，要裝作對所有事物無能為力，否則寫作慾望會完全吞噬他。彷彿生了很久的病，之後他在擺脫了毒癮的掌控，才漸漸地、飽含失落心情地，去看待已經不再是毀滅式熱情的寫作。那是馬塞爾留給他的邀請，因為太痛了，他沒有一起前去那個世界。馬塞爾在他身上烙下印記，要他奉獻卻什麼也不允諾。

他無法訴說的是：也許還能繼續寫，也許還能找到樂趣與快感，某種熱情的形式，但再也不是馬塞爾的那個了。

或是，在布朗許的畫室，他聽見畫家說：「你的眼神讓我想起馬塞爾。」

「相像嗎？」

「並非如此。他眼神直視的，如同正是你閃躲的。兩者都令我感到戰慄不已。」

即便如此，他只能像是望著遠方去看。

在留下的畫作裡頭，他在前景，另一個女子在背景。他穿著大衣，戴帽，持杖，像走在香榭大道上般的裝束走在花園中。對於擦身而過的女子彷彿毫無所覺。他在完成之後，只看過這幅畫一眼。他不願多想的是這畫面與波特萊爾的關聯，那樣的詩句是他觸及不到的美了：他無法像那位偉大的詩人一樣，為一位擦肩而過的、再也不會相見的不知名的女人悲慟，為那個「錯過」而產生詩。並不是無動於衷，不是的。他的感官像失效的機器，只要他稍微去聽、尤其去看，文思就會排山倒海而來。他留下的世界並沒有什麼他需要填補的。只有在某些神賜般的時刻，不再執著於一個作家的職責之時，像是遊戲一般，會有些作品緩緩流出。

這令他無比眷戀。

6.

所以，應該是那個時候才開始的。

雖然不記得確切的時日，他們倆的相遇遠比他不經思索時感覺到的還來得早。最初可能是史陀女士那兒，但更可能是在阿爾馮斯・都德的沙龍上，他被介紹給馬塞爾。他覺得馬塞爾的兩撇鬍子相當可笑。他必須把視線留在鬍子四周，看著他略嫌薄的嘴唇說話時的開闔。他當時沒意識到自己同時閃躲著馬塞爾的目光。那次或許只是打聲招呼，就匆匆轉身與他人搭話了，就像接下來一陣子他們之間點頭之交的友誼。

一開始他誤以為馬塞爾會裝出某種前輩的樣子，再接觸一陣子之後，多半會給予建議或指導，由此將一種關係指認出來，並依此產生一套社交模式。他準備好在時候到來時能輕鬆地且輕蔑地回應。他知道這是更快獲得地位的方法，卻一直等不到馬塞爾透露出一點對他感興趣的樣子。他寫出作品越來越快，名聲也快速傳播出去。然而馬塞爾彷彿渾然不覺，在他能影響的範圍之外。馬塞爾在社交圈像鬼魂一般，漸漸地缺席在各種沙龍了。有人說他病了需要休養，只有少數的人知道那是馬塞爾是自己決定的。以至於他在一場無趣的、暗自決定往後不再前來的沙龍感到沉悶時，接到馬塞爾請私人司機捎來的信，像有人在背後輕輕推了一下般失衡。信紙在他手中像是未曾見過的陌生物件。他希望能永遠陌生。當他回神，辨別出字母，像是慢慢調整對焦，拼湊起訊息後，極其失望：上頭的文字不僅平凡，也缺乏敬重，文問的禮儀像是敷衍了事。

他看了一眼送信的先生，煞然間像被讀出心事而臉紅了。他對馬塞爾的信使說：

「煩請轉告，如果先到了寒舍，請先入內。會有人招待的。歡迎之至。」他想著要拖延，但又心焦，矛盾著挨著兩個小時，才找藉口離開。在路上，看著煤氣燈光下的錯綜人影，有些想閃避人群，又同時想徹底混在人群裡。他無從猜想馬塞爾突然想要拜訪的緣由，也無從得知他為何明知他在參加沙龍卻仍挑選這個時候。老實說他應該是不太愉快的。這激起他驕傲的自尊心，不論馬塞爾是否尋他開心，這一回都不會讓這傢伙好過。這樣一想，內心不自主又興奮了起來。

他便還是藉故提前離開。在馬車上預想著。但還未進入真正的想像狀態裡，他已經抵達家門。令他期待的會面並沒在家門後，因為馬塞爾正坐在他家的門前。

「您知道嗎？有些主人回到家，看到朋友時，會覺得是對方不請自來、覺得被侵犯，甚至像個被戴綠帽的丈夫那樣殺死對方如情夫呢。」

馬塞爾笑著說。他記得那晚。兩個人在門前聊著，比起戶外或室內更加適切。聊到馬塞爾咳得不停，那是他唯一會漲紅著臉的時刻。馬塞爾請司機先回去休息，然後繼續聊到清晨，不顧樓梯迴廊裡的說話回音有多大，那像是他們共享的帝國。無限大。

那天清晨他提議陪馬塞爾走回家，後者答應了。他才注意到這個人的單薄身形，走路晃動像被風吹著。在那時，他彷彿才清醒過來，一種情感油然而生。

門口道別，馬塞爾說：

「謝謝您陪伴我一整夜。我已經許久無法入眠了。」

他們的友誼從那天開始。

7.

許多晚上他們都這樣度過，無法與其他記憶並置的記憶。每當他試圖將此放進時光的軸線，都會造成混亂。像是久遠到他們相似之前，有時給他的時間感也彷彿是發生在馬塞爾過世之後。某部分的他，將永遠停留在那個時空，在馬塞爾住處，不分順序地讀起他的凌亂手稿的日子。

那段時間的回憶內容，大部分都無法提領了。

除了那一天，葬禮間突然想起的那一天，如同憐憫般的餽贈。

8.

是誰被取代呢？他想，這世界上，可能只有他長久掛心這個問題。閱讀手稿的日子，竟然不是安靜的。

「看啊，讓，我到底是寫了什麼？不討人喜歡吧？引人發笑吧？不應該寫出來吧？」馬塞爾總是干擾他。令人費解，他想。每次想提問或是討論，都被岔到其他的話題上，或是馬塞爾說他累了，咳嗽到瑟雷絲太太進門處理。他好幾次暗自發誓要好好對馬塞爾發頓脾氣，或是再也不做這種事。

日後，當他人好奇問起時，他已經無法認真談論這作品了。作為讀者，他被取消了資格。因為他仔細掂量這段記憶，那像是在閱讀自己所寫的東西，以致於他不覺得自己有資格去評論。

真正影響他的，是另一件事。

他似乎記得，有幾回在閱讀的手稿中，察覺到馬塞爾先寫下了他打算寫的句子。但那是一閃而逝的念頭，在淹沒在難以辨認的墨水字跡裡，念頭無從出口。慢慢日子填充滿。順遂。輕盈的如鋼鍵上滑音。如果前方是深淵，是煉獄，是黑暗，是羞恥，在這感覺之中，在恣意中，這份愉快裡，自小困擾他的警戒、冷漠與嘲諷消解了。寫作，竟也變得柔軟自由。人們感覺他變了，可惜他當時沒有感覺。世界像眼前不停上演的新鮮的戲，寫作，也就信手捻來了。那是將來的他某段時期，怎樣的深陷毒癮也達不到的酩酊。

有一天，是那句話：

「讓，可以給我看看你寫了什麼嗎？」

我？

那一刻他想瘋狂的笑。眼前的這張病人臉孔，瞳仁因隔絕陽光而灰暗，堅持留著的兩撇鬍子下乾燥癟縮的脣，凹陷的臉頰，如此可笑又令人害怕。但是在這視線之前，他似乎以為自己是閱讀中的那個「我」。意識到了，所以美好的感受翻轉成噩夢。

他匆匆告辭。視覺暫留的是墨跡，他永遠無法求證的，印象裡，他在馬塞爾的手稿上重疊寫下密密麻麻難以辨認的字跡，當作自己的作品般在寫，把自己當作馬塞爾在寫。他不知道這樣的事他做過多少次，做過多久了，或者這是不是真的。

他沒再繼續讀手稿。不知道是誰拒絕了誰。但馬塞爾的狀況確實越來越糟，漸漸無法見面了。

9.

馬塞爾過世那晚，他被通知，並在床前守靈。

沒有情緒。

10.

啊，他想起來了。終於在喪禮上回想起的細節，其實一點意義都沒有。因為，其實只是在那一天，他們的關係正好，馬塞爾彷彿能一直虛弱活著。那本書可以永遠寫下去。

那天，在那之後的事。

他害怕又談起父親的事，轉而談論母親。手稿裡撕掉或劃掉的段落，許多都是關於母親的。他有時也彷彿聽得到馬塞爾說的哭聲，那個不斷在文字當中重現的，被母親遺留在房裡面對漫漫長夜的小男孩的哭聲。他稍微抽離時不免想，這麼不顧一切的寫著，瑟雷絲也無法阻止的自毀的寫作生活，為的不過是一個不存在的讀者，他的母親。

「你到現在還會夢到母親嗎？」

「經常。像她還活著時候一樣，我們談文學，而且意見時常不一樣。」

「寫作呢，有談到嗎？」

「即使在夢裡也不敢說，但是她一定知道我想當作家。」

「你已經是偉大的作家了。親愛的馬塞爾。」

「一位媽媽不會喜歡的作家。」馬塞爾大笑，令他惶恐。是什麼讓他在那一刻無比哀傷，硬生生拗斷了他從來沒想過的，他內心裡最為脆弱的一塊地。

馬塞爾卻收起了笑容繼續說著：

「今天是媽媽的忌日。」

他在馬塞爾說完這句話的沉默中，徹底明白這回拜訪令他不快的不安的情緒從何而來，讓他胃如鐵塊般緊縮的情緒，甚至一瞬間想當場掐死馬塞爾否則自己可能會發瘋的憤怒是什麼。也難怪多年後在葬禮想起，覺得眼前的儀式空洞得荒謬可笑。失去的，從來不曾找回來過。這是他唯一能稍稍靠近的理解。

「但親愛的讓，時候還沒到呢。我們得繼續，好嗎？」

「好。」

那晚的剩餘時間是平靜的。他例外地沒在凌晨離開，他看著馬塞爾難得的在深夜裡睡著。他奇異感受到一生當中唯一一次體會到的心情，像個母親看著情緒恢復穩定後、安穩睡去的孩子。

他實際上沒真的記起多少細節。但他知道，那天的某一瞬，交換已經完成。馬塞爾已再無一物可失去，而他正準備面對著沙堡般的巨大凋零。

11.

記憶起的同時，他退出人群。

無論如何，他是不可能繼續參與這可笑的葬禮了。

奇怪的是沒有人注意到，沒有任何眼神與動靜。

像是被埋葬的是馬塞爾的身體，自己則是他的鬼魂。

他感受到馬塞爾所說的冷。

12.

多年後，他聽聞摯友琵雅芙的死訊，心想自己與馬塞爾一樣，再也沒有如母親般溫柔的人存在於世。抵抗不了回憶與回憶的散逸了。他一度勉力提起筆，發現寫出的句子還是逃不去幾十年前馬塞爾烙印在身上的。於是，心頭一緊，睡著似的在床上離開人世。

給維多麗雅的在時光中復返的一封信

他歸來，紙頁上有薄薄的灰。還有筆尖輕輕劃過的刻痕，而墨跡幾不可見。他閉上眼，心想著：「都記得吶。」於是抖擻精神，看著眼前事物彷彿又簇新了一些。等時光再過去一點，一切就會完好如初，所有的疼痛、疲憊與悔恨便煙消雲散，淡薄於記憶中，如同沒有發生過一般。維多麗雅會回來，她將等著他的信，從海的一端寄向另外一端，自北半球到南半球。

不要緊，馬上要開始了，他默默對她說。鋼筆握在手裡，墨水凝於筆尖，迫不及待滋潤入紙頁纖維，擴散擴散，無意志地。信紙在眼前純白如處女，待眩暈趕過去，他知道現在可以動筆了。

他年輕時無法想像原來自己的餘生竟是在思念中渡過，更不可能知曉對於他來說，所謂的餘生在他三十多歲就到來。

「因為我離開了妳，維多麗雅。」他在信裡坦白了這點。他並不是後知後覺，相反的，當他一踏上祖國的土地時便發現了。她在他身上烙下的印記是永遠熾熱的。

他先在信裡回憶起他們的相逢。

二十六歲那年他遇見了她，彼時他在巴黎的文人圈子當是炙手可熱的明星，二十出頭便擠進中心，人們總是簇擁著他。他高傲又充滿潔癖，所到之處無不刮起旋風。那天是春日雨夜的周四下午，他正與朋友們在一間小書店的後院準備祕密集會的演說稿，突然一頭金髮的她出現了。她已屆中年，卻芳艷萬分，像頭花紋炫目的母豹，美麗又危險。她開口詢問喬治・巴塔耶當晚的演說內容，她法語流利，能辨別出來是自小的教育養成的。他不願展現對她的好奇一直忍著，直到活動結束，雙方都沒搭上話。他感覺得到那女子同時也關注著他，但他不想示弱。後來等到他的編輯波朗牽線，他們倆人才正眼相對。她叫維多麗雅・歐坎波，來自阿根廷，她擁有一間出版社，裡頭集中著一批她栽培的作家，並努力想把她旗下的作家引進舊大陸的文藝圈子。相對於她對於法國甚至整個歐洲文學的了解，以及她在社交圈子的活躍，他對拉丁美洲的文學簡直毫無認識。當波朗說到他時，才發現他們兩個早私下聊過自己了。她大方微笑對著他說：「久仰大名，蓋伊瓦先生，很高興認識您。」他對於她的態度感到有點慍怒，只好繼續以一副高傲冷漠的模樣回應，但這已經激起他征服她的野心了。

之後他們頻繁連絡，很快熟絡起來，陷入熱戀。他們都是極度聰明之人，對事物有獨特的品味與見解，且雙方的自尊心都十分地高。他高傲冷漠而她大方熱情。他們經常激烈爭吵傷害彼此，同時他們的關係像越燒越旺的火。然後幾個月過去，到了她該離開的時候。他對一切事物的冷漠被動搖了，在她臨行前，他斷然應允她曾提出的邀約：他隨著她回阿根廷，在她的安排之下於法國文化中心進行幾場演講。如此延長他們的戀情。

維多麗雅當然開心，在他因為不適應遠途航程嚴重暈船而成日癱瘓時，她守在一旁，對他說：

「我可以確信，親愛的，跟著我走的你不會成為法西斯。」他當時沒說出口的是，輪船啟航那刻他就懊悔了。他對於拉丁美洲的一切毫不感興趣，旅途的困頓令他在抵達之前充滿厭惡。他用盡惡毒的話語挖苦她，得到的只是她無奈的苦笑。他暗自心惶，原來他已經落在她的掌控之中了。

把回憶攤在信紙上，他依然覺得，那時他所思所想，欲望的或逃避的，其實微不足道。時代很快就朝他碾壓過來。一下布宜諾艾利斯港口，他就被她四處引薦，她總是對著大家說：「我沒辦法把整個巴黎知識分子圈帶回來，但我請回來了蓋伊瓦先生。」他開始學西班牙語，儘管大部分的交談，都是當地人用法語來配合的。她用最高規格招待他，圍繞在身邊的盡是才智之士——她的妹妹西拉維雅、妹夫畢歐・卡薩雷斯、埃內斯托・薩巴托、與路易・波赫士——，但他恨不得早點離開，回到歐洲文明地。

每晚回到她住處後，他們還是激烈的做愛，像有用不完的精力與性慾，一關上門兩個人便瘋狂地想吞噬對方。他以為那就是她之於他最大的意義了，過了這激情，他就能脫離對她的依戀。

如果可以，他會希望那時的他不該把殘忍當力量，偏偏機會卻是來得太巧了。不過幾周，隔海的另一邊戰事爆發，德軍席捲整個西歐，船班大受限制，同時他接到家裡的電報：他讓他女友之一伊芙懷孕了。他以為這是終結這段關係的好機會，於是傲慢地隨意在一個公開場合，當著維多麗雅的面向大家宣告自己犯了個愚蠢的錯誤，他要單方面取消一切的計畫，等待下一艘船班返鄉。他沒有意識到這自大才是他真正愚蠢的地方，她當場憤而離席，留下賓客一臉錯愕。他眼睜睜看她心碎，得意沒有太久，因為當晚她沒有回到住處。三天過去，他的恐懼爆發了。他遍尋不著她的下落，四處探訪她周邊的人也毫無消息。如同他苦等不到的回國船班，他被滯留在自己的孤獨惶恐之中。更為可怖的是，他喪失一切的欲望，包括寫作。像瞬間枯竭的井，如何探詢，得到的只有空洞的回音而已。

或許在自己身上突然產生的大裂口，痛不痛都無關緊要，讓他魂不守舍的，還是對她的擔憂。他頭一回意識到：往後的日子，是不能沒有她了。他真心懊悔，在布宜諾艾利斯的每個角落尋求她的線索，他且真心與她的文人朋友們來往，甚至宿在她的出版社辦公室裡，難以成眠的夜他勉力接手她離去後留下的編輯工作。兩個月後，他在港口碼頭尋到了她，卻難以靠近一步。當他呼喚她的名，在她轉身的一刻，強烈的眩暈發作，他支持不住倒地。

他說：「很抱歉我是這樣地背叛了妳。」

她回答：「你最大的錯誤其實是背叛了自己。你以為你的才智可以掌控一切，卻不知用心理解事物的核心。」

他在眩暈中休養了一個月，寫作與思考的能力漸漸回來了。他對她的愛再也沒有保留。在維多麗雅的資助下，他接了懷孕的女友來到阿根廷，同時他們之間的愛更濃。他隨著她進行各種反抗活動。他倆一同接待逃難而來的歐洲作家，他則將他們組織起來，發表各種聲明譴責納粹並聲援母國。在戰爭最絕望的時候，她安慰他：「至少我們盡可能保護起一群舊大陸的文人了。」

而他隨著時間，拋去偏見，用自己的眼睛發現「新大陸」，他主動要求她多介紹他們那邊的作品給他。他訝異地發現她聚集起來的人們不僅是欽慕歐洲且仿傚其作品，實際上他們在這塊土地上開展出奇異的花朵。他在給波朗的信上寫著：「我無法再將他們當作歐洲文明的延伸，甚至，我們需要他們。」

她很欣慰他想法的改變，她說：「如果你願意，我可以把一切都給你。」這回他完全了解她的意思。

這是他倆度過最快樂的六年。

然後戰爭結束了。他沒有理由再待下，猶豫著。

她只說：「但那裡需要你。」

他絕望地問她，是否可能跟著他回到歐洲呢？

「我可憐的小男孩，我在這邊也一樣很多事要做呢。」

他帶著妻小回到戰後的歐洲，發現那裡已經成為他認不得的樣子。這不是單方面的，因為他所有的故友與家人也幾乎認不出他。離開前他是法國文人當中首屈一指的美男子，而此刻他卻全變了樣。

「我把我所有的俊美都留給了妳。」他在信裡對她說。

這就是他餘生的時光，老實說對他而言乏善可陳，即便人們可能看到他獲得了不少榮耀。他無法再身感參與在文人的圈子中。

這時曾經的戰友們皆已被恭奉在偉大前輩的位置上，意思是，往後的日子只需緬懷榮光，偶爾提攜後輩，但是時代已經不屬於你們了。很奇怪的，他的母國也早替他安排好了位置，忽略了他當年成名甚早，在他同世代的沙特與李維．史陀等人最活躍的時候，他卻被擠迫到了前列；他必須去頂替大戰時的損失，譬如他的恩師馬賽爾．牟斯的殞落；不自在的還有法蘭西學術院越過他的師友杜梅齊爾而將他選作院士，導致非得等他退休或過世，前者才有機會當選；他實在也無法跟著叫出口所謂的「存在主義」，日後卻也與李維．史陀吵了一個沒頭沒尾的論戰。然而，對他來說，這些荒謬事一開始就無關緊要。他對維多麗雅與拉丁美洲的懷念，一天比一天難以承受。

他臨終前曾仔細計算，後來，他們真正能重逢相聚的時間，不過幾個禮拜。殘酷的是他們皆受盡折磨而過分衰老，短暫的相逢之時，肉體上也無能重溫起當初的激情了。

如果沒有工作，他可能不知道如何度過餘生。他想起自己的老師牟斯，他的後半生全部投注在整理死於戰爭的朋友遺作。重整，乃悼亡。只有這裡能允許他活在回憶之中。他知道時間不再屬於自己（或是才意識到時間從來不屬於自己），踏上殘破的國土沒多久，眾人還在歌頌戴高樂，重溫偉大法蘭西的美夢時，他開始積極拜訪賈斯東．伽利瑪先生，最後說動了對方。他便在伽利瑪出版社下設立了「南十字星」書系，遙望著她的「南方」出版社，從波赫士開始，一一將她那裡的作家與作品引渡過來他這邊。

維多麗雅說的沒錯，沒有一個歐洲人比他更了解拉丁美洲的文學了。在這方面他很快取得巨大的成功，尤其在文人圈子投下一枚震撼彈。他記憶猶新，當杜梅齊爾引薦他的愛徒傅柯給他時，那位長相奇特的天才激動握著他的手說：「我讀了一整晚的波赫士，到現在我還享受著閱讀給我的快感。」他也應允傅柯的請求擔任他下本書的編輯，因為「這本書是閱讀著波赫士時發出的大笑中誕生的。」

他之後與巴塔耶談起這年輕人，除了轉達他對於巴塔耶的敬意外，也與他分享自己的體驗：在將維多麗雅曾經手過的工作引介到法國的過程，他在詞語之中，感受到久違的快感。

「我不但經常勃起，有時候還射精了。」他對巴塔耶說。

他仍然有普通的性生活，妻子或妻子以外的人，但是與她曾經有過的幸福，只有寄託在成堆的書本之中了。令他安慰的是，在維多麗雅那邊也是一樣的。即使年老色衰，她依然吸引了不少男性，或多或少有些情人，而她卻只有在將他的作品翻譯成西班牙文的時候，能找回年輕時的激情。

他們沒有誤解，他們的時光早一去不復返。他們持續寫信，卻不可避免地被思念折磨而淪為無關痛癢的問候。老年時的短暫的幾次見面，除了說不完的話之外，還有無限的來不及說的話。自然而然沉默了。所以，在這封信裡面，提到後來的事，對他而言會如此艱難，亦拖延了完信的時間。

在他的努力之下，二十年來，她經營的文學王國被廣為承認了。同時，他們心力交瘁，雙雙結束了事業。因為他們知道自己不再必要了，累了。

他將自己最後一本寫好的書寄給她後，開始著手這封信。他預感到，分離之後他日夜飲酒，身體恐怕無法堅持下去了。他們皆不捨對方，只是不知道時間會如何安排。

他沒料想到的是，自己的時刻會來得這麼突然。他感到一陣眼花，一轉眼便在桌前過世了。如果他的遺願來得及說出口，他會希望身後有人能將這封未完成的信寄給維多麗雅。然而，即使這麼做，也彌補不了那過多的遺憾：他們生前的聯繫是如此艱苦，而分別如此輕易，在他過世不到半天，立刻有人越洋致電通知她。她不敢相信這天來得這麼快，心頭一緊，痛苦蹲地，數小時後，亦撒手人寰。

在原來的歷史當中，這是眾多無法送達的書信之一。我卻應允他以活過的生命，來換取寫作的時間。他一再重來借取時光，不知失敗多少回，總是無法來得及完成，他一次一次驚醒在維多麗雅悲慟倒下的畫面，強忍苦痛再度提筆。直到他在文字當中交付出人生全部的細節，所有未曾說過的祕密，他曾騙過傳記史家的回憶陷阱，交出他自認不該從事的文學，交出他始終保留一部分的才華，交出他在她身上體驗過的，最為神聖的體驗。直到連我也搞不清楚他修改了什麼或虛構了什麼。

直到維多麗雅在過世的那天早上收到了那封信，而在午睡當中自然死亡，據說帶著一抹微笑。而他，在後來的修改完成的歷史當中，侯傑．蓋伊瓦比原來的歷史提早了一個月又六天死亡，他依然趴倒在書桌前，但眼前沒有信紙或任何遺稿。維多麗雅選擇將這封信帶進她的墳墓，雖然他們無法葬在一起，不過也夠了。

除了我以外，沒有人知道這封信的存在。

我是讀者，唯一的見證者。

Locus Solus

●

我醒來的時候，仍在自己的房間。一切沒有什麼不同。

安娜總是準時地敲門，不待我放在床邊的手搖鈴響似的。一般的情況，如今天，恰是我手搖鈴響起第一聲後，她馬上以指扣門並進來房間，感覺她一直在門外待命。我沒有聽過她走來我房門前的腳步聲。

「日安，先生，您好嗎？」

「今天的狀況好上許多，已經能在睡醒後馬上寫點東西了。」

「暈眩呢？」

「還沒有。」

「能起身嗎？」

「說實話，很遺憾的，我還是沒有力氣。請您幫我一下吧。」

（我得趁今天稍有力氣多寫一點。讓我寫一次就好，畢竟，自從我陷入這樣的狀態之後，日子是差不多的。）

安娜的聲音與平常一樣，問候完後，她熟練地拉開窗簾，開一小縫的窗讓空氣流通，以眼巡視房間是否有異樣的地方。她將我扶起身更衣，調整好靠枕，好讓我背靠著床板坐著，再幫我將棉被拉到腰際左右的位置。她幫我梳頭髮時，溫柔如母親，或如充滿愛心的女孩撫摸她的愛犬，她此時離我很近，我的臉幾乎快貼上她的乳房，甚至輕輕擦過她乳房外的衣物布料了。她是年輕的，壓抑的，野性活力的，同時很可能是憂鬱的。梳好後，她俐落地起身，一手懷抱我褪下的衣物，一手探下床底拿出尿壺。她禮貌地說：

「先生，我先離開一下，窗戶先開著，或許有點冷，但醫生交待的，這對你身體回復是有幫助的，也可以早點適應外界。我等一下幫您量體溫，然後再打電話給醫生報告。」

我沒有異議。

「早餐很快幫您送上，喝了熱牛奶後，身體會溫暖許多的。」

事實上我一點也不冷，感受不到冷。在安娜還沒完全踏出房門前，便匆忙拿起日記本，趁著自己有久違的力氣，立即寫下剛剛發生的情景，覺得生活就是這樣子了。事實上我生病的這段日子，夢境如潮漲，如風暴，將我整個人捲進去。等待康復的日子，我只乞求仍有力氣，系統地，把夢境一一記下。

●

夢：

如同現實般理所當然地，我躺在床上，但我的正面被一大塊白色石灰岩柱之類的東西壓著，跟我的身體差不多長。但並不是「其他東西」，那是外化成形的我本身。我的正面與這個外化出的我的正面互相靠著，保持接觸。我想像，此刻，我頭所倚靠的，恰是我精神本質啊。

●

我註定不適合長久隸屬於某個團體。至少文學上不可能。脫離布列東他們已經幾年過去了，我們仍然有很好的友誼，但當初加入是個錯誤（如今已不再是了）。除去意識形態的問題，在文學上，至少兩點決定了我們之間的差異（我與那一整個群體的差異）：其一，除了杜象，他們對於胡塞的文學並沒有真的了解。最無法忍受的是他被視作群體中的一人（雖然胡塞本人對此不屑一顧）；其二，他們對於夢與文學的想法與我大相逕庭。夢不是作為靈光乍現或是啟示的工具，不是想像力的展現。我不否認夢與潛意識之間的關係，但那不是潛意識本身。他們本身對精神分析不是真正的感興趣，至少不像我嚴肅以待。當務之急是認清夢與自我意識的投射，透過夢的書寫與分析，我們能夠重新定義我與世界的關係。無論如何，在藉由夢境探所自我意識之前，談論想像力與潛意識是無用的。充其量是一種浪費，一種誤解。

●

狀況稍微好轉以後，安娜在房間的時刻，我們會聊天，譬如文學。她喜歡海明威、哈姆森、齊克果。我問她有沒有喜歡的法國作家，她思考一下，回答：「普魯斯特，若他不要寫那麼長的話。」無論如何，談話之中屢屢令我驚訝，我感覺安娜不是普通的女傭。她是如何看待我這個年紀，想成為作家卻還沒有在文學上取得成功的人呢？

●

模糊中，醫生來看診。意識朦朧中，我竟想不起他是誰，以及我一向是給誰看病的。我驚恐萬分，直到醫生離去，安娜進房，用熱毛巾幫我擦拭身體，才冷靜下來。我甚至不確定剛剛是不是真有個醫生出現在這房間裡。

我感覺被囚禁。

●

夢：

與亞陶討論自殺（成為自己死亡的主人）。

●

夢：

安德烈．紀德告訴我一個罪犯的故事：那名罪犯用斧頭一次殺害自己的男孩與女孩，只因他們倆個在遊戲中假裝結婚。

我告訴他，這也是一種伊底帕斯的恐懼。害怕自己的兒女，有一天會成為自己的父親與母親。

●

我問安娜，這幾天難道沒有涅妲的來信，或是電報或電話之類的。她回答沒有。且拒絕回答我的問題：當像涅妲這樣一位妻子與丈夫失聯了好一段日子，都不曾以任何形式問候，是否代表她有別人。

（我連她現在在哪也不知道。她之前只說要回去父親那居住一段日子，好修補我們的關係，但那之後就不再有消息了。我病了之後，整日昏睡，在夢的國度滯留，到現在，對涅妲的存在印象已經越來越淡薄了。）

我決定要離婚，離開，不管做什麼都好。什麼都好。但不要再繼續這種無愛的徒勞人生了。

●

其他時候，安娜會在我隔壁房間。那是特地隔出來的，與這裡大小幾乎相同的房間。那是在與涅妲關係逐漸走向惡劣之後隔出來的，作為書房的房間（當然，此舉徹底惱怒了涅妲）。最重要的，是那道牆。我隔著牆聽著安娜的活動。平常安娜就睡那。那裡擺了一個較小的沙發床，兩間房間的床剛好各抵在牆的兩面，像鏡子一樣的結構。之於我與涅妲，那道牆是作為一道絕對的分隔；現在，在我與安娜之間，卻是起了連繫作用，這道薄牆傳來的聲音足夠讓我揣測安娜的活動，而她，亦經常透過牆另一端的聲響瞭解我的健康狀況是否有大礙。

她花上許多時間打字，至少在我醒著的時候。有時昏睡也會依稀聽到她的打字聲。我喜歡她打字的節奏，換行時的叮噹聲，像是個優雅琴手。通常是我吃完早餐時後，若狀況稍微好一些時，會稍歇一會，然後她扶我上輪椅，將我推至窗邊，扶手間放置木板，好讓我可以閱讀、書寫。弄妥之後，她會將整個家簡單安靜地清掃，然後回到隔壁房間，打字。

在我想像當中，她的手指有魔法般賦予每個字生命，自願地跳上紙頁，整齊地排列。我問過她的工作進度如何，她說一切在計劃之中（什麼計劃？）。我沒有繼續問下去。然而，與往常不同的是，今天我鼓起勇氣問她，是否願意將我手上正在寫的這本日記一樣以打字備份。她沒有猶豫答應了。

我因此狂熱地寫。我認真地想，從她手中生產出的打字稿，才是真正的原稿。文字到那裡才實現它們自身，我現在以筆寫下的，不過是個胚胎，是個條件，總要靜靜等待，文學才能發生。而現在，等待的盡頭竟只在隔著一道牆的另一邊。

這或許能解釋，為何我至今的文學嘗試沒能成功的原因。或許只是在等待。

●

我與社會的關係：我是如何、又為何無法有連帶？

詩、酒、愛、情色：為了活在激情的狀態中，為了活在神話中。從此之後，必須要擁有雙向的愛，友情，還有文學上的成功。

我孤絕自我並一再反覆操練，但我又需要打破孤絕，從這魔法陣脫出。

充滿生命力的認識與抽象的認識是相反的。

我想要滿足，想做愛。我非得冒最大的生命危險投入。

奢侈與民眾。愛與詩乃奢侈，因此是悖逆於仁愛與人本的。

我是線的終結點。打個比方：我的肖像是以戒石刻劃在玻璃上的側臉輪廓。玻璃一旦碎了，便是死了。肖像也算畫完了。我的人生是個獨一無二的小房間，沒有窗也沒有門，四處流浪。我永遠不會知道，當這玻璃破碎時，我結清所有的帳了嗎？過於狂熱。

一切的智識皆令我厭煩，我不喜歡反思，只愛冥想，感受自己，對我的人生有十全的意識。對人生的完全認識，不論是什麼，都是唯一真實的認識形式。這正是在哲學的對立面，因此，是對哲學發動全面戰爭。

我不再寫小說了。小說不會是神話，因為寫小說是冰冷的。

是以，我背叛了胡塞。也是他將我推向背叛的。文學是背叛。

●

視力又惡化，突如其來，虹彩的光暈，世界在我眼中微微旋轉。我的肉體再度與精神分離開來。我意識卻越來越清楚，不知名的力量仍驅使我寫下去。我讓安娜看了幾行筆跡，她說那對她不是問題，可以繼續確實無誤地將我的日記轉換成打字稿。她很清楚我的字跡與語言使用習慣。

●

高壓管傳來快信，安娜唸給我聽。我隔層布似地看著她拆信，拆信刀銀白的光芒如月下湖水反光。心想若是由她在我脖子上劃上一刀，我也不見驚恐。

馬勒侯的來信：他告訴我，伽利瑪出版社已經將我的書校稿完畢，已經可以準備請印刷工人排字。但有兩點需要注意。一是之前我將書中某個篇章刊載在雜誌上，吉歐爾先生曾寫信去抗議一事。吉歐爾認為我身為「達卡——吉布提任務」的檔案祕書，應遵守規範，至少所謂科學民族誌考察精神，直接把自己在田野考察所寫的私人日記公開，是對整個任務的科學方法追求的惡意破壞。馬勒侯希望我對於此事要有預先的心理準備；其二是我預想的書名《從達卡到吉布提》過於平庸，作為審稿人，他並不想要就這麼出版，希望我能認真地給這本書一個好的標題。最後，他另外詢問我是否要在書裡感謝資助人黑蒙．胡塞先生。

我回覆的大概內容（由安娜打字）：

第一點與最後一點是簡單的，吉歐爾先生的憤怒可想而知，但我的出版並不是草率的計劃，也無意破壞法國相對而言起步較晚的科學民族誌發展。況且整個計劃背後的指引者默思先生，對此並沒有反對，只是建議我日後可以去上他的課，學習一些理論與方法。若吉歐爾願意，我可以向他解釋，並說明我的行為並未違背科學良心，若他不願意，我亦尊重。但我不會撤回我的出版計劃。至於胡塞先生可以不提，他過世之後我已在非洲研究期刊上發表訃文，感謝他對於考察團的資助。以他的人格，不會願意我做更多了。然而第二點是比較麻煩的，我也非常煩惱此書的標題，會儘快找到給出版社一個合適的書名。

● 民族誌與自傳書寫。在放棄了當詩人與小說家之後，我為自己決定的兩個主軸。兩者各自往相反的地方「極限」發展：在民族誌書寫裡實踐最私人私密的，在自傳書寫中最冷靜客觀的展開自己一切並分析。把民族誌帶進私我語境裡，把自我攤展於公眾語境中。「我」在兩者碰撞中毀滅——重生。

主要擔憂：自傳的書寫還未正式動筆，計劃上是於現在這本民族誌田野日記出版後隔年完成，以兩本書奠定我往後「真正的」文學生活。當務之急是決定書名。

現在，是最糟還是最佳的自傳書寫狀態？

● 我突然想起，詢問安娜，幫我將日記打字下來，要給多少工資才好？（我連她一天原來的工資多少都不知道。）

安娜表情不明地看著我，說：「先生，你真的還沒想起我嗎？」聽到她的暗示，我腦中隱約有個聲音嗡嗡作響。這一段日子我多次猜測，總有什麼擋在那，無法再深入下去。

她接著說：「我已經，並一直得到我要的報償。」

我放下對於自己這段期間失憶或認識不清的羞愧（她似乎一直看在眼裡），懇求她好好談論關於她的事，以及為什麼我們如今是這樣的關係。她起先是站著說，後來接受我的要求，她拿了一把椅子坐在我床邊。

我像個臨死老人，由她一再帶領，慢慢找回自己失去的記憶。終於，迷霧驅散，眼前風景突然展開，我想起了這個人。安娜，再度認得她。

參與非洲考察團之前幾個月，我收到一位陌生女子的來信，她在報上看過我的詩，非常喜歡，因此希望我能借她幾本書，以及我日記的手稿。我把她當做膚淺的女人，很可能有病。我不帶感情回了一封乾癟的信，並將她的信丟棄。

她並沒有放棄，且親自將信再度投到我的信箱。當時的女傭瑪麗對她印象不壞，或許告訴了涅姐，於是在安娜投遞第三封或是第四封信時，涅達走出門叫住了她。安娜牽著一個女孩，是她女兒，兩人打扮樸素，卻不寒酸。涅姐以雨天為藉口，邀請她們母女進家門，並把我從書房喚出來。或許是涅妲與安娜的女兒都在場的緣故（雖然我現在已經忘了她女兒的樣貌），我戒心少了許多，且稍微能理解為什麼瑪麗與涅妲被她吸引。她有強大的意志壓抑住自己的瘋狂，以至於講話不時有癲狂的徵候。她算得上是美麗，且非常有自覺，另一方面，她——不是否認——藐視之。或許以上的印象全是錯誤的，除了她是神祕本身。我記得那天我們聊的，也恰好是海明威。她談到她的無愛狀態，她的孤獨，有那麼一點打動了我。另外，她的女兒長得跟她很像，但讓人感覺不在場，像個洋娃娃。

那是之前我們唯一一次見面，儘管瑪麗與她已成為朋友。

不久，我前去非洲待了兩年，早已忘了這個人。

據安娜的自述，她也在差不多的時間與丈夫分居，急需要一份工作，透過瑪麗的介紹，她到了胡塞的家裡幫傭。她在那主要的工作，除了簡單的女傭活外，還有打字。那時胡塞正在寫一本關於他寫作祕密的書，也是最後一本書，安娜在那裡，每天將胡塞的手稿打字下來備份，以供胡塞修稿（不過安娜沒有透露胡塞那本書的真正內容，也許她簽了保密條款）。大約一年左右，胡塞帶著一群傭人離開法國，將安娜辭退，給了她一大筆遣散費。安娜說，有了那筆錢後，她與女兒過著沒有丈夫的生活便十分寬裕，她的娘家也因此接納這個準備離婚的女兒與沒有父親的孫女。有了專長後，她做過幾份打字員的工作，主要是想打發時間，尤其可以藉此機會閱讀。這樣的日子持續了一陣，然後，她接到瑪麗的電話，得知我生了重病，起居不便，已屆退休年齡的她實在無法負荷。於是安娜把女兒留在娘家，接下了幫傭的工作，住了進來。

「這就是我全部的故事了。」安娜說。

我一時之間無法說話。

「所以，先生，我想要的不是錢，請讓我繼續為您工作，接觸您的手稿，這就是全部我想要的了，求求您。」

我答應了她，並允許她翻閱我所有的手稿，包括日記。

她微笑。

在重新認識這張臉龐的同時，我找到了愛情，與其反面。

●

安娜，與她的好奇心。一天的時間裡，她讀完我所有的日記，她完全理解我了。

●

我：「我只愛迷失的人。」

安娜：「希望不是因為想拯救他們的緣故。」

安娜：「所有人都是孤絕的。所有人都是迷失的。只是有些人有意識到，有些人則沒有。」

說完這句話，她頭也不回的離開房間。

隔壁房間傳來打字聲，如同她對我回應的繼續。

●

愛的不可能。我有辦法與一個和我一樣無力去愛的女人相愛嗎？這兩位無能者該何去何從？

我親口告訴安娜，我愛她的地方在於，對她來說，愛不是簡單的事。她總躁動在複雜的情感關係裡。

我沒辦法肯定地說我愛安娜，但光是她曖昧的存在已經足夠：不是一位只想要見面的朋友，不是我想要一起睡覺的朋友（但可能可以與她的女性朋友共枕，因為換喻關係）。我什麼都做不成，世界不存在。

孤絕狀態令我作嘔。沒有母親的孤兒般。一切荒蕪。

幽魂以紙為衣，姿態如橡膠人偶，宇宙癱軟在陰鬱的百無聊賴中。

●

安娜：「您好嗎？」

我：「跟我之前說的一樣。關於我的『狀態』，不知該樂觀還是悲觀。『狀態』與『行動』牴觸，動彈不得。現在與其說是調養身體，或許更接近死亡。而我的下一本書卻緊緊纏著我。」

●

巴塔耶來信，一樣由安娜唸給我聽。他確信下本書會連同正要出版的書一起將我文學生涯推向成功。屆時，他會邀請我一起完成某些事，如果願意的話。

我決定無論如何都要寫下去，正是在這樣的狀態才要寫。

●

我三十二歲，邁向三十三。人生至今所能回想起來的事，很少能讓我感到快樂的。我的外表是中等身材，毋寧說略為矮小。我一頭栗色髮，為了不要毛燥而剃短，同時也是為了看起來不要那麼禿。假如我有資格評斷，我的身體特徵是：脖子很直，像牆壁或峭壁地垂直線。身體的正面青筋外顯，像個公牛一般。以星座來看，屬於牡羊座（其實很接近金牛座，我兩種特徵都有），而我在這點外觀上就很明顯了。我的眼睛是褐色，眼框時常發熱。我的臉部皮膚充滿顏色，我對於自己臉經常發紅感到羞恥，更厭惡皮膚上的光澤。我的雙手是細的，多毛的，一樣青筋明顯。以身軀比例來說，我的腿太短，肩膀相對於髖部則是過窄小。我走路上身會前傾。我容易駝背，肌肉不多。我喜歡盡可能地穿著優雅。但一般來說，我深深地覺得自己不優雅。在性上面，雖然（我認為）我本身並沒有問題……，（只是個較冷感的男人），但長期以來我幾乎是無能的。

●

我請安娜打好以上的段落後唸給我聽。感謝巴塔耶，這本書能夠繼續寫下去了。

●

夢：

我與安娜在一艘船上，船上還有其他人，包括涅妲。正值啟航時分。安娜卻說她弄丟了一個洋娃娃。我在船上穿梭，上下樓梯，出入廳房，在人群中幫她找尋。我遇見一位十三歲左右的少女，正是她找到了安娜遺失的東西。我與少女聊天，一面離開了船，與她沿著碼頭散步。感覺上她因為我而顯得特別興奮。我發現以她實際年齡來說，她已經夠有女人味了。待得某時，我想，這女孩在我身邊已經待很久了，她的父母可能開始擔心她，懷疑我可能對她做些什麼事之類的。我跟女孩說，假如不想被罵的話，現在應該是要回家的時間。女孩告訴我她有支舞要獻給我，她越跳越溫柔嫵媚，並開始有誘惑我的意圖。她帶我走進一間旅館，或是一間公寓之類的建築。我與她在一個大房間裡，現在這個女孩變成安娜了。「女孩——安娜」張羅好狂歡。房間裡還有兩位水手與兩位妓女。水手與妓女準備和我與「女孩——安娜」同一個時間做愛。我們沒有馬上開始，而是先檢查一遍門窗是否關好。一轉身，女孩已經不是安娜，而是涅達了。我脫下衣褲，在做愛的當口，房門突然被推開，涅達的姐姐走進門，帶來幾瓶酒助興。我與「女孩——安娜——涅達」對這意外闖入的不速之客感到恐懼困惑。

●

夢：

我自某個公共場所離開，那邊或許正在舉行一場婚禮或是某個節慶。我的右手摟著安娜的肩。我的哥哥在我們身旁，說著我不感興趣的話題。有意還是無意，他只對著我講話，彷彿安娜不在場。只有我感受到她的存在。我們被隔絕了。對於我們來說，外界似乎不存在；

對外界而言，是我們兩個彷彿不存在。或許是因為這樣，我哥哥才對她視而不見。安娜對我說，我們的孤絕狀態，使得我們成為獨一無二的一對。

我們走到了地鐵站口，倚靠護欄。我們吵起架來，痛苦萬分。我們試著互相妥協，但想要消弭痛苦，光靠語言是不夠的，所以，我們極為溫柔地，第一次擁抱對方。我們之中一人說，或兩人一同說著這樣預言般的話：「有一天，我們會絕裂，然後，終將合好……」

吻，非常輕柔。

場景轉換。我與安娜兩個人在一間公寓的房間裡。陳設讓人哀傷的房間。壁面斑黃剝落，整體庸俗不堪。安娜全裸地躺在沙發床上，只穿著一雙雨靴。我撫摸她的上半身，發現她腹部緊繃腫脹，正中央的地方有一小灘血。我體驗到撕心裂肺的憐憫，巨大而且喘息不過的同情。她的祕密，藏匿的哀傷，以此方式在這向我吐露。我用一小塊棉花，無盡溫柔地幫她清理掉那灘血。然後，緩慢地，我將臉埋進她大腿深處。

●

夢：

我頭部變成公牛，牛角堅硬粗糙，臉上覆滿鋼硬毛髮，眼瞳如火。我憤怒不已，大聲吼叫出的，全是我不明白的，動物（臨宰前的）哀鳴。我的身體是裸的，毛髮剃光，上了一層光亮的油，像準備獻祭一般。我沒有陽具，也沒有其他的性徵，是個乾淨異常的身體。我困在鏡子鑲滿牆的迷宮裡，我沒有眼皮，手也搆不著巨大頭顱上的眼，我瘋狂地橫衝直撞，但我的怪物形象仍無可遁逃，無盡地一再一再侵蝕我的人性。

●

安娜將我日記以打字複本之後，不曾對我書寫的內容表示過任何意見。這是我們的默契，我一直允諾她看我手稿的理由，一種平衡機制。

午睡醒來，原來一切是如常的。我的身體與精神依然在不同的狀態運轉，日記本依然在床的一旁。而安娜不經我的叫喚走了進來，沒等我開口，她便指著我的日記本，冷漠地說：

「先生，您在今天早上夢境裡所寫的，之前已經寫過了。」

我不明白她的意思。安娜彷彿不是對我講話般，彷彿換了靈魂般，卻又像是向我掀開她的神祕面紗般，她說：

「這是我一直以來處理直到今日的手稿當中的段落。」

「我的手稿？哪一份手稿？」

「跟著您從胡塞家一道送回來的那本小冊子。」

聽完這句話，我像是觸電一般。罕有的一刻：我明明知道什麼，明明即將要想起來了，卻用意志將那比我更巨大的東西，擋住，壓在意識底下。我恐懼萬分，安娜瞬間變成駭人的存在。整個世界都是脅迫。孤獨之上更孤獨的狀況：被孤獨背叛。

我說：「安娜，救我。」

安娜：「我說過，不會去拯救任何迷失的人的，所有的人。」

然而她的手仍是安慰了我，正面擁抱了我，我埋進她的雙乳之間像是告別，她撫摸我的背肩與頭髮，吻了我額頭一下。

我好多了。

她主動拿了胡塞的《非洲印象》來我床邊，穩定地唸給我聽。我知道這也是某種安排。都好，我只需要她的陪伴，越久越好。

晚餐時我的胃口特別好。喝了點許久沒碰的紅酒。

夜幕降臨，我一面寫著，一面聽著安娜隔壁的打字聲。

等待，即文學。

●

醒來時一切沒有差別。安娜身上感覺不到一點異常。

早餐以後，掀開日記本，接著昨晚最後日記之後的，原該是空白的幾頁，已經完美地置換上了打滿字的紙頁，紙質與紙張大小與原來日記本上的一模一樣。我猜想這就是安娜一直以來所說的「工作」。

我接下來的日記，已經被寫好。作者是我。

只留下一點空白讓我寫下這些字。

安娜的監視下，我寫到這裡，進入閱讀。

我，米榭．萊希斯，在迷宮中變成了怪物。這迷宮建造者不是別人，正是黑蒙．胡塞先生，在這樣的意義上，我是他的兒子。因此我有權力，在他不見邊際的圖書館裡——他完成大部分作品的地方——，交代我的故事，我為此而生。

此刻，我並非是我的定義：我的出生、我的身分、我的職業、我的身體、我的人格、我的行為、我的習慣、我的品味、我的思想等等，而更該是我的衍異：我的失常、我的譫妄、我的狂喜、我的瘋癲、我的痙攣、我的高燒、我的病態。簡言之，我的一切悖反狀態，罕見的不受控的非常狀態。這是那些自認瞭解我的朋友可能因此會驚訝、悲傷、憤怒而因此勸告或強迫我冷靜、休息，甚至接受治療。他們甚至可能較能接受我現在外表上顯而易見的怪物性，也不願見我脫逃「我的定義」。我所說的每個字與我一樣長出畸角，罕義與歧義驅逐了詞語的定義。

於是，迎接著理想狀態到來。結束此過渡時期後，我將可成為自己的民族學家。此刻，我是神話本身，然後，準備成為他者。

我將再度死去，又再度重生，又……

變化，還在變化，我得趕在變化完成之前完成書寫，或說，在我寫完之時，故事趕上敘事的時候（這中間是多麼乏味的操作過程！），變化才會抵達終點。

如是，黑蒙．胡塞的遺囑。

所以，我述說一個故事。

一九三三年七月十四日，黑蒙．胡塞於西西里島帕勒摩城的一間旅館裡自殺。他的死訊大約過了幾個禮拜才傳到我的耳裡。他平常最親信的僕人與管家們幾乎都被留在巴黎近郊的宅第，自殺的時候，身上只帶上三位廚師、三位園丁與三位司機。他死前服用大量毒品，其劑量幾乎保證他的自殺計劃不會有萬一。

對於他的死，我無話可說，他幾乎與世隔絕，找家屬弔唁顯得過於形式。隨意散布他的死訊，只會讓不瞭解的人任意替他貼上不屬於他的標籤，譬如一位超現實主義者。我只在一本非洲研究的雜誌上發表他的訃文，感激他資助我亦參與其中的「達卡——吉布提任務」。關於他文學上的成就我隻字不提。

事實上，黑蒙．胡塞的文學生涯，在公眾的眼光看來，可說是完全失敗。他的遺囑執行人對我說，他尚留一本遺著。那是他早先寫好交給他的，揭露他寫作祕密的書。他要求這本書必須在他死後兩年才可出版。然後，他自殺了。我回想起有一次他談到他的朋友普魯斯特，他說：

「普魯斯特最偉大的地方在於，他幾乎傾注他所有的人生完成那部鉅著，但，那幾乎讓人以為是作者化身的敘事者，在小說的最後，敘事結束的點，以小說邏輯推測應是一九二五年，比他自己過世的那年還多了三年！而且那敘事者才正要成為一位作家！」

我一度忍不住將胡塞的死與這個言論聯想起來，但禁止自己繼續推斷下去，畢竟，若這是刻意的安排，那這手法對我而言似乎太拙劣了。

我那時剛從非洲考察回來，忙碌於檔案的處理，以及準備出版的田野私人日記。我內心大惑不解的是，胡塞當初完全不計報酬資助這計劃，最大的理由是因為我。

在我父親過世以後，儘管甚少連繫，他幾乎扮演起權威長輩的角色。這像是一種翹翹板的遊戲：黑蒙的父親很早過世，擁有的大筆遺產，當初在我父親的幫助之下，由年僅十六歲的黑蒙．胡塞繼承，因此決定了他的人生——從此之後，他可以全心投入發展他的才能，不需考慮任何實用的部分。後來，輪到我少年喪父，早期透露出寫作興趣的我，自然與他有了比較密切的關係，並以他為典範。我因他刺激的早期文學觀與文學作品而被超現實主義接納，甚至因為與他的熟悉，讓迷戀他作品（儘管有許多誤解）的圈內人士對我有好感。不過，我的寫作很快遇上了困難，與超現實主義的絕裂只是表面的原因。我告訴他我的困難，並透露去旅行的想法，胡塞當場便鼓勵了我，表示無條件支持。我亦為了他而選擇非洲，只為了他那本《非洲印象》。他對我的一切資助，只要求我讓他當第一位讀者。我也心想，這位偉大的探險家，旅遍世界各地卻從來不使用所有旅行經驗，堅持只用想像的作家、這位為了寫《非洲印象》而到非洲，卻整天窩在旅館寫作而不出門的作家，看到我交出這樣的作品，走上了這條路，會有怎樣的想法。而他就這麼消失在世上了。

幾個月後，十二月二十四號早上，我的妻子負氣離家投靠她的父親那天，我收到了一封信。那是胡塞宅邸管家捎來的信，上頭寫著：

「親愛的米榭。我死後，留在世上的身體已驟然消逝，但精神上的遺產由你繼承。R.R.」

我把信放在懷裡，開車到他過往的住處，胡塞府上的老管家彷彿預見我的到來，週到地接待我。簡單地寒暄之後，沒有多餘的話語，老管家邀我上車，帶我去一個地方，他說那正是胡塞要留給我的：**Locus Solus**。

我一時之間沒有很明白他意思，正確來說，是不願猜測。但無疑的，下車的那一瞬間，我感到無比的失望，甚至憤怒：那是個依照他寫的小說《**Locus Solus**》建造出來的場所。

管家彆腳地重現小說的內容：他帶我這唯一的賓客，按照小說敘事的方式，以無感情的乾燥聲音，領我進入**Locus Solus**。仿造小說裡，康德赫邀請朋友們參觀他在巴黎市郊打造的名叫**Locus Solus**的園區，裡頭聚集科學家們研發他難以想像的發明，與展示他的收藏品。

沿途我不發一語，漸漸怒氣轉移到這位我實際上並不熟悉的管家。

在胡塞的小說裡，足以讓我迷亂的奇思異想，所有過分的存在，所有無法想像的巧合碰撞，只為自身存在的語言，自我形塑自我毀去的書寫機器，在這裡成為庸俗的、充滿破綻的存在。贗品。

我看到那些「嶄新的研究成果」——事實上不過是他自己小說裡已經寫過的東西，名叫「小姐」的女機器人用大量的彩色牙齒作馬賽克壁畫，畫面似乎是再現胡賽自殺前的一刻，服用完藥物準備體驗死亡的狂喜姿態；或是巨大的鑽石杯裡裝滿奇特的液體，裡頭有位裸體舞者，長髮纏著嬰兒、打字機、長矛、絞繩、斷頭台、鋸子、聖母像、丹頓斷頭、無毛綠膚貓、陰莖鞘等物品，彷佛能自在呼吸般輕巧地翩翩起舞；一個個陳列起的裝滿培養液的透明箱子，每個箱子裡頭都裝著屍體，男女老少、各種珍奇異獸，還有合成的生物（不同的身體部位縫合部分極為明顯），它們在液體當中逐步復活。

我不置可否。

（最無法忍受的是對「Locus Solus」本身的踐踏。Locus Solus——字義是「孤獨的所在」。它是神聖的、危險的、充滿奇異力量的、無秩序的、被放逐的、被嚮往的、被乞願的，生命的與死亡的極至。不可碰觸，唯一的方式，是獻祭。Locus Solus，亦是文學。）

我沒有等到結束，就用粗暴的語氣對管家說：「請讓我離開這裡。」話語一中斷，燈光頓時消失，除了視覺暫留似有若無的光影，什麼都看不見。地板不定速不定向的旋轉，不一會我倒下，被空間滾動。

一切在安靜中運作。

某個機器抓住我的身體，擠壓，把我塞進一個箱子裡，機器在我的手臂上注射藥劑。

我可能在裡面昏厥。

我被裝在箱裡運送。

能感知、有意識的時候，我已經在另一個地方了。

是個仿中古時期隆河一帶的古城。我不確定它的邊界在哪。抬頭所見是巨大的玻璃彩繪天空，還有無法直視的人造太陽。

一些念頭如咒語植入我的腦中：

「我，孤自一人，獨自被留在這個地方了。這裡是世界。而我是誰呢？」

然後我所在的地板開始滑動，像奔流的河，每寸地彷彿都有自身的意志在移動。我還是自由的，可以任意志行走。我不討厭這樣的設計。我刻意讓自己不固定路線漫步，一下倚靠身體神祕的直覺、忽而恣意打斷，或有亦賽跑似地往地板移挪的反向走。

這是第二層的 Locus Solus，真正的孤獨所在。我被禁閉的巨大不安與狂漲的好奇心，觀察的冷靜與情感的燥熱，全都混在一起。

參觀：

書寫夢的自動機器
吃聲音的獨眼綠膚猩猩
抽菸的兔子
哭泣的侏儒
自動管弦樂隊（包括指揮）
中國男人髮辮與中國女人小腳標本陳列室（有一小部分展示中國太監切下的陽具）
非洲黑人女人肥大的陰蒂
風乾人頭陳列室（有幾顆製造過程還在進行）
西非原始社會面具迴廊（許多有我們非洲考察沒收集到）
四面佛

印度象頭神像
日本河童
拱廊街——每根柱條上長著一張豎直的嘴，說著不同語言
獨自說話的失語症電話聽筒
失智殘疾無能者派對
紫黃色於石板上跳動的舌頭……………

某處：

十年前參觀雷蒙之家的相同陳設，不知是再製還是完全挪動至此，僅能以相同的文字記述：傅柯擺、織布機、阿德爾飛機、中國象形文字、太平洋島嶼的木製柱杖、午夜太陽、可開採的礦脈、石油田、心靈探測器。

其它：

立於噴泉池正中的巨大機器人型半身像，上頭開滿動物口舌，奮力張口卻無話語；發出

又像嬰兒哭啼又像老人哀嚎又像瘋女人咆哮之聲，卻完全隱藏自身的機器；無痛肢解肉體機器，哺乳動物一列列排隊等待屠宰，出產物乾淨剔亮；吐著灰塵的破壞機器，正在將城市建築快速改造成千年古蹟；語言製造機組，一是組合人類所有可能的發音組合器（以胡塞自建的記音符號標音），二為語彙紀錄器，功能在紀錄發音組合器的聲音組合成字彙，並刪去已存在於人類語言中的音素與詞彙，第三則是語言發明器，從前兩台造出的發音中挑選（規則不明），並以組合成語言。所有被發明的語言既無文法亦不表意；拼字書寫機，採隨機挑選法文字典中字詞，直到寫出一套《人間喜劇》；將紙本書製造回鉛字板的機器。

我悠遊同時被安排地經歷這一切。我用力去看，去記得，然後，內心的語言逐漸耗損，直到我腦中找不到語言來敘述。

人造太陽一樣的亮，在這座室內的古城，我終於抵達中心，做成我形象的鐵處女刑具裝置等著我，裝進去之後，我感到非常舒服。我睡著了。

再醒一次的時候，我仍在鐵處女裡，但正面已經掀開，我卡在裡面不能移動。

眼前是個極為普通的鏡子，我看著鏡中的我，全裸的乾淨身體，頭部變成長了觭角的公牛，眼神憤怒又悲傷。鐵處女或是鏡子本身再移動，但換來的總是一模一樣的普通鏡子。

我，米諾陶，總是迷宮中誕生，而非相反。

不知過了多久，我被釋放。無法抑制的衝動使我橫衝直撞，碎了眼前無盡的，一層又一層的鏡子。然後我撞過了一層可完全穿透的鏡子，煞不住的力量使我跌倒在地上。

這是胡塞的圖書館，除了過分的巨大之外，這裡與剛才到現在一路所見，單純平庸到怪異的程度。

我怪物的腦袋很清楚，我還沒解脫。這是Locus Solus的核心。核心必然該有祕密，祕密要由我的筆來書寫。我的筆是鑰匙，但還需要我以書寫造出鎖，甚至造出一道門。我是著開口，發出的，當然，不是人聲。書桌上有所有的文具，十分舒適。我幾乎以人生以來最虔誠最平靜的心坐了下來，拿起紙筆書寫，寫我一路到現在的故事。

現在，我說的故事到了「現在」了。

我感覺自己的頭，從動筆那刻開始，已逐漸地變回人形。

書寫已耗盡，我，只留下最後一句：

Locus Solus，是我。

●

安娜：「看完了？」

我：「嗯。」

安娜：「就是這樣。」

我：「我無法理解。」

安娜：「這不重要。」

她迅速地在我手臂注射，我的身體頓時更加無力，然後拿起一杯透明的液體，強灌我喝下。

安娜：「現在，我把你全部還回去了。」

我感覺的舌頭再嘴巴裡溶解，直到再也感受不到。

她體貼地將我日記本攤開到空白頁，並把筆塞進我手中。

寫到這裡，我只能勉強地再寫幾個字。

只陳述一個事實：

我從來沒離開過 *Locus Solus*。

後記：

我醒來的時候，仍在自己的房間。我孤自一人像被世界遺棄，感覺世上沒有任何一人與我相同。一切無恙，我的身體除了長睡醒來的疲憊外，毫無異樣，甚至過度有活力。我起身照鏡子，仍是原來的樣子。

房間沒有改變，除了這陣子使用的日記本：筆記本的內頁所有內容已全部替換成打字書頁，唯有「伴隨我從胡塞住處送回來的小冊子」那幾頁，應是使用不同的打字機，以至於墨水顏色與字體稍微不同。我看了一遍，感覺不到裡面內容與我手寫過的有什麼不一樣的地方。

現在是一九三四年的一月十八日，與「在這之前」有記憶的日子（即收到胡塞管家的信那天，一九三三年十二月二十四日）間隔二十六天，可能就是這本筆記裡記述的時間範圍，也可能完全不是。

總之，我的原稿消失了，安娜也消失了，然而我不想再追問了。

因為，此刻，我已經被 Locus Solus 完全逐出了，再也進不去、也找不到了。

黑蒙・胡塞的遺產。

日記只剩這頁的空白給我，我以手寫字跡留下這點痕跡。

人生繼續。

我準備寫完這本日記本後，寫信告訴馬勒侯，我已經幫我那本書想到最適合的書名：

《非洲幽靈》。

米榭・萊希斯　一九三四年一月十八日　於巴黎

小羅蘭

那天晚上全世界都睡得特別沉，以至於他清醒的時候，沒有人發現。包括他自己，沒有人會相信他會起來。幸運的是，加上他的自制（當然他有些許的衝動想要昭告天下），他再一次擁有的意識與行動能力這件事，並沒有困擾任何人。

他摸了摸下巴與髮鬢，修剪得很乾淨，身上也沒有異味。他感謝這些默默照顧他身體的人們。「我的身體被妥善地照顧，這非常好。」他想。然後才覺得不可思議，像是第一次意識到擁有身體，比人擁有意識與思想還要奇蹟。於是他便稍微恐懼起來，警覺自己不能多浪費時間了。

下床，把不屬於身上的東西拔掉。身上一點也不疼。但是隱隱地，捉摸不到的疼痛記憶每隔幾秒還是會如海浪拍擊他的側身，以至於平衡不穩。他不想記得那份衝擊，遺憾的是，這是他稍加清醒，時空感逐漸清楚之後，第一件想起的事情。

那天下午，為了某件重要的事，在課程結束的兩天後，他要回自己的辦公室一趟。中午剛與總統與一些文人朋友吃頓乏味的中餐，喝了點酒，身體溫熱，意識卻十分清楚，甚至在逆光走出餐館時，覺得這天的世界過度清楚鮮豔了。然後他徒步沿著新橋行走，沿著塞納河堤一段，望了一眼法蘭西學術院的金頂，鑽進了建築之側的小巷。他身體在兩三年間脆弱許多，感官卻更加靈敏，注意到一些過往沒有察覺到的，這個世界當中隱匿的訊號。尤其是死亡的氣息。他與臨病瀕死的母親相處了許多年，幾乎意識裡孤絕於世。然後經歷母喪，崩潰與破碎重構後的苟活，他小心翼翼地重新回到了同樣對他小心翼翼的社交生活。他知道這就是餘生了。於是這兩三年，如同坐看著黃昏光景，他感受到清楚的死亡迫近的時間，看見了微小卻迅速的一切破敗，嗅到令人眷戀猶如童年回憶的死亡氣息，聽到亡魂的細語，觸到一切死亡的溫熱柔軟（而不是冷硬）。他為此展開了最後的，關於寫作的計畫。公開遺囑般開課談論餘生，所思所寫，目標皆投向未來，所謂自身完成的死。

那天的天空幾乎淡藍到透明，彷彿可以看見蒼空外的微弱星點，還有淡淡掛在那的，白日間的月弧。他穿過蜿蜒的小巷，穿到歐第翁（Odéon），回到聖傑曼大道上。他愉快輕鬆地走著，進入老年後纏在內臟與肌肉深處的疲憊瞬間消散，他甚至覺得那一刻的自己可以擁抱，可以愛人了。他穿過幾個馬路繼續走，穿過索邦大學，法蘭西學院就在眼前。經過蒙田銅像時，看著雕像翹腳托腮，他甚至玩心一起，用手掌撫弄被來往行人摸溜得光滑的腳尖。然後穿過馬路，被迎面而來的洗衣店小貨車撞倒。煞車聲是他接收世界最後的聲音、閃光燈打盲他對世界的最後光景，而車體鋼鐵對身體的巨大撞擊，取代他對世界試著伸出的擁抱。沒有人能回答，為什麼對於這樣迫近的危險與死亡的威脅毫無所覺，尤其對如此謹慎的他來說。

他渴望並無數次想像著在朋友圍繞中平靜的死亡。似乎無法如願了。死亡的時間好安靜，如在深夜搭車緩行。身體不痛，若說還有一絲絲感覺，是種特異的情況。他感覺到，像是具體的感官接收外界訊息，譬如看見、觸到、聽到等等，在身體被阻斷外界的瀕死狀態中，以這樣的方式感覺到自己的意識。意識著意識並不是怪事，唯獨此刻具體完成。有另一個意識完整地意識著自己的意識，但那個意識也是自己的。無法計算的時間裡（或許在這狀態感受到的已經不是時間了？）他沒有感覺到發生在自己身上的事，只是奇異地感受著。等到有人把他扶上擔架，移動之中驚痛了傷口，斷骨摩擦且戳痛了肌肉，他才突然像被冒犯地喚回現世，抱怨地唉叫。直到氣力放盡，痛覺一下剝奪他由內至外的感官。他陷入昏迷，昏迷前最後，他想起剛剛撫摸的蒙田。蒙田寫過的瀕死狀態，在他的身體上重寫了：

「我睜開眼睛，眼前一片昏暗，如此微弱，如此難以辨認，我甚至分辨不出任何的光亮。我看到自己滿身是血，除了緊閉的雙唇外，其他身體部位都無法控制了。我閉上眼，讓靈魂任意馳騁；我儘量延後這感覺，懶洋洋地享受這種靈魂出竅的快樂。這是在我腦海中徜徉的一種想像，和其他部位一樣軟弱溫和；而事實上，不但沒有不適，反而參雜著那種快樂的甜蜜，我感到自己已經陷入了微微麻木和感覺模糊的夢鄉。」

他的確甜甜地睡去，在送進急診室前。馬拉松式的手術，報紙的頭條與電視追蹤報導，幾度被喚醒時，都選擇了回頭沉睡。一些引起他一點點人間情感的友誼，譬如茱莉亞，那個聰明的保加利亞女學者，像母親照料著他。他盡力去安撫，但肺部與喉嚨好像破了大洞，連任何的氣音也發不出來。他想，與其要將剩餘的力氣花費在痛苦的恢復及所剩不多的衰病人生，不如放心睡去，擁抱著完整。好像離母親近了點，彷彿陷入巨大的愛情當中。不必再疲累了。「一個人要認識死亡，最好的方法就是親自走向死亡」，他若是還有一點點執念，也僅僅是想留著一點意識，去觀察並想像，母親離開他的最後時刻，她究竟可能想著什麼、見到了什麼？他知道那便是經驗的極限了，但他仍然想要擁有。於是一心下沉，意志成為石塊，是以他母喪之後的消沉化作的固體惰性氣質構成。面對未知的死，即使身體與心靈被摧毀到失能，他仍然確認的一件事：死是內在，最為內在的事。

他以為沒有機會醒來了。他記得似乎在醫院醒來過幾次，朋友們溫柔地叫喚鼓勵，希望他開口說話或寫字，他們無法接受他這樣離去而不留下一點訊息。他知道的。他還是無法安然接受自己從一個小圈子裡的國王一下子變成巨大的知識分子的符號。

他懷念的日子無法復返了。那個他還未被首肯為法蘭西學院教授，仍是高等實踐學院的只有小小一群忠心追隨者自己的寧靜時光。他漸漸得到肯定，不用那麼激烈在思想上廝殺，不必分辨敵友，可以放鬆下來，享有一種屬於小布爾喬亞的明亮歡愉。那些一群漂亮的聰明的年輕人包圍著的美好日子，他們如癡如醉看著他說話，即使他並不喜歡在人前展露過多，同時矛盾地總是以做作虛偽的方式表演。被他們包圍，因他們的反應而陶醉，他更願意去展現自己的愚蠢、無知、脆弱。然而，他無論多少次表示自己偏愛的私密性、碎語性，仍然逃不了被尊奉在一個高高的位置上獨語的命運。尤其《戀人絮語》集結出版，他公開書寫私密的情書，將愛戀藏到最深又最明處，以獻給無望的戀人，另一個叫羅蘭的男人。沒想到這本書象徵決裂，羅蘭，與他愛戀的另一個羅蘭，因為這公開的最私密的碎語意料之外成了公眾的話語，他們私有的情感也不復返了。羅蘭從此變成寵兒，意義截然不同的，充滿敵意、眾人意欲見證其毀滅的寵兒。他成為「暢銷作家」，成為「知名知識分子」。因為一本談論愛情的書而竄紅，彷彿過往的低調全部只是伺機而動。名聲，撕裂了他與他想要的生活，撕裂他與他所愛的人，甚至也撕裂了他的寫作。他甚至覺得寫作已經開始力不從心，於是感到衰老，朝向死亡了。

以至於，即使在或許人生最光榮的時刻，當選法蘭西學院院士發表就職演說時，他難以抑制的興奮與聲音裡的顫抖與克制中散發的做作，清楚感受到棲息在頸後的怪獸，是死亡。榮耀與死亡。他與台下的人互相知道，在遴選時，那種毫無困難與無異議所代表的是什麼。是好運氣帶來的成功，是遭人譏笑的丑角，靠譁眾取寵獲得聲名且將知識打包成商品販賣之人。於是推舉出來，一半基於諷刺，另一半像是觀看公然處刑，而稍微了解與欣賞的，在他被拉上神壇時，徹底隔絕開，甚至也背叛了。輕蔑或施捨，卻讓他失去了自己的王國。他更加孤獨，如同告別童年。

這樣的日子沒過多久，差不多是在榮耀過後的興奮消退，真正擁有的絕望與徒然之感時，母親病危。在他習慣這些惡意與孤獨過後，最擔憂的事情終於來臨：母親死亡。他知道自己永遠永遠好不起來了。

車禍的事很快傳遍法國以及其他國家，流言取代現實，現實則是一團謎。他的意識本身就是謎。他們說他完全失去活的慾望，從那時候到現在，所謂生死之間其實沒太大分別的時候。他被過度殷切地喚醒，期待他說話。他說的每個字都會被記錄下來，就像成名之後的日子。如果發出任何一個音，很可能都是遺言。所以幾次在巨大的疲累中恍惚醒來，面對著話語，他都極度困惑甚至反感：他將無話可說。

於是，有這樣的機會再度甦醒，他也不願去驚擾這個世界了。儘管四肢已然恢復，發聲器官也修復完全。比起無法一一辭別的遺憾，似乎有件事情似乎更重要。重要到只能專注於此而無暇他顧。這件事情與有無人知曉無關，有件事情的最終唯一重要性是由他確認。可能會更嚴苛地，只能由他確認，搶在一切人知之前預先抵達。這件「事情」，要在他的確認下才會存在，他是這樣想的。因為這個任務，他以現在的樣子存在。他被賦予。像是這件事情本身就是神明，矛盾的是他正是這神明存在的條件。這樣的他。不該存在的存在。要在他與那件事不在任何人察覺的狀況下互相察覺，存在才是真正的存在。他如此判斷。

現在的他想著，僅管不經他的同意中斷他死的意願，可是至少拿走他的病痛、衰老，還有晚年最痛苦糾纏的疲憊。他願意再試一次，將這探索當作最後一次任務，反之亦然。且安心迎接死亡。若時間到了，他會放掉意識，回到那昏迷不醒的軀殼裡。就讓這世界當作他沒醒過就好。

他必須弄懂自己為何醒來，這關係著為什麼那一天他要在學期結束後，走回辦公室，才會在那條馬路上遭洗衣店的貨車撞倒。找到的關鍵，就不再是偶然。幸運的是，他知道關鍵就是他的身體。不幸的是，如果身體是解答與終點，他還有許多路要走。

他不太確定這身體還是不是自己的。在車禍一瞬間感受到的衝擊所造成的骨頭的粉碎、關節的逆向折曲、內臟的爆裂與噴濺的血，像個摔爛的布偶被拋擊回地面，即使他沒有太具體的外科概念，仍然覺得這樣的傷害之下，身體不可能恢復了。這樣好像是，有某一雙溫柔的手，將他支離破碎的身體慢慢拼湊回來，並輕撫著，吹口帶著魔法的氣息，讓傷口復原。

他再度撫摸自己的臉頰與手臂的皮膚，像是見到故人般的專注與小心。他覺得，若是有什麼神祕的力量在他這副身體上作用過，也是做得稍微過火了：並不僅僅是贈與回一個完好無缺的身體，甚至把原來身體經歷過的時間衰敗，也一併過度回復了。他在邁入老年之後，默默地感到恐懼與厭惡，肉體的衰老侵蝕他對生命的慾望，不過此刻由皮膚的感知裡察覺到的，這副軀體還是稍微年輕了些。他很想在這副軀體上多探索，徹底閱讀起身體裡的每個訊號。

之所以放過巨大的誘惑，除了直接地感受到死亡的迫近外——說實話，他根本是被死亡「直接撞上」了——，是因為他從這完整甚至完美的身體找到巨大的缺憾。因為完整與完美本身並不是身體的本質。他覺得這副身體最令他不快的地方，是一點死亡的氣息都沒有。他即使在小時候，開始意識到自己身體之後就聞得到身體裡面死亡的氣息，尤其青春期開始後更為強烈。當然，這與在疾病中長大有關，他即使成績優秀，也因肺病的緣故，沒有好好享用智慧與身體平衡的成長。在自我意識跟著知識快速成長之時，慾望同時因為想像力過分激發之刻，身體的衰弱而蒼白，讓他在自身感到具體的死。自殺一直距離他遙遠。他心醉過希臘式的美，以及日本武士的切腹美感，像是在果實最成熟之時，把番茄一口氣捏爆噴汁的絢爛，堪比射精的延長。對他而言這種狀態遲遲沒來，也不可能到來了。簡單來說，他錯過了，他的身體讓他錯過。像太早被透露情節的故事索然無味。像是他過於聰明的腦袋只能自行尋找歡愉。他無法當一般的讀者與觀眾，因為作者的手法他無一不曉。他最大的樂趣只能重寫，將文本細讀拆解到最細，彷彿重寫。在《S/Z》重寫《薩拉辛》與巴爾札克，在《戀人絮語》重寫《少年維特的煩惱》，在《神話學》重寫現代神話，在《明室》重寫各種照片，甚至拆解重寫自己已被寫過的形象。他根本地不追求任何的理解與被理解，事實上只是想驅逐寂寞而已，使用言語像是交出身體，彼此相依。所以日後，他的文字只會讓他與世界的距離，甚至自己與自己作品的距離越來越遙遠時，感到非常沮喪。若是無法嬉戲，身體的存在為何？他身體因此快速衰老，等到母親過世時整個人彷彿被拗斷了。他堅持是「從肉體到心靈地被拗斷」而不是相反。他一直知道身體不是單一的，是複數的；是流動的，而不是僵硬固定的；是對話的，而不是獨語的。這個身體在過了初時的興奮後，引起他巨大的反感：一種廉價永生的允諾，無法再寫、再重寫，跟完美的作品一樣乏味。這副占據他所有感知、誘惑他無盡自戀進去的身體，褻瀆了他近幾年努力思索、想像與實踐「新生（Vita Nova）」。「新生」要求是與過於徹底斷裂的、在過了「人生的中途」之後，以不回頭的決心，全力衝向盡頭。想到這裡，他一瞬轉念，不認為自己是被拯救了，略微惱怒地思考是什麼以及為了什麼把他弄回現在的模樣。最大的不快點在於，得到一個身體時，同時會限制住他追尋其他身體的可能性？必然是遺忘了，他想。語言的缺憾在於無可明言所遺忘的事物本身。

他在新的身體（他現在相信這不是原來的身體了）上嘗受著新鮮跳出來的訊息並隱忍下

來，包括抵抗燃灼著的性慾望（陰莖竟然不自主勃起，如同嘲諷），爬過了一段意志與慾望的折磨，一下冷靜了。現在他的身體比病房還冷，火是錯覺，像在巨大的冰塊上感到焚燒。誰能在他新完成的身體上書寫？他仔細讀著身體，新身體上的每個訊息如此淺薄，急著跳出來像他表意（我想要／我厭惡／我痛苦／我愉悅／我想被撫摸／我想要痛），卻無法掩飾的事實：這身體沒有歷史，扁平蒼白，儘管如此發著光，完美也年輕許多。如果他找得到這副身體的「作者」，他必然會直接否定祂，即使招致毀滅，也是屬於自己的命運了。

當然，新的身體不盡然沒有好處，除了略年輕、無傷之外，也纖瘦了不少。如果這不是他的身體，只是在夜間的巴黎街道漫遊，或許可以吸引他的目光，跟隨著探險。纖瘦，蒼白，他感到自己的皮下、內臟、血管內的脂肪，在這副身體造好時來不及填補進去，這也是為什麼他覺得這身體缺乏歷史。這點顯然是「作者」的失誤了。

身體的皺紋淡化、皮膚恢復彈性、傷口完美撫平，儘管這些無關緊要。不過漏缺的事物，忘了放進身體裡的不完美，讓「作者」的品味無所遁形。他譏笑起「作者」的審美觀限制，以至於將意志強加在「作品」上。「作者」必然在審美上過度潔癖，將他的身體想像得過於美好了。後果反而是讓「作者」本身的形象被侷限了，成為被觀賞之物。終究這倣造出來的身體是「作者」貧乏想像。羅蘭想到這裡，心情也漸漸放鬆多了。

「這樣也好，比較自由」，他想，儘管不確定這是什麼意思。他另外也想，所幸在思想上一直以來沒有鬆懈，面對著自己的新身體，關於「作品」會思考這件事，沒有太尷尬。也就是說，假如此刻真的是「作品」，對於這件事，以及作為作品的自己還能思考這件事，他沒有感到不快。

如無此纖瘦的身體，少了脂肪與皺紋，卻擁有生氣的光滑皮膚（這可能是「作者」的矛盾），實在讓他不得不緬懷起年輕的歲月裡，少年羅蘭久病裡而瘦弱的身體與身體感。那個令他想逃的年輕病體竟如此懷念，尤其現在這樣過分完美。他忍不住對「作者」的淺薄思維忿忿不平，風格如此廉價。他多少年以來精煉語言，切碎淘洗字句，換來的乾淨近透明風格的心靈，因為這樣的配置感到染髒了。他想大聲抗議，即使年老色衰、皺紋與斑點、垮掉的線條、流失的肌肉、無彈性的肌膚、粗大的毛孔、稀疏的白髮、還有不時的疼痛與無止盡的疲累，然而正是這般淬煉出的思想，讓他在感受自己的存在時如此澄明。他熱愛醜陋與衰老，不然如何盛裝獨一無二的心靈？人不就是一種內外逆反的矛盾，身體越是往死亡與衰老前進，心靈越該追求平靜的強大，如打磨出的鑽石一般。

矛盾在於，正是這個錯誤的完美，身體感更加新鮮，強烈得像吞噬自身的火焰。批評、抗議與藐視的同時，也隱隱地不快地感覺到快活。並由這重新感受身體，引起他濃烈的懷念。他無比眷戀，年輕纖瘦，疾病中的那具軀體。他年輕時確實是自己的納西瑟斯。他喜歡自己生命的樣子，自己的病，以及被病塑造出的樣子。疾病就像另一個器官在體內運作，也會成長、也會疲累或衰老。疾病裡裝著另外一個人。他之所以喜歡那副身體，因為那是被愛的。那副身體非常柔軟，接近於少女皮膚散發螢光，厭惡日曬，喜愛在樹影下、月光下行走。皮膚薄得，無血色，膜一般覆在肉上，透著靜脈的紋。那時的身體比靈魂容易斷折，多麼美好。似乎過了那段年紀後，人的存在就尷尬起來。是的，身體會病，會老，會衰。只不過一切的折磨，絲毫追不上內心的腐朽。以他這麼一顆心來說，彷彿要好幾個軀體，才能容得下如此多的憂鬱。一具身體無法容納起的眾多靈魂，令他將賭注全押在書寫之中。寫作首先要創造身體，就像閱讀首先是在文字之中找到身體。他不見得自戀於身為作家、作為作者這件事。無論後來多少人替他辯護，他是認真地想殺掉作者，若不如此，僅僅是將原來受限的身軀，拗折塞進另外一個窄小的肉體中，可怕的是「作者」的肉體，是眾多一廂情願中創作出的，而且，更難以死亡。一個名為「作者」的身體永久留存，這簡直是種污辱。他之所以寫作，是為了重新出生，也為了能夠自我消亡，是為了讓兩件事成為同時發生的銜尾蛇。寫作，不正是朝生暮死的事？永恆與瞬間的死亡及誕生，不該是同一件事？

然而，人作為人，實在太累了。他確信自己是在這世上最懂得這種疲累的人。一如他在閱讀馬塞爾・普魯斯特作品時，不免為之顫慄，每吋皮膚與器官、甚至腦內的神經與血管都起了疙瘩，他太清楚生病的身體如何燃起寫作的熱情，可怖的是他難以想像馬塞爾是如此維持這樣的病而不死，寫而不倦。那是他嚮往的。他總是在無盡的滋長與消亡複數身體當中體驗快感，這就是他的寫作。他多喜歡馬塞爾．普魯斯特。他甚至想像馬塞爾與他的身體之間有遙遠的關聯，在馬塞爾的肉體死亡的時候，他的身體剛適應世界，展開童年。童年，也就是馬塞爾真正幸福的時光，在丟失之後，經過了精彩的社交生活，直到心愛的母親過世，才以最後的餘生去寫就《追憶似水年華》。還有他們的肺病，以及對於自己是否能或如何能成為作家有根本的懷疑（對羅蘭而言，這懷疑本質是身體的，他相信馬塞爾也這麼想）。他深信著一種身體上的交接，而不是靈魂的、語言的或思想的，是馬塞爾的肉體告別，讓他有了完整的身體展開童年。他這孱弱的身體，要面對的殘酷世界。既然過了容易夭折的時期，即使是孩童，也要認命地接受存在於世這件事實，會老，會病，而且還是不可避免的死亡。

他與馬塞爾一樣，很早就學會識字，在母親的培育下閱讀。因為這樣的緣故，他便自比馬塞爾，因為長期以來，是母親愛憐撫弄他的生病身體。他在母親的眼中看到愛，母親如此愛著，是包括他的脆弱身體，那是無可救藥的迷戀，相互之間無人可以介入的親密。他透過母親的眼，愛上在病中痛苦的自己。他有時會害怕，母親照顧的是他的病，愛的，是不是疾病本身呢？原本他想一直病的。隨著年紀增長，所謂的病，再也不像天生帶著的，猶如器官、血液般的事物，病被放逐出了身體之外，變成在醫生器具與話語捕捉的客觀存在，僅僅偶爾擾亂著系統。疾病被驅逐到非常態，像是可以用鑷子夾出來、用手術刀切除的危害之物。再也沒有屬於他的病。他可以被治療。於是，他也不再真正被愛了。愛像疾病，或愛就是疾病，不為他獨有，是可以被觀看，被隔離，與被治療的。往後，皮膚像年輪般增厚、失去光澤與水分，也如上述所說，身體堆激起了脂肪，鬆垮了他的身體。他被迫追求愛，與追求被愛，如同病態。追求愛與追求病是等值的。他想要的是最深沉最深沉的愛，與最深沉的病。語言不正是最好的病毒？在自己體內培養，然後傳染給他人，或被人感染。傳染，是多麼色情而淫穢的詞。

一邊矛盾地探究身體，感受自己對身體的感受，一邊摸索陌生的空間。摸著摸著，他在病床的旁邊找到了自己的衣物。漿燙過的。他更衣，將自己打扮端正，嗅不出身上有味道，一點生命的感覺都沒有。心臟機械式地跳著。年輕的氣息彷彿人造，讓他更覺形同死亡（「莫非這才是死亡、死後的形式，如此難以忍受！」他這樣想）。他試著不讓自己被鏡像誘惑，陷入在此刻這個稍微年輕、纖瘦、美麗的肉體的影像上，噢！可憐的納瑟西斯！還是，他已經是具屍體了嗎？他的心臟還如此有力，雖然體溫冰涼。冰冷的病房是巨大的停屍間，死掉的心靈裝在活著的屍體裡，他不得不承認：不幸的，他還得思考。儘管有無能為力的感受，但是思想是他一直以來唯一的武器。也是最終想要完全歸於靜寂之事了。他有股難受，在這太過健康完美的身體，有種屬於身體的思想，身體的語言，自動迫著他前進。弔詭的，這身體想要說話，這身體是如同語言被構成的，彷彿是個文學作品。身體尋找著說話者，如同話語尋找嘴巴，文字尋找書寫的手。

所以在最初的身心矛盾之後，現在是同樣陌生的身體，開始以自己的話語呼之欲出，令他麻癢難當。他抵抗同時觀察同時聆聽陌生身體的聲音。從聲音的意象迅速變成了視覺的意象，像是觸到了蟻窩，有成千上萬的蟻群爬竄。但這一切並沒有真的發生。只有心臟過分有力的一直跳著，一直跳著，跳到他有些惱怒。呼吸也跟著被牽動，需要喘氣才能供應這個無法停止的心臟這般跳動。

因為感到窒息，他推開病房門，尋找空氣。

推開門，眼前所看見的，並不是正常的空間。病房外不是醫院的冰冷走廊，而是街道。不是別的，正是巴黎街道。

他在腦中重新說一次：推開病房的門，門外是巴黎的街道，在夜裡。

「我走進巴黎。」他小聲地開口說，唯恐被聽見。同時忍不住不想讓話語出口。

「我正要走進巴黎。」他再說一次。

這是。這是。熟悉又陌生的巴黎，令他著迷又時常想逃離的巴黎，相互不屬於的卻又相互烙印的巴黎（他明白死後，自己的形象將也成為巴黎印象之一了。將有無限複製的照片，將他在巴黎街道上某個平凡的一瞬變為永恆）。巴黎的街道，路燈下無人的街景與小方石磚路，美麗得令他心痛。他一直自認屬於西南鄉下，是個巴斯克人（雖然並不是），早期也經常帶著貝雷帽、抽著雪茄在拉丁區行走引人側目。但是最終，他將終結於巴黎。他選擇在巴黎完成，成為自己想要的樣子。在巴黎失望、破碎、心碎，體驗這城市最無情又最惑人的一面。

此刻，他在門檻上。「這就是界限的經驗了吧」，他想，即使他甚少想要探索於此。在他身後，是陌生冰冷的病房；身前面對著，是「整個」巴黎。不是所謂的巴黎的哪一區或是哪條街景，而是巴黎的全景以一種並非縮小比例尺亦非由高俯視，只是像站在街頭的某個角度，一次看盡了巴黎全景。他不知道，往前與往後，哪個才是地獄。他來不及意外，這具身體，包括腦子，對現在所經歷的一切非邏輯的經驗幾乎毫無所覺。「如果世界要毀滅，請發生在這裡。如果自己要毀去，也請發生在這裡。」他如此乞求。他甚至後悔被救活，在醫院無尊嚴的昏迷，在世間扮演一個活屍體。

他在門檻上不能動彈，再一步，仍是地獄吧。地獄的景色該是無比醉人的，像跳入戀愛關係一樣。身體不允許他流連在門檻，他健全的新身體疼痛顫抖，想把他拉回病床上。他克服恐懼，踏出。他瞬間明瞭剛才的猶疑。因為那瞬間的抉擇，往前或向後，不是在兩種空間，而是時間：回到病床上，意味著回到活著的時間，他準備接受死亡；往前進入異境，他將進入終結的時間點，他獲得暫時的永生，即便這個詞本身是矛盾的。

他另外清楚的是，這副身體，是屬於眼前這個世界的。兩者享有同樣的構造。無論如何抗拒，這個意識與這個身體，或兩者所合為的存在，終會被這世界吞噬。以這副身心，做第一次的跳躍，宛如飛翔。也彷彿墜落。

他雙腳降落在巴黎全景的世界時，他眩暈了一陣，差點站立不住。全景巴黎在他腳下綻放開來。等到雙腳都落地後的反作用力傳回他的膝蓋的微小衝擊充分讓他感到踏實，他已經踏在他所熟悉的某個巴黎街景上。他在那條學校路（Rue des écoles）上，法蘭西學院的對角街口那段。他就在馬路中間給車撞倒的。他顫抖著膝蓋告訴自己不要倒下。不要再次倒下。平靜下來，接受。不管怎麼安排，可以詛咒，但全盤接受。一如他已經接受自己已死這件事，無論如何，都不該感到驚訝。就算是引誘他來再死一次（以全新的美麗身體？），也該甘之如飴。「我是有身體的鬼魂，找尋自己的靈魂」。「我是遊蕩的靈魂」，布列東在憶起與娜嘉第一次見面時，她這麼說。她後來瘋了，如同她沒有瘋，只是某條與他之間的線就這麼斷了，他再也抓不住他。他一邊咀嚼這句子，一面來回踱步。還能走，是好了嗎？但他的存在，到底誰能夠寫下來？他不是第一次這麼覺得：一直以來寫著，只剩孤獨。沒有人能看見他。所有關於他人寫起他的文字都相當令人作嘔。

「這個造景沒有人。」他想。空氣中有低語，像頻率極低的音樂，呢喃著，鑽進這副身體裡。那些低吟的話語像海妖的歌聲誘惑著他，倦意襲來，從手腳開始麻木，知覺喪失。他甚至想，就帶著這個漂亮許多的身體（儘管讓他訕笑）冰封起來，死去。也許留下意義不明的笑。只是，自從這次醒來後，他隱約知道，不管是不是夢境，這一次再度沉眠，都不會再醒了。不會再有另一個夢等他醒來。這是最後的意識。這一次再也沒有別的事（對一個垂死之人而言，除了遺言外還有什麼事等著？），也沒有別的人（經過這次巨禍，他更確定生無可戀），走在迷宮般接壤岔射出的空間裡，什麼也不會發生，唯一要做的只有延續這狀態。現在他知道了，如夢遊的屍體的我自己，是在追尋什麼事物的狀態。

可疑在於，現在明明是短暫的意識，隨時會崩裂成碎片的主體，能夠追尋什麼？況且，真的是現在嗎？這些沒說出口的話語，所謂思維，還在「現在」嗎？《追憶似水年華》敘事者的異鄉失眠，召喚起瑪德蓮的回憶並神經質地摸索，迸射出的長篇幅回憶探險，值得再多活幾次人生了。在他這邊，甚至連這一回都不想活。只是這顆心臟仍在跳動，彷彿還有話想說。所以得要找。他並不喜歡任何義務與命令。他好奇那是什麼，把他由瀕死中喚醒，牽引著行走，想呈現的，是什麼？一個符號？終極的符號？空得足以取代任何事物的符號？

他吸一口氣，橫過同一條馬路。不，沒有（再）發生。沒有突來的車，沒有撞斷的肋骨插入肺葉時的劇痛，沒有撞飛後後腦著地四肢像壞掉的娃娃癱軟拗折，沒有無力閉上的雙眼，怔看著變成紅色的天空與黑色的太陽。耳邊的低語仍如訴，他不禁雙唇也吐著氣音無意識的回應，說著自己不懂的話。不是語言。他的腳步沒有停，只是偏移。過了學校路，他徑自往前，爬上了聖雅各路（Rue Saint-Jacques）。左邊是他最後待的法蘭西學院，右邊是索邦大學。僅僅隔著一條路，象徵著他進入知識分子圈的最初與最終了。不管時間有多少，他都想衝過去，只要穿過去就好。

輕輕推開沒上鎖的鐵門，他回到了法蘭西學院。到了這裡好像想起來了。至少，隱約想起來他忘記了什麼事，忘了關於怎樣的事。那像是打撈沉船，掀起淤積的塵沙在海裡如霧散開間，隱約看見那曾經活過的景象在眼前。那個空缺不再是梗在喉頭的刺。此刻他想起許多人，許多關係，許多情感，還有許多畫面。好像他心中有個巨大無比的相冊，只差一張照片就可以完成，但這個空缺，在他心中僅有一步之遙卻像是無限。「所有的經驗恐怕都在那了」，他想，並試著用年輕的肺再深深呼吸直到飽脹到痛快要爆裂為止才大口吐出。他稍微小聲讚歎，彷彿怕人聽見，在他自小有肺病的記憶以來，大口呼吸幾乎是奢侈到不可能的事。太多事想試探，可是沒時間了，只允許自己專注於唯一要尋找的事物，然後迎接死亡。就好像是死亡是目的一般，找到了，方可一死。所以一個問題仍然得要回答：為什麼那天下午，他心不在焉，為什麼他匆匆忙忙從跟密特朗的大飯局離開，在沒有任何人陪伴的狀況，要獨自回去法蘭西學院的研究室，然後在那個路口，被卡車攔腰撞上？

是什麼隔絕了他與他要尋找的事物？就像他曾經淹沒在母親的舊照片裡，原先不經意地翻看，卻陷進了一種迷惘中：要如何「再認出」母親呢？那些形象屬於母親，沒錯，喚起了無數活生生的印象，但是越是在當中被勾起回憶，越是讓他感到空缺。心急如焚的慾望，慾望在匱乏中被喚起，緊緊勾纏著嫉妒。一直到身上的皺紋與斑無可救藥的烙印在身上他仍像個孩子，充滿著各種好奇慾望，他會因為讀了一本喜歡的書無比欣羨地希望自己是那位作者而燃起寫作慾望，會因美麗的少年的身旁不是自己而發狂地不顧形象展開追求，會因戀人不在自己身旁而無限嫉妒他想像的戀人偷歡（他為此認為自己是普魯斯特式的戀人），在那次的整理遺照的過程中，他惶恐於出生前的母親形象，他未曾占有過的甜美樣貌。「那真的是母親嗎？」即使可以從無數的差異中辨認出母親。他在街上失魂游走尋找美貌的少年時，不經意中瞥見錯身而過的女子，或許是眼角拉出下垂的皺紋、細長的脖子線條、鼻頭的尖勾，一閃而逝母親模糊的臉孔上某個刺痛心的特徵。只能片段想起的母親，一再提醒：關於母親的整體，已經消逝了。除非，找到母親的「本質的」部分。他在《明室》這本書裡寫過這段，虛構了一張照片，母親跟他說過的一張不存在的照片（母親說那張照片在她父母離異後遺失了，但那會不會也是一張虛構的照片呢？）：在冬日花園裡，母親與她的哥哥緊緊依著，當時她的家庭在破碎前夕，懵懂的她只是順從地擺起笨拙的姿勢。他不得不想像有這張照片，可以找到母親最早的樣貌。他得虛構出來，像是養育起自己的女兒。

啊，也許是這樣。因為他在母親過世後，悲傷地想到，對於所有有幸在自己子女身上看到父母親特徵的人而言，是能夠想像即使父母離世後，仍然有曾經存在的證據生存著。於是也安然地想像自己離去的那天，在更久遠的向度裡延伸。但是他，悲傷的羅蘭，並沒有子女，不可能有子女。母親的離去就是離去了，他的肉身一死，包括基因與記憶將一起埋葬。唯一能讓他感到有所延續的，就是寫作了。

「回到這裡。」對，應該是，這是為什麼他昏迷又為什麼甦醒的原因。他在母親的晚年久病狀態，像是照顧子女般地呵護。直到她離去，他感到徹徹底底一個人。剩餘的人生，就是寫作了。他想起來自己應該更早跟著母親一起去世卻重新燃起新生的理由：投入寫作。跟普魯斯特一樣在母親過世後寫篇大小說。只因為回顧已經不再重要了，沒有一個人等著他，除了死亡。若有過去，若有回憶，一切都該投入在未來面向親臨的死亡的寫作中。

空無一人的學院，只有他一人，像是翻看一本已經讀過卻全然忘記的書本，一一瀏覽時光。處在門檻，外邊雨裡邊的界線上駐足。他吸口清涼的夜間空氣，想像他辦公室裡的書架，書桌，以及桌上整齊疊放的字卡。還有每回從辦公室走出，仔細計算步伐前去講課的固定步調。一踏進來（只是一步），儘管如此奇異，他仍有回歸的感覺，彷彿日常。想像著接下來的每一年，在時候到臨，緩緩在目光下走到講台，對著麥克風永遠不習慣地發出第一個音，若夢地唸起手稿。他越來越習慣甚至喜歡自己每一次的演說是按著自己的演講稿完美地唸出，文字與自己的聲音合一。演講稿在每次掌聲落幕後，成為最妥善的逐字稿。但這足以讓他空虛，猶如此刻，完美的身體與世界（他忍不住讚歎無人的夜間巴黎多美），燃起他巨大的渴望。就像當時，他覺得智慧上、言語上的表現實在太過完美無瑕了，於是倍感寂寞，滿足的同時是相同分量的噁心，想要以全力衝刺（他早就忘了自己跑步的感覺）的方式甩脫一切離開法蘭西學院；那麼此刻，完好無缺的身體走在空蕩蕩的巴黎街頭，讓他想要反向地直奔回去。

他經過講堂，肅穆而清涼。多少的哲人於此，將話語刻進史冊。而他自己真的值得嗎？他一直都有欺世盜名之感，每一回面對麥克風、面對鏡頭、面對殷殷期盼的眼神與緊緊跟著他每個吐息紀錄話語的人們。而今他是失去一切了。他知道死亡仍不可避免，這就是最後可以看、可以觸的時光了。他感到相當矛盾。欣慰的是這像是神賜的時光，可以如此健全地毫不驚擾任何人重新活著，一一步行過他或許還留有些遺憾的場所；遺憾的是他沒有讀者了。一感悟到這裡清晰了，復活至今，時間不走（他注意每個經過的時鐘都定止）、人不復存，一開始因獲得重生而欣喜甚，想到這裡突然恐懼了。若是如他所想是短暫幻夢就好，若不，永遠困在這裡，這具軀體與這個世界，是多可怕的噩夢。不是孤獨，而是他無比清楚的知道，這種看似無比永恆的狀態，宣告著他最害怕的一種死刑：書寫的不可能。

他不眷戀了。如果那已經不是謎的話。

他撫摸了一下緊閉的講堂。嘆息。

足夠了。他已經做好選擇。作為一個脆弱的生命，書寫的慾望得以湧現。他激動得想哭想咆哮，在無人的莊嚴廊道上。如果還可以寫，他願意死。死亡，確實是緊緊貼著寫作的。他又感謝又害怕這次的重生：那是他被禁絕於寫作的世界。

他走到自己的研究室，懷著歉疚的心。他的意志，他在意的名譽、友誼、理解，禁錮了他寫過的所有文字。他受到如此懲罰，如今也徹悟了，也許在更早之前，他就在懲罰之中了。只有藉由真正的擁抱死亡，他的寫作才能得到解放。作品才能完成。

現在，他走到書桌前了。深吸一口氣，有點喘。這兩片肺葉還能吸上滿滿空氣，聲帶還能震動，舌頭依然是彈捲自然的肌肉，嘴唇依舊是能模仿起許多形狀的一扇門（是為了讓東西進入還是離開？為了阻斷還是開放？）。他一路想找的東西，在生死交關中拄起他的疲憊，至死方休要尋找的，關於自身最核心之物，就在面前書桌的抽屜裡。這抽屜沒有鎖，卻比任何的寶庫都還要深還要隱。因為只有他知道裡面的碎紙片，會拼湊縫接出他揮別過往時光，確立以新生之姿，將剩餘的、不知還剩多少的僅存人生投入於此。他記得，車禍那一瞬間，的確想過，這樣的死似乎見證了他的「晚年工作」，應該是愉快的。因為乍來之死，不必以疲憊的意識去相處，便由命運幫他界定死亡，命運界定「作品晚期」，還有界定「遺稿」。他打開抽屜，所拿出來的，該是自己最後所留下的遺稿了。在這意義上，作者的鬼魂成為作者遺稿的第一位讀者，是多美好的安排。他感謝著把他帶回來的力量，幾乎純粹被安排地，輕鬆安然完成這個任務。他緩緩拉開抽屜，久而未開的木盒灑落了灰塵，在空氣摩擦出聲響，木頭與木屑的味道讓他想打噴嚏。他肅穆地撐著鼻孔忍著，直到看到抽屜格裡的物事，忍不住放聲大笑，他「醒來」後第一次發出聲音。

空無一物。他用五指反覆探索，確實。

作品缺席。

他用珍貴的醒著的時間理解這件事。隱隱地察覺了什麼。

他閉上眼，再一次深深地呼吸。他想像自己手上有個手稿。於是即使眼前空無一物，在手上在眼前，尋找不獲的手稿無形地存在了。僅僅一瞬間，他在手稿中一次看見了全部，於是接著再也讀不到了。他知道他已經甘願犯禁回首，望見是自己跌下深淵時的覺悟眼神。那具軀體瞬間化作紙頁。

他知道這遠比夢魘恐怖卻甜美滿足。原來他過去確實寫完了無人知曉的小說，而那個小說就是他，他就是作品本身。他把自己寫出來，在無人的世界中起床，再次確認自己書寫的意義而已。現在，一切明瞭，該還回去了。

一陣風吹過，那份一瞬存在的手稿隨著他煙灰塵滅，飄往破曉的雲海中。

羅蘭巴特一九八〇年於醫院辭世。對這世界來說，他在車禍之後，從未甦醒過。

【跋】層層夢境的房間裡，無盡的四人轉

◎駱以軍

八年前，我人在香港浸會大學駐校，之前《西夏旅館》出版後，我意外在不同評論中，讀到一位陌生作者寫的評論，深深震撼。那可能是除了前一年，我讀到楊凱麟、黃錦樹寫的「西夏」相關評論之外，我讀到最強大的一篇評論。在我的內心，事情被翻轉過來了。從前，我總有一種遲鈍的自棄，評論者談我那本小說，總只像把一隻該有數十層皮的大象，就那麼剝了七、八層皮吧。而你沒能奢求更多，究竟各人有各自生命要忙活的事；所有的長篇小說，它只能在這些出版後一個月左右的嘉年華煙火，被兩千字以內的書評，印象派式的交代。幸運如我，可以在一場小型研討會，被尊敬的評論家以萬字展開。但不論是盛讚，或是貶低，那其實和你建造那個繁複長篇的幾年時光，絕對不等價。但意外讀到那篇作者名為「朱嘉漢」的論文，不急於評價，而是配備強大閱讀背景的真正的讀者，悠遊、進入局部、迴旋共舞，那是小說，無論短篇、長篇，最希望的被閱讀狀態啊。真正的閱讀。他寫下的筆記，其實應該篇幅長十倍於這小說所濃縮摺壓的篇幅之上啊。後來和這位作者通上信，發現

他年輕得讓我齒冷，好像才二十七歲。當時剛去法國唸博士學位。

我記得當時收到他其中一封信，他提到他的名字，很奇妙的，和我也超喜歡的捷克小說家赫拉巴爾那本《過於喧囂的孤獨》，裡頭那位悲傷地在地底，將整座城市所有的書本、戲票、公車票、複製宗教畫、照相館的沖洗紙、妓女的經血草紙、情書、納粹宣傳小冊……全用壓紙機壓成一坨一坨廢紙巨塊，這個男主角叫「漢嘉」，恰好和「嘉漢」的本名倒過來。我感覺他是個非常奇特的「吃書怪物」，他年紀那麼輕，感覺好像許多我這生應無緣一讀的、但慕名是二十世紀非讀不可的大作品，他都讀過了。而且像是和傅柯啊、羅蘭巴特啊、李維史陀啊、甚麼巴塔耶、普魯斯特，這些人都熟得要命。他可以隨意摘引他們生命中的祕戀、不為人知的羞辱時刻、對童年母親形象的創傷記憶。我不知道他是在生命的哪段時光（除非開外掛）讀了這些大書？

大約就在那兩年，朱嘉漢與童偉格，在公館的「胡思書店」有一場關於文學的對談。那是一場光電迸飛的文學高端會談，童偉格不足奇也，他本就是台灣未來小說的星際戰艦。那時《童話故事》還沒展開，但《西北雨》已鍊成，事實上他把台灣小說的可能性拉高了一個維度。但朱嘉漢何人也？那次對談驚動武林，許多年輕一輩最頂尖的小說家都乖乖去當聽眾。我看了後來整理的記錄，真是慚愧又佩服。這就是我想望的一場下一輪文學的啟示錄啊。後來和嘉漢有緣在台大附近咖啡屋一敘，發現他那時才三十，真是英雄出少年。他跟我說了成長時光多待在這樣的小書店。說他父親退休以後，成為「文學老年」，由他開小說給父親：川端、夏目、芥川，乃至杜斯妥也夫斯基。我嘖嘖稱奇。後來我在香港駐校，生了場大病，當時想開筆的新小說，進度非常不順，陷入低潮。收到嘉漢從法國的來信，充滿文學的濃郁氣息，一種對文學的狂熱。他說想寫一部小說：四個人物，整本是他們關於文學、哲學、社會學的對話。還告訴我：在巴黎，有去魯西迪和保羅．奧斯特的簽書會，去排隊拿到簽名書。這種氣，也鼓舞感染了我，我總覺得這些文學青年，像冉冉魔術之煙裡冒出的神獸，他們的文學教養和知識準備，遠超過年輕時的我。我一直認為文學是一場關於文學老人、文學中年、文學青年、貴族、廢材、書店老闆、出版社老闆、教授、劇作家、咖啡屋正妹／老闆娘等，一種鮮衣怒冠的怪咖們拿酒瓶互砸的盛宴。這麼些年來，我幸運遇到各種無法裝瓶標籤，但靈魂是文學之心的人們，他們跟我說一些比馬奎斯，比博拉紐還詭譎、華麗的故事。但許多有才氣的創作者，現實中並不順遂，還必須和生活搏鬥。

前年嘉漢和夫人回國，在板橋開了一間法國米其林甜點鋪，我因又生了場大病，沒能去嘗嘗那像法國小說一樣迴旋、奧麗的夢幻蛋糕。有天收到嘉漢的信，寫道：

「忙到倒在床上又無法入眠時，總是很想念朋友。想念你們這些可以談談文學的朋友們。可惜我的生活已經離文學越來越遠了，我還得再撐過一段時間，或許才有一點點餘力。」

後來那間法國甜點鋪（狹窄的二樓則是嘉漢在那辦了許多場講卡繆、講巴塔耶、講羅蘭・巴特、講傅柯的極純文學或法國理論介紹的講座），終於熄燈收了。之後他竟在一家法語補習班當法語老師。這聽來滑稽又悲慘，我知道在這個小島，要想撐住那像《天平之甍》中的留學僧，對他兩眼眼瞳變成銀色所朝聖的法國思想、法國哲學、法國小說的持續引介或實踐，是會遭遇多貧窮困頓的掙搏。

他們的「生活在他方」

然後他交給我們這部小說。

非常怪，扭轉著閱讀小說經驗，不太常那樣劇烈使用的大腦、眼球、甚至身體其他神祕不常使用部位的肌肉，被拗折扭轉到很陌生的疼痛，的經驗。

故事初始看的印象是這樣的：有四個年輕、漂亮、聰明、菁英的男女。他們是四個在法國巴黎留學的台灣青年。

「多虧了文學，他學會了同時以方式全景式的角度觀看自己與解剖內在，但堅硬的牆也難免裂縫。」——〈四人的故事。第五節〉

菊兒似乎是一個「曾經寫作，如今似乎在（台灣）人們的眼裡，停止寫作」，但「寫作仍在，在她的生命裡蔓延」。所以這是一個女體，但錯換移遞成羅蘭．巴特《戀人絮語》中，情慾、神經質、自我透明感與被他人侵入（理解）之不可能，一種很奇特的，零度和情色的書寫纏繞經驗。

「……並且意外的，勾結上其他人的思想、意志、情感與慾望。色情的。她甘願被當作誘惑者、女巫、妖孽。獻祭自己，祕密的寫作的空間任由踐踏。」

博爾則是「認識即歸類，涂爾幹的社會學走到底的風景，包括個體，個體的每個思想、情緒、習慣與反應，都是層層分殊當中暫時的棲所。」這很怪，進入到不滿這些二十世紀大名字社會學家、哲學家理論的聖殿，很像某種分子解離機的圖解：涂爾幹、伯格森、沙特、梅洛龐蒂、傅柯、布赫迪厄……但這位台灣（其實是最高端的「世界」，喔不，「法國」理論的朝聖者，但最後「回去母國（台灣）」只是當個法語教師，因為「講了一口完美的法語」。

亞銘、安娜則是另外的性格、身世，同樣複雜、解離、像是比《尋找劇作家的六個角色》更進化的ＡＩ人工智慧，他們在解離中創建出自己的「小說中孵養」，形成輪廓、內心傷痕、思想、情慾，比栩栩如真更進化，因為他們在那「列車的八分鐘」裡，巡弋、錨定、學習，在小說形成之前，那一切是什麼樣子？

這些負笈至歐洲，忍受著在劇烈、巨大的「方法論的移形換位、拆骨重生出一副完全新的內在」，最後盛裝、塞滿這個孤獨者（亞洲人、台灣人）的內在，無法回去傳播、解釋、引進原來這個島的思維話語之混榨機裡。

他們成了某種，從外部看去、安靜、茫然、和周遭世界有某種隔絕、脫離，像在巴黎那些一批批從電扶梯走進國家圖書館的新的、老的，理論博學者們之中的一個，亞洲遊魂。

但於是這四個「同是天涯淪落人」，在他們祕密的、只有四個人、「飄浮在巴黎的『另一個時空』」的，某種身體的、色情的，盛裝了過多法國理論。

安娜的「戀人絮語」，進入一種很像我年輕時看雷奈的《去年在馬倫巴》：有一個畫外音持續的呢喃，像內心獨白、感傷自戀——是的，這個「絮語」之所「戀」，乃一個「我（安娜）」瓦解中，「不斷說話，卻都沒有聲音」的再確定，無法確定，微觀宇宙中的不斷趨近又遠離，「以皮膚感知溫度，以睡眠探知日出日落」——「我只是我的缺席」，很怪，這個安娜，像是普魯斯特以《追憶逝水年華》所限制、暈散、瓦解的「我」：如果我不寫作，那就無法成立一個連續性的「我」；非常怪，因為作者朱嘉漢所描述的這個安娜，她的絮語式自白，她不斷否證著那個「真正開始寫一篇小說的『我』，是前於時間開始流動的，幽靈嗎？閃瞬的浮光掠影嗎？」，乃至於閱讀這些文字的我們，竟產生一種像水中揉搓染色紗布，搓著搓著，「安娜」這個人物竟影影綽綽，似有若無，真的出現了。包括寫她和亞銘的性愛，關係的挫敗或說不出為什麼的跨不過那一張紙的隔絕。乃至於安娜透過把日記、交給博爾閱讀之後，兩人完成性愛，而且得到強烈的高潮。這裡，朱嘉漢非常奇妙，將性愛與閱讀錯置混淆（多麼的羅蘭．巴特）。

這四個人（兩男兩女）之間的小圈子，終於以一種雜交性派對危機（像韋勒貝克小說那樣全然沒有愛，沒有戲劇性，沒有原始衝動的性交），慢慢移形換位，確定（暫時性的？）關係，所以即使朱嘉漢讓每個角色出場時，都帶著一種戒懼——這個人可能是某一長串哲學、社會學概念的描述，讓你產生誤讀，以為是一個有完整主體性的靈魂，但終究，即使像剝去一層層薄膜，一種以人工化透氣膠取代的「剝洋蔥」動作模仿，最後我們仍會在安娜與博爾，或亞銘與菊兒，各自圍繞著性的衍生性「時光的指甲屑、蛻皮」，慢慢習慣、期待這四人兩組男女探戈的依偎之情。從羅蘭．巴特，到大江的「奇妙的二人組」、狄德羅《宿命論者雅各和他的主人》、乃至福樓拜最後一部小說的兩個抄寫員……一種「共同生活」，二人組冒險走到了這兩男兩女，他們簡直是不可救藥的閱讀重症患者，明明他們已兩兩各自在情節中發生性愛了，朱嘉漢還是不贈與他們時間。他們還是在一種水中懸浮之沙的破碎，不被降生、分娩。一種「前於時間之前」的，即使他們或抄寫、或閱讀、或聚會討論、或性交……，但就是只有名字沒有臉孔的，這個小說家一直讓翳影累聚，但忍精不射的，「前於『一個小說人物』的斷碎句子。」

其實，我自己的領會，當代小說對書寫者而言，是一個剝鱗、揭去臉，乃至全身皮膚、拆解胃架、近乎古代凌遲之刑的行動，像童偉格、楊凱麟，乃至朱嘉漢、之前的黃以曦，皆具備二十世紀後幾十年的法國前沿理論，這種在書寫時，近乎殉祭將己身之意識時間、小說語言、乃至你已朝一祕境拋擲而去巨量的書寫投注，可能都必須在一種「自我解離機器」的旋轉、攪碎、離析、甚至原子態的崩解……，一種量子物理學意識進駐的，「換取的孩子」，所以其實書寫，寫小說，乃是一個將自我，提煉成鈾235，然後核分裂數百萬「我」的內在粒子態，發生連鎖、潰裂、核子內稟裂解、發出巨大能量的變態工程。這是我在參與「字母會」的書寫計畫，五年之中，一次一次感受其難、其嚴酷，這種內在近乎上百只「內視鏡」（類乎胃鏡、腸鏡、子宮鏡這種侵入式攝像頭的內部顯微攝影），以幾乎切除隔絕外在「我」的表演、人際反饋，一種寂靜的，但讓人發狂的「另一種重建的、腔體翻過來、內部的劇場——並不同於黃錦樹曾提出，以黃啟泰、賴香吟為代表「五年級內向世代」，我又私續上黃國峻、袁哲生、董啟章、三十歲時的我，以及晚十年又出現的童偉格——一種《霧中風景》、《度外》，或甚至《無傷時代》那樣的歐洲獨立製片般的空鏡頭、無言的曠野、海邊、廢街、車站、小鎮……，這些把孤獨者、失聰者、失語症者放置進去的、最後的抒情場景都消失了，像「默片」的徹底相反的另一端，流動的影像在某種播放技藝下，成為空洞眼睛瞪著，但「不存在」的，而只剩下纏綿、反覆、溫德斯《慾望之翼》那樣嘈嘈切切、各方侵奪的內心獨白。

事實上，安娜、亞銘、博爾、和菊兒這四個流落異鄉巴黎的台灣年輕男女，我在現實人生中似曾相識，高智商、內向、類亞斯伯格症，我不知道原來這樣寡於言的天才，他們的內心世界，是這樣既像挑高拱頂巨大歐洲圖書館，不像某種播放軟件因數位檔案過於巨大，所以影像傳輸會發生延遲、斷訊的狀態。這樣的四個靜默但內在思緒暴湧的宅男宅女，他們所成的一個小團體，正是牟斯提出的「禮物」這個詞，這樣像四顆極高端電腦運算，但在地球外漂流的人造衛星，如何能演繹牟斯那人類學之觀測、長時期在取樣較大之部落、社會人際關係中的衍生。「如何發動友情？」如果它並不是利益、權利、性資源的索求、位階的確定……它並不是一種《儒林外史》或《紅樓夢》、《金瓶梅》式的觀測，如何從這樣孤寂卻又腦中大運算的離開四個人原本在台灣的語境或身世臍帶，像一種「學習」、體驗儀式，四顆孤獨、冷光之人造衛星的「禮物之舞」。

「禮物」或只是這四個「超強大腦年輕男女」（或就是朱嘉漢本人的分身、分裂、分飾角色）的渠道、河床、大小交織的圳溝，這部小說的驚人之處，便在於那種內心意識湍流前所未有的暴漲、沖激、銀光迸竄、萬溪奔騰，那是我即使讀過的外國小說，也未曾有過的奇特閱讀經驗。譬如川端的《千羽鶴》、莒哈絲的《情人》、福克納的《聲音與憤怒》，乃至卡爾維諾《如果在冬夜，一個旅人》，都是一種感覺的乘法或幾次方設計，但不是這種實驗室中，內心獨白擴大器的旋鈕開到最大，而測試那些法國理論前沿所虛擬，但未必投擲過小說人物之「傘兵」、「登陸小隊」的瘋狂、幻變、不存在之存在的場所。

在這個他們命名為「禮物」，實則是四人之間探索、長出玻璃芽蝐、嘗試在此無重力實驗室之外的社會關係不可能存在的、神經質的、任何一種硬／軟、突進／凹塌、幸福感／恐懼威脅感、他／我、她／我、被擁抱／被色誘、此刻／將來、共同／孤寂……皆尚未命名的「顯微鏡頭下銀光燦亮的變形蟲運動」之觀測。如前所敘，每一種倆倆、或一三之間的即興碰觸，同時又牽引著女腔或陰莖的極敏感激爽；但又同步開機其中某人大腦內對正在發生之狀態的攝影紀錄；而後他們又以讀書會的形式；分享閱讀對方的日記。可以說是一種層層疊套，每一層界面膜再加上改變上一層定義之參數，一種像清宮「鬼工象牙球」（牙雕套球）、那樣十幾層鏤空雕、層層的球表面獨立不相連，故可各自旋轉，但事實上這十幾層空心球，卻又鑲嵌纏縛在同一個球狀空洞之中。它們任意旋轉時，各自表面的鏤雕空洞或可隨機相通，於是十幾層球面的不同雕洞，可能形成許多個不可測的乳酪巢洞狀迷宮。這是我看朱嘉漢設計的這四個年輕男女，他們以奇特的內外翻剝之親密又不親密的方式，纏縛在一起的輕微旋轉，所產生的聯想。

這對傳統的小說閱讀者，可能是個痛苦的經驗：你感覺你的大腦（不，作者可能要求更多，可能是超出你原先預想的，「正在讀這個小說的，二十一世紀第二個十年的我」），像魔術方塊被靈活手指快速不同水平垂直線的旋轉著、擰扭著。

在第四章〈辭格〉的第0小節，作者直接將底牌打出：

「四個人的名字首度在菊兒寫下的〈四人的故事〉中出現。
分別在四個場景。安娜在墓園。亞銘在地鐵。博爾在圖書館。菊兒在家中。
名的由來：
安娜來自於Anais NIN。
亞銘來自於Walter BENJAMIN。
博爾來自於Pierre BOURDIEU。
菊兒來自於Marguerite DURAS。
這是每個人的星座，每個人的守護神。」

這裡頭除了Anais NIN，我們比較不熟悉（但其實如果我們上維基百科，Anais NIN是一個非常傳奇的古巴裔法國小說家，或說法裔美國作家。她大量書寫許多關於「她與父親的性虐待和亂倫關係」，還有一些大量、奇怪的情色與精神分析），其餘三個，應該說是耳熟能詳：班雅明、布赫迪厄、莒哈絲。天啊，我年輕時怎麼沒想過，會有個神經病，拿這幾個人（他們自身的作品，就曾經是我們生命某段時光，憂傷的、閱讀時花極大力氣改造你對世界的描述想像、他們可以說是怎麼隨個人不同喜好、偏執、任性，但內心十根指頭，好吧，十五根指頭，一定會數到的三個「文青大神」），作為小說人物，他們發生感情、性交，然後如前所述，一個祕密、類似讀書會或精神病分享小團體。

這真是瘋狂到無以復加的小說瘋狂加速器，當然還有一個其實是廢話的問題：「為何是他們四個？」當然我們或也因此出現這樣的小說狂想之邀請：「如果有一間分租公寓，住著張愛玲、海明威、卡夫卡，和……，啊我想我還是會挑莒哈絲」，或是「一座荒島，上有四位船難餘生的：黛安娜王妃、麥可．傑克遜、三島……，哈哈，第四個我還是會挑莒哈絲」，如此的二十世紀天才神殿同時是著火的瘋人院建築那般的大腦與靈魂的巨觀，但小說家讓他們重生，放進小說家的「無間地獄」，形成一種小說更沒有「燒斷保險絲」、「控制閥」的N次方馬戲團、生存實境秀……，怎麼可以沒有噴散著性賀爾蒙，卻又以哀戚、創傷的詩意衣褶穿梭那麼老的女人身體到那麼幼稚的女童身體，那些色情和亂倫（對母親的恨）；怎麼可以沒有那個「土星的憂悒」，那個永遠撿拾著瓦礫、屍骸，風暴中，撈光握影那些消失的靈光、文明的幻燈片回望、猶太人式的神祕與記憶雜物堆棧的拘謹男子；怎麼可以沒有這位，將我們帶進「場域」、「慣習」、「象徵暴力」、「反思性」……無所不在的社會學神經質的精力旺盛者、思想的獅子；然後再加上（我們不熟悉的，但好像以女性色情之精神分析的「被色情」及反客為主的「色情纏縛女王／女僕」，完全不輸莒哈絲的阿娜伊斯．寧（Anais Nin）。

不斷變幻的奇詭迷宮

這樣的設計在你還來不及繼續想「為什麼是他們四個？」小說的奇異內在斜坡、或螺旋梯、或陡降斷層、或反重力機械——你不知是什麼，像美國電影裡那些戴頭罩、迷彩裝、拿狙擊衝鋒兩用槍的海豹特勤中隊：「Go! Go!」你被這樣一組強力敘事的特訓過的、憑空創造戰爭空間與意識的身體推搡著——掉進小說不斷發動的，已經不是靜態空間的迷宮，而是一種大腦中必須調度，被召喚的劇烈扭折、變形、彈跳式移位、類似浮潛或跳傘的全陌生猜想、瞬間抽搐至極小但高度密集的感官、瞬間又膨脹成極大尺寸的布幕或蓬頂……，對我這樣一個同樣是寫小說的極限運動員（或說老師傅？），我真是詫異、驚羨，朱嘉漢設計出這樣奇詭的小說「暴力機器」。

莒哈絲、班雅明、布赫迪厄、還有阿娜伊斯・寧，他們的性愛時光中的銷魂與孤寂，他們的不幸命運來自過於敏感，耽美傾向而「註定要成為某一段昔日輝煌文明的悼亡者」，他們的超人大腦、那社會學不斷創造然後拆毀所發明之結構的精力，以及，女性色情及自我感的詰辯，怎樣已經「在裡面了」，卻仍什麼都不是，怎樣是愛慾？怎樣是強暴？怎樣是侵奪了他人的說話位置？怎樣是真正的聆聽及懂得對方的連續性時間的每一單位感覺，乃至敢敘述「生命史」？

這些非由情節（想想莫言的小說，或魯西迪的小說、馬奎斯的小說），非由魔幻或誇誕（想想劉慈欣的《三體》、我的小說、甘耀明的小說）、甚至也非某整個人小說祕境已絕對成熟，然對應著一個歷史無法言說的黑洞（童偉格的小說、黃錦樹的小說），……但卻形成內部劇烈湍急的「小說引爆」（如果你是國際特工電影迷）、「小說激爽」（如果你是A片觀賞迷）、「小說星際穿越迷」（如果你是科幻迷）、「小說的壽山石雕刻著魔鬼之鬼手」（如果……）

當然，小說中頗長的篇幅，在進行前述四個大名字（四張超級A牌），其實是小說最前面的那個流落巴黎的台灣留學生，從「法國」那些神壇上的黃金瘋狂者謫仙，下戲，搓洗回「台灣」，這一輩年輕人的，菁英文青的，類似博拉紐《狂野追尋》中那些「內向寫實詩人」的年輕文學（思想）朝聖者，他們的「生活在他方」。不知是否有意識的反嘲，這個揭開底牌（他們四人的守護神，以及在這部小說中的名字）後，予人一種侷促、困頓於缺乏社交（在巴黎）資本，頗為經濟惶然、以及某種亞斯伯格症式的封閉。拉高來看，這可能是這一代「台灣文青的懺情錄」，他們可能是像爬蟲類的幼年時期，在台北的獨立書店、巷弄的小咖啡屋、大學課堂或圖書館，攢著那些不同時光收集的碎片，形成一個內在的巴黎，想像的歐洲，大教堂般的「小說聖徒們的祭壇」。他們比那些法國同學或歐洲同學，必須花費大許多倍的背後那小島原生家庭的資源（以及他們和在那小島現實時光切斷的賭注心態），才能跑進書中這篇小說〈Locus Solus〉裡的那棟的「那一模一樣的房子」。

唐吉訶德與桑丘，或是《宿命論者雅各和他的主人》，一種小說在暴雨中旋轉，似乎歷史、事件、災難，所有整代人眼前快轉、巨人場面的仰視電影歷歷播放，如何抓回那個「在故事曠野冒險、詰問存在之諦、和遭遇的他者形成關聯」，大江有意識的設計了「古義人」這個疑似於作家本人（偽私小說）的老人，和死去的少年摯友導演伊丹十三，或和似乎不存在的另一個自己、或和一個同父異母的邪惡人物，翻轉拆卸似乎日本（或世界）戰役史，在何時失落了純真、善美的本來結構，那種「奇怪的二人組合」，顛頭晃腦、悲傷的晃蕩，一種西方流浪漢傳奇大敘事重新塞回當代，二十世紀後半現實的，小說引擎重新點火，啟動——但「四人轉」，套段我摯愛的，卡爾維諾在〈月光映照的銀杏葉地毯〉中所說：

「……如果銀杏樹上掉下一小片黃葉，落在草地上，那種觀看的感覺就是單獨一片黃色樹葉的感覺，如果是兩片樹葉從樹上掉下來，眼光隨著兩片葉子在空中飛舞，一下子飛近，一下子又飛散了，活像是兩隻蝴蝶在空中追逐，然後滑落在草地上，一片在東，一片在西。三片、四片甚至五片樹葉在空中旋轉，情形也一樣；迴旋的樹葉隨著數目的增加，與各片葉子呼應的感覺匯聚起來，產生類似一陣寧靜雨般的整體感覺……」

在這篇小說，卡爾維諾模仿的川端《千羽鶴》那奇怪的「內向亂倫之四人轉」，也示範了一場艷美變態，我、老師、師母、女兒之間超感覺派細微經驗的孤僻練習，以及一種最後權力關係與性支配的扭絞纏縛。更別提我年輕時讀過的另一位「四人轉」大師：品特。他的《背叛》、《重歸故里》，莫不是這種兩兩成對，男女或在關係中，同謀、或背叛、或愛慾、或施暴、拆換舞伴，重跳一次舞步，那造成的眼花撩亂與內在倫理慾望的「解與結」。我們在包括瑞蒙·卡佛或孟若的極短篇，都可以找到一些「四人轉」的品類，不知道什麼原因，「四人轉」很容易形成一種較適宜短篇之卡榫、移形換位、魔術方塊的旋鈕但結構嚴謹的效果。或作為「人類關係中之『力』的觀測」，更近似物理學中宇宙四種基本力中的，電磁力、強核力與弱核力。

我們在這基礎上，看朱嘉漢充滿「小說意識」地設計這個「四人轉」的原轉盤、離心機、打碎攪拌機，架在這解離又匯聚的原子態劇場上方的光學顯微鏡：這四個台灣流亡在異鄉巴黎的安娜、亞銘、博爾、菊兒，在我們的小說閱讀慣性，這四個年輕男女的，張愛玲式「四人轉」、昆德拉式「四人轉」（而他也確實贈與了我們對這種密室四人探戈舞蹈，所有色情猜想、關係難題、說謊與誠實、角色扮演的上身與離開……種種的激爽），之後，朱嘉漢的這四人「離心旋轉」，進入一種（事實上我還無法完全參透領域）神祕沼澤的，「無法寫作」、「想給出全部」、「贈禮予回禮」，小說的哲學性「不可能被寫同時不可能被讀」的隱蔽犯規，或說搏擊。

或有將來的評論者重評朱嘉漢《禮物》這部小說，這一部分，也許會說，這是一大段不折不扣的情色書寫，簡直把這四個年輕漂亮男女的密室交換性愛，寫得像漁港魚販將剛捕撈的四尾烏賊，在光華濕潤，互相搏跳，噴出生存腥汁的搓洗中，將那純潔、桃花芙蓉般款款擺動的身體、皮膚，魚刀剖切，翻出腔體內部，局部的撥弄它們纏綿貼觸的美色、顫抖、痙攣、那麼的美！有些段落寫到了類似希臘神話中，赫馬佛洛狄忒斯這樣絕美，陰陽同體的意境。赫馬佛洛狄忒斯原來是一位俊美的少年，在一湖邊停駐觀看自己在水面的倒影，湖中水仙薩耳瑪西斯瘋狂愛上了這絕美容貌，但美少年拒絕了女神，為了逃避那瘋狂之愛，他跳入一條河中（這也太激烈的無愛？），但水仙也跟著跳下去，將其抱住，瘋狂親吻，並向諸神祈求要永遠與赫馬佛洛狄忒斯在一起。諸神允諾了，於是從此赫馬佛洛狄忒斯變成了陰陽同體，並且許願，之後所有在這條河中洗澡的人變成和他一樣的陰陽人。在西方繪畫中，赫馬佛洛狄忒斯常以帶著男性生殖器的少女形象出現（以上多引用維基百科）。

這種「雌雄同體」，在朱嘉漢的筆下，形成一種不同色情（同時抒情）時光斷截碎片，在文字激流中的載浮載沉，固態液態的混淆——我自己的經驗，讀到後面的段落，會翻回前面，重讀（享受）之前寫到安娜的美、亞銘和菊兒在穿衣鏡前性交、「陰莖挺進她的陰道，手指在她的腹部與雙乳、鎖骨與細頸之間遊移」；或博爾那強如鋼鐵的陽具，讓安娜在銷魂欲死持續高潮再一次建立「她是可欲的」。這些在「第一次的閱讀」，或許是被那抽離成他們四人關係迴旋機器，所佈置、延伸的「禮物」概念，但這時回頭「單純享受」那學院派式、極高級的情色描繪，那是一種也許我們眼皮下電光一閃，依稀喚起舊的宗教名畫譬如《所多瑪與蛾摩拉》，或是譬如「林布蘭光」那經典的《夜巡》、《杜羽博士的解剖課程》。那朱嘉漢筆下的肉體之詩、性愛耽視，其實有我這一代尚缺乏的西洋美術視覺的完整教養。那使得我們閱讀印象中的男體局部、女體特寫、交媾混纏時刻的身體之美，都帶有一種曾在美術教室下功夫素描過西方身體雕塑的簡潔力量。於是那確實會再一次造成我們對亞銘、安娜、博爾、菊兒，這些借代自西方文學哲學社會學等大師的名字，但其實是四個台灣年輕人的「土洋混淆」。不僅在密集調度那些羅蘭·巴特的戀母情欲與同性戀愛欲、傅柯的陰鬱強迫的性意識史、阿娜伊斯·寧或莒哈絲她們一生驚世駭俗、艷異狂放（或曰誠實探索）的愛慾經歷……，即使僅以這部小說在直寫感官的修辭策略，我覺得朱嘉漢都是有意為之，一種他這個世代經歷的（完全不同於七等生、王文興、陳映真他們那小鎮霉濕、白蟻在街燈下飛舞、日式木造屋或那卡西意象的性壓抑），雌雄，不，不是同體，是一個較大一些場域的男體之美與女體之美的華爾滋但同時這個「雌雄混淌於一鍋」的精神分裂，在身體的被殖入與解離、試圖還原，又帶著歐洲（其實就是法國）與東方（其實就是台灣）的身體細微規訓記憶，那個內在暴力——我們曾在莫言的《檀香刑》讀過這種「中國身體在西方注視下的自我刑虐、炫技、撕裂、變態」；或是黃錦樹《刻背》，那種南洋的無史、失言的移民的身體，反諷地可能作為一「中文現代主義偉大小說」之書寫載體；或是舞鶴《拾骨》裡一些早已崩解的、散落成瘋狂殘骸的身體；或是甘耀明《殺鬼》的無敵鐵金剛。但朱嘉漢的「雌雄同體」、「土洋雙聲」、「你泥中有我、我泥中有你」，不啻是一條歧路幽徑。

小說家不在的小說

但是在此書第一部「贈禮：四人的故事」之中，他們喋喋不休討論著《追憶似水年華》、討論李維・史陀、韓波、傅柯、羅蘭・巴特，或如在他們之上的這本書的概念：牟斯的《禮物》、「漂浮的意指」、「零度的象徵」、「寫作的準備」，或是像更進化、更學院

（或說更前進這些法國理論發生現場的第一線）的、董啟章的《學習年代》，那可能讓普通讀者不耐煩或暈眩的讀書會式討論。這些哲思話語愈狂熱地焚燒、愈長篇累牘地爭論時，這四個人物在小說印象的輪廓變愈空洞、遠離，這非常怪，或許我們可以反過來這麼看，牟斯的《禮物》是以上百人的部落、上千人的前現代社會，乃至上萬人現代城鎮或甚至十萬計的大型都市，來作為模型，作為人類關係與權力的替代或準儀式。但以這四個年輕男女，在一個他們內在開啟的奇幻乒乓球桌，上下四方裡面外面，多重焦距瞬變的來回擊球，根據物質不滅 $E=mc^2$，他們四個人每人承受的，對這種關係實驗濃縮鈾，那密度實在太大了。等於《紅樓夢》或《2666》那數百人如昆蟲學的生命史（或截斷面），全押注在這四個在巴黎的台灣人的腦袋，那遠遠越過了聽一個故事、展開一個小核，或其中任一人物所承受（慣習默契）的龐巨訊息量。

於是，在這個如同深陷「內向寫實」之沼澤，密度濃度愈窒息、四個角色愈纏縛在一團，無法篩漏、或灑開0.01cm的「故事宛然發生」的戲台展演效應（而這正恰是朱嘉漢設計給這部小說的先驗難題），重力過大而塌縮必然發生（已經發生），這時，小說家朱嘉漢的魔術出現了，這部小說出現了一個「殺雞取卵」的奇觀，由「我」創造出四個角色，這四個角色像《百年孤寂》裡那個偷看了美女納米瑞娥洗澡之裸體，而被槍殺的士兵，剖開他的腦，全浸潤著一種濃郁檀香的金黃色蜜膏，同樣的，這四個人，亞銘、安娜、博爾、菊兒，他們在一種性愛與哲學思辯的離心攪拌機、被絞碎混淌在一起，但這個小說機器仍不停止那高速旋轉，最後，這隻「雞」（雌雄同體、性愛絕美的身體、大腦中塞爆了「小說之練習」、「他人之不可能親入」的二十世紀下午法國思想的濃稠、瘋狂詭辯）被小說家剖開，我們眼睜睜看著他們孵出了五顆發出奇異之光的「小說之蛋」，也就是第二部「回禮：四人的小說殘稿」中五篇極美的小說。

〈Locus Solus〉該篇，令人迷失於繁錯、一層疊加一層的「虛構如何穿過篩濾之鰓葉，在分娩過程中，將『生它的子宮』殺死、扯進、成為這胚胎的一部分」，這種怪異的、多維度加密、而且每一手的上一個「被殺死的作家」，都留下一些偽造遺囑、假線索、布置成謎陣，真的像電影《全面啟動》的夢境樓層關，每一層夢境，當你置身其中，它都正在瓦解、崩塌、蒸發，顯露出它是虛幻的本質，但事實上它又是我們朝下一層夢境再墜入的時空基礎或暫定契約。

於是，我們知道，在法國一九三七至一九三九年間，有一個「社會學院」（Collège de sociologie），由巴塔耶、凱瓦、萊希斯組成。而這本書的「第一只被扳下的虛構之門撬」，就是（以下可能都是朱嘉漢虛構的）萊希斯在黑蒙．胡塞過世後收到一份「遺囑」，他遵照指示而進入了胡塞生前便造好等他參觀的 Locus Solus。Locus Solus 裡的怪奇萬象，殘忍冷酷到極限地讓萊希斯的認知框架因之壞毀，並且戛然而止。

而萊希斯為他正要出版的民族誌田野日記找到了名字《非洲幽靈》（1934），是對胡塞的《非洲印象》的致敬。《非洲印象》本身源自胡塞的一個「billard（枱桌）與pillard（強盜）極相近之字，但以此二字造了兩個一模一樣的句子，最後所形成天差地別的兩個敘事」，而胡塞的〈非洲印象〉就是以第一個句子出發，然後在第二個句子結束的小說。而胡塞晚年留下的《我如何寫我的書》，似乎是一本預留的遺著，他安排好這本遺著，然後自殺。這夠怪了吧？比艾可的《傅柯擺》、博拉紐的《2666》，至少不輸的奇怪拗折，謎中謎、曲徑通幽的「無中生有搓捻出一陣煙般的，然後跳進真實中的一本書」。

〈給維多麗雅的在時光中復返的一封信〉，在朱嘉漢寫給我的一封信中提及：「這篇小說（以及另外幾篇小說）嚴格來說，如果拿去參加台灣的任何小說獎，應該都不會得獎。因為它們「有點不像小說」，像一份本事，或傳記中提到某人生命中的某段時刻。

Caillois也是那「社會學院」中的一員（最英俊年輕的一位），當年他二十六歲，和四十九歲的維多麗雅（波赫士的女編輯）發生熱戀，並因避開二次大戰，隨維多利雅跑去阿根廷，六年後回巴黎，成為波赫士及當時那些拉美作家最好的翻譯者與編輯。Caillois後來酒精中毒，英年早逝，過了一個月後，維多麗雅也傷心過世了。」

這五篇小說，巴塔耶、Caillois、普魯斯特與考克多、羅蘭·巴特，啊，它們讓我有種，「法國哲學、文學、思想圈子內的《聊齋誌異》，或《閱微草堂筆記》」，一種你必須是「檻內人」，非常熟悉（要像那些超級大聯盟球迷，如數家珍說得出哪位傳奇投手或神之打擊者，在一九多少年那一季的哪場比賽，對手是哪一隊的誰誰，那每一打數的投球內容、時常讓人震懾的、不可思議的場面」；或如日本動漫迷能說出哪個冷門系的經典，哪位傳奇動漫畫家的離奇失蹤之謎），要那麼熟悉朱嘉漢筆下這些法國二十世紀黃金頭腦們，它們的著作、他們奇特的瘋狂和不倫的畸戀，事實上他們就像搖滾巨星一樣，把書寫變成撲朔迷離的懸案、留下傳說和八卦。這五篇小說的四個主人公，就像我在華人世界寫五篇短篇，主角是「鄧麗君」、「宋美齡」、「張愛玲」或「郁達夫」等等。或如卡洛·奧茲那本《狂野的夜》，寫海明威拿獵槍朝自己嘴裡轟的下午、愛倫坡發狂的「狂人日記」、愛蜜莉·狄金森被製造成女僕機器人、馬克吐溫爺爺的戀童癖……種種。但這五篇小說，朱嘉漢埋伏在他這整個「小說解離機」最裡面一層的，由她創造出的安娜、亞銘、博爾、菊兒這四個「小說失語症」的小說膜拜者，最終其實比較像《紅樓夢》的「寶玉在警幻仙子處，看到的十二金釵的讖詩如一種預示，或形式上的底牌」，在《禮物》一書中，這五篇「最終被寫出的小說」，恰是巴塔耶那如何消滅「我」、使「我」不存在的、但曾經寫過的句子的摘引；Caillois那可以偷換死神之沙漏的書寫，不斷如芝諾（Zeno of Elea）的「追龜辯」去重啟，替換掉「已死

／已不存在」的時間，書寫成為一種「不在之繁華」，可以悲傷地校正時間成為「遺書終被摯愛之人讀見」，但讀見什麼，「我們的追憶逝水年華」；考克多發現自己所有寫作出來的東西，一步步被引誘，最後寫出的全是普魯斯特的作品；而車禍死去的羅蘭．巴特，在「一個不為人知的奇蹟」（波赫士），死而未散滅的鬼魂狀態，真的將兩年「小說的準備」的課程及之後的「準備」，寫成了那篇小說。

從黃錦樹最早借日本「內向世代」這個詞，來描述包括黃啟泰、黃國峻、賴香吟，乃至之後更全景展示者童偉格，「內向世代」或已不再只是某個年代閃瞬一次的某種小孩風格，或創作者所封阻一個內在詩意、空曠、獨白、甚至無聲電影般的「心靈形狀」。但到了朱嘉漢的《禮物》，或稍早，去年出版，黃以曦的《謎樣場景：自我戲劇的迷宮》，甚至於楊凱麟的短篇連寫《虛構集》，或許是冒出一個全新的、整個華文小說讀者都極陌生、缺乏閱讀配備以覽讀的，小說的新物種。「自我戲劇的迷宮」真是最好的註解。以外行人看，他們或都是「法國哲學或法國理論的重度讀者及實踐者」，於是，這個「自我戲劇」，非常奇幻的，並不是在一整個文學史的光，或文學史產業的自然生態回顧、搜證、挖掘，譬如張愛玲的傳奇性、卡夫卡的謎樣內在，班雅明或布魯諾．舒茲的不幸早逝、甚至莒哈絲的風流艷史、三島或太宰治的戲劇性自殺……，他們把所有關於「小說家在寫小說這件事」，思辯重兵駐集，甚至在小說被寫出來之前，集中在法國這些瘋狂天才的怪異迴旋梯之塔，甚至可以偽造證據、偽造不在場證明、偽造在場證明、開死亡的玩笑、以一種幽靈式的「在系統之外」的投射，將「沒有小說家的小說」投影成虛空中的顯像。精神分裂不再是病患的病症，而是寫小說這件事必然要穿行過的修羅劍戟森林。性愛怪誕馬戲團或罪惡博物館（背叛之罪、遺棄之罪、說謊之罪、淫人妻女之罪、殺人之罪、瀆神之罪……）已不再是九〇年代某些「身體書寫」、「情色書寫」的後延，它是一種腦額葉中的過多判讀訊息的、內在核爆燦亮之景，外在可能只是一靜止、失能的寂寞青年的臉。他們既是小說家腦中萬倍於「真正動筆寫小說」的嘈雜閃電、空氣中靜電、一切眼耳鼻舌身意受想行識的訊息波、疊加再疊加的幽靈，但同時是波赫士的《環墟》那夢中造出之人，竟也用那一切的哲學、神學、宇宙論、歷史、聞名的知識，創造出小說。

我其實也只是個普通讀者（缺乏朱嘉漢布置這本小說內在迷宮，所期待的理論教養），但我覺得這樣一本小說，投擲到現有的台灣小說或華文小說水域裡，像一尾奇幻的鯨，我期望它捲起文學思考較多不同慣性的激流和漩渦。作為小說讀者，我覺得非常奢侈而幸福，像年輕時看的那部電影《新天堂樂園》裡，在電影播放室的小孩，可以看見超出你的想像力極限之外的，小說飛行如電、如極光、如整片流星雨、如萬鳥錯落於晚霞中亂飛，如整座玻璃瓶工廠各種形狀排列在架上，想像那都不是從外國翻譯過來的名著，而是我們自己的年輕小說家再以聲名和才華衝撞著虛構的他方魅界。我們的眼睛，讀過童偉格那像塔可夫斯基曠野上，人類可能是這個形態，超解離的、愛被重創之役，如何重新長出只在小說次元的存在；黃錦樹那像唐傳奇中劍仙的袋囊，奇怪的不可能掏出恐怖哀愁之境，仍層疊掏出歷史之外的真實；陳淑瑤那透明如水母搖擺的，人心對時間的細微感受；陳雪的瘋癲愛慾之塔；甘耀明的怪力超人，如孫悟空和二郎神的變大之術；黃崇凱那偏執的「小歷史」癖與短篇奇技百科的摺紙術；連明偉的台版冥界哈克流浪記（密西西比河變成台灣陰府傳說的遊冥河或點指兵兵）……。想想我們多幸福現在又冒出了一個朱嘉漢，小說的電竄迴路，像盯著一只掀開殼蓋的手機內臟，裡頭纏縛緊密、錯繁嵌織的積體電路。我認為這會是一個新加入的，極重要的台灣小說可能性的物理學參數。

AKP0275

禮物

作　者—朱嘉漢
執行主編—羅珊珊
校　對—朱嘉漢、羅珊珊
行銷企劃—張燕宜
發 行 人—趙政岷
出 版 者—時報文化出版企業股份有限公司
10803台北市和平西路三段二四〇號三樓
發行專線—（〇二）二三〇六—六八四二
讀者服務專線　〇八〇〇—二三一—七〇五
（〇二）二三〇四—七一〇三
讀者服務傳真　（〇二）二三〇四—六八五八
郵撥　一九三四四七二四時報文化出版公司
信箱　台北郵政七九九九信箱
時報悅讀網　http://www.readingtimes.com.tw
思潮線臉書　https://www.facebook.com/trendage/
時報出版愛讀者　http://www.facebook.com/readingtimes.fans
法律顧問—理律法律事務所　陳長文律師、李念祖律師
印　刷—盈昌印刷有限公司
一版一刷—二〇一八年十一月二十三日
定　價—新台幣三六〇元
（缺頁或破損的書，請寄回更換）

本書榮獲 國家文化藝術基金會 National Culture and Arts Foundation NCAF 贊助創作

禮物 / 朱嘉漢著. -- 初版. -- 臺北市 : 時報文化, 2018.11
面； 公分. --

ISBN 978-957-13-7608-0 (平裝)

857.7　　107019112

ISBN 978-957-13-7608-0
Printed in Taiwan